悪い女

藤堂玲花、仮面の日々

吉川英梨

朝日文庫

本書は二〇一四年十二月に小社より刊行された『ダナスの幻影』を改題し、大幅に加筆修正しました。

目次

悪い女

藤堂玲花、仮面の日々

Ⅰ　サン・クレメンテ自由が丘　初夏

「台風が近づいているらしいですね」

　水木《みずき》が話しかけてきた。私はキャンプチェアにぼんやり座り、パームツリーの隙間から見える星のない夜空を見上げていた。紙皿を受け取る。バーベキューコンロの上で焼き上げられた肉や野菜にタレがかかり、照明を反射しぬめぬめと光っていた。

「ありがとう。そうね、なんだか蒸してきたし」

　水木はわかるかわからない程度に微笑《ほほえ》み、空を見上げた。初夏の午後七時にしては空が暗すぎる。黒く低く垂れこめた雲で覆われ、いまにも降り出しそうだ。

「よく寝てますね」

　水木が私の隣のベビーカーを覗《のぞ》き込み、微笑む。六カ月になる私の次女・和葉《かずは》はぐっすり寝ている。さっきバーベキューを抜けて授乳してきた。

「玲花《れいか》さん、お酒足りてますか。あ、授乳中はダメでしたね」

「そうね。水木君は食べてる？　今日はカフェ・ダナスの店主じゃないんだから、私たちをもてなす必要はないのよ」

「そうなんですけどね……。なんというか」

水木は曖昧に言葉を濁し、静かに私の隣のキャンプチェアに腰かけた。ギギ、と椅子がきしむ音が重々しい。彼はまだ二十歳そこそこだけれど、もう大人の男性なのだ。私はちょっと、まぶしく感じる。

ここは高級集合住宅地内に併設された、住民だけが使用できる特別なバーベキュー場だった。

『サン・クレメンテ自由が丘』は日本ではあまり見かけないゲーテッドタウンだ。目黒区自由が丘にあった有名大学の広大な跡地に建設された〝安全要塞〟と言われている。

三メートルを超すレンガ造りの〝城壁〟には十メートルおきに防犯カメラが設置されている。閉ざされた表門には二十四時間体制で警備員が常駐していた。住民の招待がないと、外部の人間はこの敷地に足を踏み入れることができない。

バーベキュー場にはプールが隣接している。色つきライトがカラフルに水を彩っていた。子どもたちがイルカやワニの浮き輪にまたがり、大はしゃぎで遊んでいる。このプールとバーベキュー場は、普段は安全面から頑強な扉で閉ざされている。管理会社に予約する必要があり、住民でも勝手に中に入って遊ぶことができない。パームツリーを隔てた隣にはサン・クレメンテ公園がある。子どもたちは毎日、公園で遊びながら、プールに入れる日を楽しみにしていた。放っておくと徹夜で遊び通してしまいそうだった。

もう午後七時を過ぎている。「そろそろ上がるわよ」と、何人かの親たちが子どもたちに撤収を呼び掛けていた。子どもたちはイヤイヤを言って遊びをやめない。妻たちは結局、次の話に花が咲く。ビールをあおり、肉を食《は》み、夫たちはビジネスの話で盛り上がっている。

サン・クレメンテ自由が丘の全二十戸のうち、十五家族が集まったバーベキューは、にぎやかで終わりが見えない。

私の隣に座る水木は、ここの住民ではない。サン・クレメンテ自由が丘と学園通りを挟んだ向かいにあるカフェ・ダナスの若き店主だ。そこはサン・クレメンテ自由が丘の専業主婦たちの憩いの場であり、主婦たちはみな若い水木を目の保養にしている。今日このバーベキュー場にも招待した。普段はもてなす側の水木はもてなされることに慣れていないようだ。彼は酒も肉も断って、ひとり淡々と給仕に徹していた。

水木は私の隣に座ったが、私は元来上手にしゃべるたちではないし、水木もそうだろう。会話が続かなかった。水木がやっと話題を見つけたという感じで言った。

「そういえば、台風にもハリケーンみたいに名前があるって、知ってました?」

「へえ……。そうなの」

「台風が上陸する東南アジアや日本の言葉も使われてるんです。天秤《てんびん》とかヤギとか」

日本は星座から取っているのだという。人の名前を使っている国もあるらしい。

「もうすぐ来る台風は、なんて名前なのかしら？」

突然、私と水木に向けてフラッシュがたかれた。アロハシャツに短パン姿の、ゴマ塩頭の男がカメラのレンズを向けていた。酔いで顔を真っ赤にしながら、私たちを指す。

「君、ゲーテッドタウンのマドンナをひとりじめすんじゃないよ。へへへ」

男はデジカメで撮った画像を確認し、ちょっと変な顔をした。なにか言いたそうな目で私と水木を見比べる。結局なにも言わず、そそくさと立ち去った。

「心霊写真でも撮れていたんですかね」

「きっとそうよ」

水木は冗談だと思ったのか、少し笑った。

「ちなみにいまの方は？」

「細田《ほそだ》さん。美優《みゆう》の旦那さんよ」

細田美優は、このサン・クレメンテ自由が丘の自治会長で、水木を招待した人だ。

「美優のお父さんの不動産管理会社で専務をやっていると聞いたことがあるわ」

「想像するだけで窮屈そうだなぁ」

美優の夫は売れない写真家だった。稼げないので逆玉に乗ったと噂する人がけっこういる。専務とは名ばかりなのか、「仕事もせずに撮影にいってしまう」と美優は愚痴をこぼしていたが、そんな夫を微笑ましく見ているふうだった。義父の会社で地位を守りながら、好きなことに没頭しているのだから、私の夫はうらやましがっている。

「もしかして、美優さんの旦那さんの不動産管理会社って……」

「そう。ここの管理もしてる」

「だから美優さんは〝上座〟に鎮座されてるんですね」

サン・クレメンテ自由が丘、全二十戸の平均敷地面積は五十坪だが、〝上座〟と言われる正面奥の敷地は百坪ある。ゲート入り口の一番手前、〝下座〟に住む私たち藤堂《とうどう》家の敷地面積は三十坪だ。

細田美優は私より二歳年上の四十一歳だ。小柄でいつもニコニコした穏やかな女性だが、不思議と誰も美優には逆らわない。

私と水木の視線に気がついたのか、プールサイドでシャンパングラスを傾けていた美優が振り返る。今日も取り巻きの中心にいた。コバルトブルーのフレアワンピースの裾を揺らし、甲高い声で水木を呼んだ。

「水木く━ん、こっちにもお肉をお願━い！」

行かなきゃと苦笑いして、水木が席を立った。彼女の小間使いのようにされていて、なんだか気の毒だった。

プールサイドで美優を囲み、楽しそうに笑い声を上げるタウン内のママたちの団体を、私はぼんやりと見つめた。彼女たちにちやほやされながら、水木がコンロに肉を並べている。「お肉おいしそう！」「水木君かっこいい！」「水着姿の子どもたち、かわいい！」と同じテンションで女たちの輪に入る自信が、私にはなかった。

かつては、周囲の同年代の女たちと同じ気力を保ち、必死に笑顔を作っていた。笑えば笑うほど、心の中は冷たくなっていき、虚しさが募るばかりだった。

私には、ふつうが難しい。

コンロ脇のバーカウンターには男たちが集まっている。なにで盛り上がっているのか、どっと地響きがするほどの笑い声を上げた。夫の藤堂優太《ゆうた》も今日は羽目を外した様子で、顔を真っ赤にして缶ビールをあけていた。

五歳になる長女の沙希《さき》が、棒のように細い手足でプールから上がる。ディズニーのお姫様キャラがプリントされたバスタオルを自分でまとい、バーカウンターの父親の背中に抱きついた。夫は沙希がかわいくてしょうがない様子だ。膝の上に乗せ、オレンジジュースを注いでやっている。

私は再び、パームツリーの隙間から見える曇り空を見上げた。星はひとつも見えない。

私の隣に大泉菜々子《おおいずみななこ》がすとんと腰かけた。大胆なホットパンツに古着のようなTシャツを着ているが、足元はルイ・ヴィトンのサンダルで引き締めている。洗練されているというより成金のような雰囲気があった。

彼女はつい先日、このゲーテッドタウンに一家で越してきた。私のすぐ隣の三十坪の敷地に住む〝下座〟の人間でもあった。

彼女は今日のバーベキューパーティの主役だが、鬱屈とした表情で缶ビールをあおる。

「あー。無理。なじめないわ。あのママ友軍団」

プールサイドの美優を囲む一団を、顎で指した。そこに交ざっていない私を、自分と同類と思ったのか、菜々子は親しげな様子を見せる。引っ越してきたばかりの彼女とはあまり話したことがないのだが。

「どうも苦手なのよね。専業主婦って。あ、ごめん。藤堂さんもだっけ」

私はただ微笑んだ。菜々子が続ける。

「団体でいるもん勝ちみたいな顔してる女って、ホント無理」

「大泉さんは、お仕事はなにをされているの？」

「金融系よ。投資信託会社」

「すごい」

「別にすごくない。ただの社畜よ。まあ支店長だけどね」

菜々子には、沙希と同い年の娘がいる。子育てをしながら支店長を務めているということに、私は心から感服した。しかしそれをうまく言葉にできなかった。

美優の夫がまたやってきた。私と菜々子に向けてシャッターを切る。挨拶もせず立ち去っていった。

「キモ。なにあの男」

菜々子が容赦なく呟いた。私は慌てて、人差し指を立てた。

「あとでデータを送ってくれるのよ」

「いやいや、いらないし」

プールサイドから、美優がこちらへ近づいてきた。なにかを察したように謝る。

「勝手にみんなの写真を撮って回っていて、ごめんなさいね。主人はカメラが趣味なものだから」

菜々子はあっけらかんと笑顔で答えた。

「いいわね、カメラマンしてくれる旦那さん。うらやましいわ」

私は菜々子の豹変《ひょうへん》ぶりに心の中だけでびっくりしておく。こういう女性はわりといるし、その器用さがうらやましいとも思う。美優が菜々子に缶ビールを渡す。私にはウーロン茶のペットボトルを持ってきてくれた。

「今日の歓迎バーベキュー会、楽しんでる？」

「ええ。私たち一家のためにわざわざみんな集まってくれるなんて、恐れ入るわ。自治会長の細田さんの力ね」

「そうだ。ここのゲーテッドタウン内のルールを教えておくのを忘れたわ」

菜々子が少し顔をこわばらせた。警戒しているのだろう。

「呼び名は下の名前で。例えば」

と、美優は私の肩を叩く。

「〝藤堂さん〟も〝沙希ちゃんママ〟もNG。玲花って下の名前で呼ぶこと」

美優は大げさに両手を広げて、高らかに宣言した。

「あとは、なーんでも自由！　安全が保障されたゲーテッドタウンでの生活を、気ままに楽しんでね、菜々子！」

菜々子は「イェーイ！」と美優のグラスに缶ビールの縁をカチンとあてて乾杯をした。

私には菜々子のずるさよりも器用さの方が、まぶしかった。

「子どもってすごいわね。佳菜《かな》ちゃんとうちの優亜《ゆうあ》、もうお友達になってる」

美優がプールサイドを振り返った。黄色いボタニカル柄の水着を着た少女は大泉佳菜、菜々子の娘だ。美優のワンピースの色とお揃《そろ》いの、コバルトブルーの水着の少女は細田優亜だ。二人とも、私の長女の沙希と同い年で、同じ幼稚園に通っている。先ほど父親にべったりくっついていた沙希は、もう佳菜や優亜と並んでプールサイドに座り、バタ足で水しぶきを作っている。小学生の男子をからかっていた。

「こうして三人娘が並ぶと、沙希ちゃんの可憐《かれん》さがまぶしすぎるわ」

美優が目を細めて私を振り返った。

「そりゃ、母親がここまで美人だとね。下の子は……旦那さん似かしら？」

菜々子は、ベビーカーの中で熟睡している和葉を見て、苦笑した。

「旦那さんに似てもきっと美人になるわよ。彼もとても素敵だもの」

美優が、バーカウンターの夫を軽く指さした。私の夫は、菜々子の夫である大泉友幸《ともゆき》となにやら難しい顔をして話しこんでいた。色白で細身の友幸は、三十度を切らない熱帯夜に、チノパンにブルーの長袖Tシャツと、プールサイドには似つかわしくない服装をしていた。Tシャツにハーフパンツ姿の夫と季節が違うようだ。菜々子は私の夫を認めると「やだ、旦那さんイケメンじゃない」と微笑んだ。

「玲花のご主人、ラジオ局のディレクターやってるのよ。芸能人の知り合いも多いのに自慢はしないし、ほんと素敵」

菜々子が「いいわね、絵に描いたような美男美女！」と、よくわからないテンションではしゃいだ。

「結婚十五年目なのに子どもが生まれるわけだ～」

美優が、和葉の頬をちょんちょんと優しく指でつつきながら言う。菜々子が目を丸くした。

「本当？　結婚して十五年も経つの？」

「え、ええ……」

「すごいわ。うちは結婚して三年でもうアウト」

菜々子が缶ビールを飲みながらぼそっと言った。美優は目を潤ませて、菜々子に同調した。

「やっぱりそうよねー！　うちもよ。結婚三年目でアウト」

菜々子と美優は二人揃って私を、天然記念物を見るように見た。

「すごいわ。さすが玲花、自由が丘の〝ミセス・パーフェクト〟だものね」

そのあだ名はあまり好きではなかった。曖昧に笑って受け流すと、矢継ぎ早に菜々子が質問してきた。

「そこまで美人でさ、これまでモデルとか女優のスカウトはなかったの？」

美優が勝手に答える。

「そりゃあるわよ。玲花は高校時代にセブンティーンの読モしてたんでしょ？」

「ホント⁉　私もセブンティーン読んでたよ。玲花は今いくつ？」

「三十九だけど……」

「私は四十よ。同世代じゃない。絶対に玲花を雑誌の中で見かけてたわ」

「しかも玲花はミス聖蘭《せいらん》だったんでしょ。旦那さんがさっき、自慢げに話してたわよ」

私は唇を噛《か》みしめ、バーカウンターの夫を振り返った。夫は友幸とはもう話し終わっていて、私を探していた。目が合うと、酔いでとろんとした瞳で近づいてきた。

「玲花は聖蘭女学園出身なの？　私もよ！」

菜々子が私に抱きついてきた。私も一生懸命その感動に応えようとする。会話に入ってきた夫が、菜々子に缶ビールを差し出した。

「へえ。大泉さんも聖蘭ジェンヌなんですか？　僕は当時まだ女子高生だった妻をしょっちゅう聖蘭へ迎えに行っていたんですよ」

高校時代からアッシーなのだと古い言葉で自嘲する。菜々子が目を丸くした。

「高校時代からの恋人なの⁉」

私はとりあえず微笑んでおいた。夫は腐れ縁だと重ねて苦笑いする。三年で夫婦の性生活が終わったと暴露したばかりの菜々子は、目をぱちくりしたままだ。美優はうらやましげでもある。夫が謙遜する。

「いやいや、俺たちも色々あって、順風満帆だったわけじゃないんです。一度別れているし」

な、と夫が私に同意を求めてきた。私の返事を待たず、にやける。

「ま、五年後に再会したときはしびれましたけど」

この話をすでに知っている美優が、何度も頷く。

「それはもう運命でしかない」

夫が菜々子に話を振る。

「大泉さんは、どんな聖蘭ジェンヌだったんですか」

「私、正確にはジェンヌじゃないんです。高校からなんで」

美優が首を傾《かし》げた。

「聖蘭ジェンヌって、聖蘭女学園の卒業生のことを指すんじゃないの？」

「ううん。小学校から大学まで聖蘭の、筋金入りのことを〝聖蘭ジェンヌ〟っていうのよ。私みたいに高校受験して入ってきたのは、雑種みたいなもんで」

菜々子が自虐的に笑いつつも、不思議そうに首を傾げ、私を眺めた。

「でも一歳違いってことは、同じころに同じ校舎にいたのよね」

――覚えていない。菜々子は私を見てそういう顔をしていたが、口には出さなかった。

突然、辺りがピカッと光った。遠慮がちに雷鳴が轟《とどろ》く。親たちが慌てて子どもたちをプールサイドに引き上げた。スコールのような土砂降りが、バーベキューを楽しむサン・クレメンテの住民たちに降り注ぐ。

台風が、やってきたのだ。


私は雨戸を叩きつける激しい雨音を聞きながら、二階の夫婦寝室で授乳をした。子ども部屋で沙希を寝かしつけた夫が入ってきた。まだ酔いが冷めないのか饒舌《じょうぜつ》にしゃべる。

「聞いた？　お隣の大泉さん、武蔵小杉のタワーマンションの最上階を売ってこっちに移り住んできたらしい」

「共働きだから、稼いでるんでしょうね」

「だからって妙だよなぁ。新築で入居したタワーマンションを売り払って、なんでここの中古物件に移り住んで来たんだろ？」

　私はわりとどうでもよくて、首を傾げる。

「旦那もデイトレーダーで稼いでるらしいよ。資産は数億らしいって、細田さんのご主人が言ってた」

　和葉が寝ついたようなので、その小さな口に小指をさしこんで乳房から離す。キングサイズのベッドの横につけてあるベビーベッドに、そっと寝かせた。

　夫は楽しそうにしゃべっているのに、タブレット端末を眺めている。少しも私の方を見ようとはしなかった。

　近くで雷が落ちたのか、ひどい雷鳴で家が揺れた。隣の子ども部屋で寝ついたはずの沙希が泣き始めた。

「うわ、落ちたんじゃないのー」

　夫はベッドから降りて、子ども部屋へ向かった。長女を溺愛している夫は、今晩はもうここへは戻らないだろう。私は慌てて声をかけた。

「ねえ……。あまり私の話を、タウンの人たちにしないで」

「え、なんで？」

「聖蘭ジェンヌとか、読モだったとか」

「事実なんだからいいじゃん」

夫は私の返事を待たずに、夫婦の寝室を出て行った。


カレンダーが変わって八月になっても、菜々子はゲーテッドタウンの主婦たちと積極的に関わっていないようだった。顔を合わせれば朗らかに挨拶をするが、立ち話はしない。井戸端会議を鼻で笑うように見て、忙しげにその場を立ち去ることが多かった。

美優を中心とする〝上座グループ〟はみな専業主婦だ。昼間の公園やカフェ・ダナスでのランチタイムを交流の場としている。その後、一緒に幼稚園へ子どもたちを迎えに行き、九品仏《くほんぶつ》川緑道を散歩がてら歩く。トレインチというママ向け複合施設でパンケーキを食べたり、おしゃれな雑貨屋を回ったりする。

美優の号令でママ友全員でお揃いのものを買って、同じ価値観を共有していることを確かめあう。私は使いもしないのに、アンゴラファーのマフラーや重たい日傘などを一緒に買った。沙希が幼稚園で仲間外れにならないためだった。

買い物の後は東急ストアやピーコックに散らばって、各自、夕食の買いだしをして自由解散するのがルーティンだ。幼稚園が夏休みのいまも、サン・クレメンテのママたちは美優が見つけてきたサマースクールに子どもたちを通わせている。このルーティンから解放されることはない。

私はサマースクールに娘を入れるつもりはなかったが、美優の取り巻きたちに忠告を受けた。

「美優の勧めるものを断ると、ゲーテッドタウンで平穏を守れないかもしれないわよ」

美優が誰かになにかを強制しているのを見たことはないが、裏で怖いことをしているのかどうかも、私にはよくわからなかった。

投資信託会社の支店長として多忙にしている菜々子が、そんな私たちの行動に合流するのは無理があった。キャリアウーマンの菜々子があの光景を見たら、背筋をぞっとさせるだろう。

今日も私は和葉をベビーカーに乗せ、昼前にカフェ・ダナスへやってきた。窓辺の六人席が、美優一派がいつも陣取るテーブルだった。そこに私の居場所は一応確保されている。

店主の水木は、話しかけられれば答える程度の距離感で、今日も常連客を静かに受け入れていた。

「ねえ玲花。菜々子と最近話をした?」

メニューを開く間もなく、美優が甲高い声を一段低くして話しかけてきた。

「そういえば、最後に挨拶したのはいつだったかしら」

「お隣さんなのに、顔を合わせないの？」

「出勤も早いみたいだし、帰りも遅いんじゃないかしら。支店長さんだから」

美優が取り巻きたちと、意味ありげに目を合わせた。

「やっぱりね。いま、みんなで佳菜ちゃんの心配をしていたところなの」

「佳菜ちゃん……菜々子のところの？」

「そう。菜々子ね、毎晩ここでひとりで夕食取っているらしいの。ね、水木君？」

水木はひきつったように笑っただけだ。

「毎晩毎晩、家族そっちのけで、若い水木君にうつつ抜かしているってわけよ」

「お仕事にお疲れなんでしょう。自宅で作る余裕がないんだと思いますよ」

水木が遠慮がちに意見した。

「水木君目当てに決まってるわよ」

取り巻きの一人が断言する。

「佳菜ちゃんや旦那さんがかわいそう。毎日旦那さんが出前を取ったり、ファミレスで夕食を済ませてるらしいの」

菜々子の夫はデイトレーダーで一日中自宅にいるのだろう。料理が苦手であれば、自然、子どもの食事は外食頼みになってしまう。美優はちょっと難しい顔で、話に入った。

「この間ね、うちの優亜が佳菜ちゃんを連れて来たんで、夕食をごちそうしたの。そうしたら、手作りの唐揚げを食べるのは生まれて初めてって言うのよ。これまで唐揚げは、冷凍か惣菜《そうざい》でしか食べたことがないって」

信じられない、と美優の取り巻きたちが同調したが、美優は慌てて打ち消した。

「まあ、人様のお宅のことを、あれこれ言うべきではないわね」

「でも水木君のオーガニックな手料理を毎晩堪能して、子どもには冷凍食品って、ありえないわよ」

取り巻きたちはその意見で一致していた。

カランコロンというドアベルが鳴った。白と黒を基調とした北欧風の店内に似つかわしくない、昭和の風情を残した音だった。六人テーブルの女たちは顔をこわばらせた。

「やっぱりいた。久しぶりー！」

菜々子だった。取り巻きたちが、素早く美優の顔色をうかがった。美優が顔をこわばらせたのは一瞬で、いつもの甲高い声で叫んだ。

「やだ～、菜々子じゃない！　こっちに座って」

取り巻きたちも同調して、菜々子を歓待した。私は和葉を抱き上げてベビーカーを畳み、菜々子が座るスペースを作った。

「狭い店内ですいません」

水木がカウンターから一脚椅子を持ってきて、上座の位置に椅子を置いた。菜々子が「いつものお願い」と注文した。美優が尋ねる。

「仕事は休んだの？　平日の昼間に登場なんて、びっくりしちゃった」

「今日ね、小学校の説明会に行っていたの」

美優は感激したふうの声を上げた。

「菜々子も、佳菜ちゃんにお受験させるの？」

「もちろん！」

「やっぱりそうよね！　実はうちもなの」

他の取り巻きたちは、まだ子どもたちが小学校に上がる年齢ではない。「将来のためにもいろいろ知っておきたいわ」と口々に言いあい、美優と菜々子の会話に同調する。

菜々子が私に尋ねる。

「玲花は？　沙希ちゃんに小学校受験させないの？」

「うちは公立に通わせようかと思ってるわ」

「もったいないわよねぇ。母親が聖蘭ジェンヌだと、受験が有利って聞いたわ」

美優が言うと、菜々子が身を乗り出した。

「そうそう。聖蘭の説明会は来月にあるのよ。美優、一緒に行かない？」

「行きたいわ！　ねえ、玲花も一緒に行きましょうよ。聖蘭ジェンヌがいると何かと心強いし」

曖昧に笑っていると、菜々子が水を飲み、思い出したように言った。

「そういえばね、先週、聖蘭時代の同窓会があったのよ」

どきりとして、私は菜々子を見た。菜々子はまっすぐ私を見据える。

「でも、誰も玲花のことを覚えてなかったわ」

とげのある言葉に、テーブルが静まり返った。美優が助け舟を出してくれた。

「もう二十年も前だとそんなものよね。私も高校時代のことは――」

菜々子が美優を遮る。

「当時読モで有名だったのって、楜沢由香《くるみざわゆか》ちゃんだったわよね。彼女のことは私もよく覚えてるんだけど……」

菜々子の言葉に、私はほっとする。

「由香は親友だったの。よく一緒に撮影スタジオに行ったわ」

「ああ、そういうこと」

切り抜けたと思えたのは一瞬で、菜々子が続ける。

「ひとりね、玲花のことを覚えているコがいたんだけど」

私は顔が青ざめていった。今すぐ、菜々子の口を塞いでしまいたい。水木が遠慮がちに声をかけてくる。まるで助け舟のようだった。

「玲花さん、ご注文はどうされますか」

私は慌ててメニューを開いたが、文字を言葉として理解できなくなるほどに、動揺していた。菜々子がさらりと言う。

「剣道部の主将だったコが、玲花を少しだけ覚えてたの。剣道部だったんでしょ？」

私は心の中でまた安堵のため息をつく。

菜々子は私が高校時代に起こした大騒動を、知らない。それは一年生の終わりから始まり、二年生の間ずっと続き、三年生に上がる直前で周囲の知る事件となった。一学年上の菜々子はそのころにはもう卒業していたから、知らないのだろう。

「剣道だなんて、玲花は硬派だったのね」

美優の取り巻きの一人が言った。がっかりしているように見えた。

「父親が警察官僚だったの。厳しい人で、読者モデルなんてとんでもないととても叱られて、強引に剣道部に入部させられちゃったのよ」

サン・クレメンテの女たちが食いついたのは、〝警察官僚〟という言葉だった。

「父親が警察官僚なんて人、初めて会ったわ。かっこいいわねー」

「やっぱり自由が丘のミセス・パーフェクトは違うわね。父親の職業まで、まるでドラマか映画の主人公みたい」

美優もうんうんと頷く。

「玲花のきりっとした美しさはそのあたりから来ているのね」

「ねえ、誰か携帯鳴ってない？」

菜々子が言った。ベビーカーに引っ掛けたハンドバッグの中で、私のスマートフォンがバイブしていた。ディスプレイを見た私はまたしても、血の気が引く。彼女から電話がかかってくるのは五年ぶりくらいだ。

長女の沙希を出産したときに、祝いの電話を一本くれただけだった。次女の和葉を出産したことを、私はまだ彼女に伝えていなかった。

私はスマホを持って、「ちょっとごめんね、和葉を見ててもらっていい？」と女たちに頼み、店の外に出た。迷惑色の強い声音で電話に出ると、相手も過剰反応する。

「私だってね、あんたに電話したくてしてるわけじゃ……」

「なによ。忙しいから、用件があるなら早く言って」

「ひどい娘だね。それが母親に対する言葉かしらね」

「で？」

たぶん今日も、母は酒を片手に電話をしているに決まっている。わめきたてるように言った。

「お葬式の連絡だよ！　栩沢由香が死んだんだってさ!!」

翌朝、夫が出勤がてら沙希をサマースクールへ送ることになった。二人を見送り、私は慌ただしく喪服に着替えて自宅を出た。和葉の子守りのために三鷹市から駆けつけた姑が、冷ややかに私を見送る。私が苦手とする人に抱かれて、和葉もぐずり続けていた。

「冠婚葬祭なら仕方ないけどねぇ……それにしてもよくぐずる子」

「ご迷惑をおかけします。託児所が空いてなかったもので」

「仙川で葬式なら、笹塚のお母さんに預ければいいのに。あなたも苦労するわね」

実家の母はアルコール中毒なのだ。乳飲み子を預けられるはずがない。

「それにしてもあなたのお友達は聖蘭時代の同級生なんでしょう？　まだ四十前で亡くなるなんて、気の毒ねぇ」

私は靴箱の奥から冠婚葬祭用の黒いパンプスを引っ張り出した。軽く磨いてからストッキングの足を滑り込ませる。忙しいそぶりで答えなかった。

「亡くなった方、結婚式に来てたのかしら。どの席に座ってた？」

「結婚式には呼んでないんです」

「え？　高校時代の親友なんでしょう」

「事情があって――」

「どんな事情よ」

一本筋を通す性格の姑は、容赦ない。曖昧に笑ってその場をやり過ごすことを処世術としている私を、いつも追い詰めた。逃げられないのなら、真正面から答えるしかない。

「絶交したんです。高校二年生の時に」


聖蘭女学園はキリスト教系の名門校で、創立は明治初期だ。昔は布教のための学校だったのが、昭和の中期ごろには小学校から大学まで揃う、名門お嬢様学校になった。小学校から高校までが調布市仙川町にあり、大学の校舎は港区麻布にあった。

亡くなった栩沢由香を菜々子が話題にしたばかりだから、私は一応、菜々子に声をかけた。菜々子はかなり驚いていたが、「直接の知り合いじゃないから」と断り、ご霊前だけ私に託した。

由香の実家は稲城《いなぎ》市だったはずだが、告別式は聖蘭女学園からほど近い、仙川のセレモニーホールで行われていた。不思議に思いながらも、私は東急から京王線へ乗り換えて仙川駅へと向かった。自由が丘に引っ越す三年前まで、私たち家族は仙川の賃貸マンションに住んでいた。特に懐かしいという感慨もなく、改札口への階段を上った。

〝第二の成城を目指す〟とうたって急激に変貌を遂げた調布市仙川地区は、今ではすっかりおしゃれな街になった。人気のカフェや高級食材を売るスーパーマーケットなどが軒を連ねる。

私が聖蘭に通っていた二十年前の仙川は、各駅の電車しか停まらない、退屈な場所だった。改札口の目の前には簡易トイレが並んで薄汚い印象もあった。

ひとつしかない改札口を抜けると、桜の大木が二本、乗客を出迎える。この桜は駅前開発の際に伐採される予定だったが、地元住民の署名活動で生き延びたらしい。

由香の葬儀が行われているセレモニーホールを訪れた。玉虫色の袈裟《けさ》を着た坊主が読経している。斎場の椅子にはまばらに人が座っていた。由香の遺影に驚く。十七歳当時の、生徒手帳の写真のようだ。由香はもう三十九歳になっていたはずだ。どうして十七歳当時の写真を使うのか疑問に思いながら、喪主席に座る由香の両親を見やった。

由香の両親は二人とも医者だった。父親は稲城市内の開業医で、母親は多摩第三総合医療センターの産婦人科医だった。幼いころの由香を育てたのは祖父母だ。由香が中学から高校一年にかけて、「バタバタ死んだ」と話していた。

お焼香をし、由香の両親に頭を下げた。白髪の父親は誰とも目を合わせず、目礼して参列客をやり過ごしている。私が由香の高校時代の親友だと知らない様子だった。

由香の母親とは、面識があった。由香はこの母親をとても軽蔑していた。私は大好きだった。恩人でもある彼女は充血した瞳で、懐かしそうに私を見ている。静かに目礼した。

出入り口に近い最前列の一番端の席に座り、由香の遺影をまっすぐ眺めた。十七歳の由香はレイヤーが入ったおかっぱ頭で、前髪はうすくすいてジェルで固めていた。茶色いブレザーの襟にボブの毛先がかかる。髪の毛でしっかりピアスホールを隠している。

私は込み上げる感情も特になく、ぼんやり斎場の隅に座っていた。聖蘭生なのか、同年代くらいの三人組の女性が、後ろの座席でヒソヒソと話をしていた。

「AV女優やってたんでしょ。悪い病気でもうつされちゃったのかしら」

「亡くなったこと長らく誰も気づかなかったらしいわ。発見されたときには、相当なにおいがしたそうよ」

「両親は医者で大金持ちなのに、餓死なんて」

大きな黒い背中が目の前を横切った。黒の喪服の下に筋肉のふくらみを感じさせる、若々しい体つきの、背の高い男だった。パーマをあてたようなふわりとしたくせ毛の髪が揺れる。

辻沢慎《つじさわしん》という聖蘭女学園高校の英語教師だった。私も教え子のひとりだ。姿を見るのは二十二年ぶりだが、辻沢がいつも全身に漂わせていた、世捨て人のような、あきらめのようなオーラは、なにひとつ変わっていなかった。

当時は身なりにも無頓着で、校内ではいつもワイシャツとネクタイの上に、ジャージを羽織っていた。熱心に教えることもない、冷めた教師だった。唯一、剣道の指導にだけは情熱を注いでいた。剣道部の顧問だったのだ。

辻沢が焼香する。あの体の向こうに、干からびた女の死体が眠っているのだ。そう思うとなぜだか猛烈に、体が疼《うず》いた。立ち上がると、ねっとりとした感触をスカートの中に感じた。私は逃げるように斎場を後にした。

駐車場には、十二台の車が駐まっていた。辻沢は二十年前、スクラップした方がよさそうな錆《さび》の目立つ車に乗っていた。医者一族の櫛沢家斎場の駐車場は、真新しい高級国産車や外車ばかりだった。私は一瞬で、辻沢の車を見つけた。

薄汚れた白いセダンの中を覗き込んだ。バックミラーに、日枝《ひえ》神社の交通安全のお守りがぶら下がっていた。色あせて、御利益など期待できそうにない。後部座席には、何年も前にドーナッツ屋の景品になっていた膝かけが、無造作に置かれている。

運転席脇のホルダーには、口のあいた缶コーヒーが置いてある。助手席側のホルダーには、ペットボトルの緑茶がはまっていた。中身が茶色く濁っている。

ピピッと音が鳴って、私のへその前で鍵が解錠された。

驚いて振り返ると、辻沢がリモコンキーをこちらに向けて、近づいてきていた。

車を挟み、しばし私たちは、言葉がない。

二十年前に私たちが起こした大騒動が蘇りそうになったが、蘇るにはあまりに大きく暗く苦しすぎて、私は頭が真っ白になる。

「乗るか」

辻沢が言った。すぐに打ち消す。

「乗らなくてもいいが」

気がつけば、参列者が駐車場に次々とやってきていた。由香を乗せた霊柩車が火葬場に向けて出発したのだ。私は、辻沢と私が醸し出してしまうであろう空気を、周囲が察するのではないかと心配した。早く決断しなくてはならなかった。

辻沢の車に乗った。助手席に滑り込んで扉を閉めたとき、車内の静寂の向こうに、なにかが崩れていく音が聞こえたような気がした。辻沢も運転席に滑り込んでくる。

「先生――いつ戻ってきていたの」

辻沢は私が高校二年生のときに学校を辞めて故郷の飛騨《ひだ》高山に帰っていた。エンジンをかけながら辻沢が答える。

「五年前。あっちはたいして教師の仕事がないからまた雇ってもらった。お前は」

私はなにをどこからどう説明していいのかわからず、フロントガラスを睨《にら》みつけた。

「俺が辞めた直後に、聖蘭女学園を退学したんだろ」

突然、笑い出した。

「なにやってんだよ、お前」

「再会したばかりなのに、ズケズケ言うわね」

「俺はお前がどれだけ悪い女かわかっていたが、英語の成績はいつも5をあげていただろ。もったいない」

辻沢がほんの少しだけ私の方に身を寄せる。ナビを操作した。

「火葬場……多磨葬祭場って言ったっけ？　どこだそれ」

　私はちょっと驚いた。

「え、火葬場に行くの」

「違った？」

　こんなに至近距離で目を合わせたのは二十年ぶりだった。目尻の皺《しわ》が増えているのを見ると、とがっていた性格も少し丸くなったのかなと思う。一方で、相変わらず唇は薄く乾いている。薄情な性格は直っていなそうだなとも思う。

「お前はどこへ行きたいの？」

　あなたのいる場所なら、どこへでも――。

　二十年前の私が、叫んでいる。

i　聖蘭女学園高等学校　修了式

私は放課後の教室にひとりで残っていた。机の上に折り畳みの鏡を置いて、化粧ポーチを出す。高さが合わないので、現代文と化学の教科書二冊を重ねて高さを調整した。暖房を切られた教室内は凍えるような寒さだった。マフラーを首に巻いてアイラインを引いていると、プライベートレーベルのハンカチの上に置いたポケットベルがブルブルとバイブした。

『ショジョナラ5ダス』

男というのは、初めて抱く女が処女なのか、わかるものなのだろうか。首を傾げていると、親友の栂沢由香が教室に戻ってきた。ふてくされた顔で「玲花ぁ〜」と泣きつく。

「聞いてよ、今日中に三十ページまで終わらせろとか言うんだけど」

「え、辻沢が？」

「すげーむかつくあのトカゲ童貞ハゲ野郎」

由香が罵詈《ばり》雑言《ぞうごん》を並べたてた。英語の担当である辻沢は、三十歳前の若い男性教師だった。聖蘭女学園高等学校は、その教師たちも〝聖蘭ジェンヌ〟と呼ばれる聖蘭出身の女性が多くを占めている。あとはハゲているか太っているかのおじさん教師が何人かいるだけだ。その中で若くて体格のいい辻沢は稀有な存在ではあるが、決して女子からキャアキャアと言われてはいなかった。

「辻沢の教え方が下手だからできないんだよ。あいつ、頭がおかしいんじゃないの。きめぇんだよっ」

ぶつぶつ文句を並べながらも、由香は英和辞典をぺらぺらとめくった。居残りはいやだけれど、授業についていけていないことに危機感を覚えているのだろう。

私は由香にポケベルを見せた。

「今日のカモ。五万出すって言ってるんだけど」

「マジで!!」

由香が私のポケベルを取りあげた。彼女はポケベルを持っていない。両親とも医者で多忙だ。ひとり娘の躾《しつけ》はとにかく〝与えない〟ことに尽きると思っているらしい。小遣いも月二千円という、今どきの女子高生からしたら絶対にありえない金額だった。だから由香は私のポケベルを使って、援助交際の相手を探している。

「五万は逃せないなー。すごい欲しいシャネルのバッグがあってさぁ」

そんな高い物を持ち歩いていたら親に援助交際をしているとバレそうだが、由香はうまく隠しているようだ。親が忙しいせいもあるだろうが、由香は嘘をついたりごまかしたりするのが本当にうまい。処女じゃないということも、これまでバレたことがないそうだ。

「男なんてさ、黒髪のおかっぱで制服のスカート丈が膝下で、ちょっと痛がるようなそぶりを見せればみんな処女だと思いこむ哀れな生き物なのよ。玲花、ワークブック写させてよ」

由香は男性論を語るついでに、ちゃっかりと私に手を出した。

私はヴェールルダンスのトートバッグから英語のワークブックを出して、由香に渡した。

「サンキュー」と由香はそれをすらすらと写し、赤ペンで乱暴にマルをつけていった。小学生の男子みたいだった。

すぐに辻沢にノートを提出しに行くと怪しまれる。一時間くらい教室で雑誌をめくって時間を潰した。セブンティーンの読者モデルをしていたこともある由香は、お化粧が上手だ。今日の私のメイクを「塗りすぎだよ～」とお姉さんのように言う。綿棒の先でアイラインを丁寧にこすり落としていった。

「玲花は原色美人なんだから、やりすぎたら舞台メイクみたいになっちゃうの。ファンデをもうちょっとグレードアップした方がいいよ。十代のうちにちゃんとした化粧品使わないと、三十代でぼろぼろになるから」

「無理だよ、うちはお小遣い一万円だもん」

「だから援交しようよ。まあ、玲花は顔が出来上がってるから処女じゃ通らないよね。三万くらいしかもらえないかもしれないけど」

「うちの親は警察だよ。ばれたら殺されるよ」

ポケベルがバイブした。私の彼氏の、藤堂優太からだった。

『ゴゲンキュウコウダッタ。アイタイナ』

メッセージの最後にハートマークが入っていた。由香が〝今日のカモ〟からのメッセージと思ったのか、勝手にポケベルを覗き見た。

「ハートマーク入れる男とかって、ありえないわー」

私は何も言い返さなかった。本当にそう思うからだ。由香は満足したように優しい口調で続けた。

「もう一年だね、優太君と」

「そうだね。そういえば」

「なにその興味ない感じ。っていうか、同じ男に一年も抱かれ続けるのってどんな感じなの？」

驚いて返事に窮していると、由香はピアノを弾くようにしゃべり続けた。

「優太君は早稲田で優しくてかっこいいけどさ、ある意味平凡じゃん？　玲花ほどのたまが優太君でおさまるのはもったいないと思うよ」

「そうなのかなぁ……」

「そもそもさ。玲花は優太君に興味ないでしょ」

「そんなことないよ」

「心の奥底から燃え上がる感情が出てない」

どの感情のことを言っているのか私にはどうしてもわからない。黙って考え込んでいると、由香が「まあ、私もないけどね」と肩をすくめた。

「本当に愛してる男とするセックスは気持ちいいなんて、嘘だよね。これまで同級生のガキから四十代のリーマンまでいろいろ相手してきたけどさ、ちゃんとイカせてくれた男なんてひと握りだよ」

由香の背後にある扉のすりガラスに、黒い影が見えた。私は慌てて「しっ」と人差し指を立てた。引き戸が開く。辻沢が入ってきた。切れ長の瞳の奥が残酷に光っていた。辻沢の厳しい叱責が始まる雰囲気を察して、私は固まった。

「宿題やらない、居残りやらない、その上、援助交際の自慢話かよ」

振り返った由香の襟ぐりを、辻沢は容赦なく摑《つか》み、椅子から立たせた。雑誌を手に取ると「校内持ち込み禁止」と言って丸めて、由香と私の頭を順番にはたく。バコン、バコンという乾いた音が夕刻の教室に響き渡る。痛くはないが、屈辱的だ。辻沢は由香のワークブックをぺらぺらとめくった。爬虫類《はちゅうるい》のような瞳が即座に私を捕えた。

「沢渡《さわたり》。答えを見せたのか」

嘘をつこうとしたが、その行為自体を見抜かれたような気がして、返答に詰まった。怒鳴られる。剣道をやっているときみたいな大声で怒鳴られると、たいていの女子は泣いてしまう。過去には過呼吸で倒れてしまったコもいた。私はおっかなくて膝がガクガクと震えた。

辻沢は怒鳴る寸前だった。分厚い胸板に空気が入って肺が膨らんだのがわかったが、辻沢は私の震える膝を見て息を止めてしまった。罵声ではなくてため息を吐きながら、じろじろと私の顔と上履きを、見比べる。とても困惑しているようだった。

由香は気がついていないが、私は、失禁していた。


私はトイレで汚れたショーツを洗い、絞った。濡《ぬ》らしたハンカチで、太腿をつたって流れた尿を拭く。右脚のルーズソックスも濡れていてアンモニア臭い。私はため息をついて、誰もいない夕方の学校の女子トイレで、顔を覆う。

恥ずかしい。

教師に叱られておもらしなんて、小学生でもしないだろう。過呼吸で倒れた方がまだマシな気がした。明日には学校中の笑いものになっているかもしれない。学校を辞めちゃいたい。

ルーズソックスも片方だけ水でゆすぎ、固く絞った。下着をルーズソックスでくるんで隠し、上履きも軽くゆすいで、トイレを出た。裸足で、急いで教室に戻る。

大きな背中が床の近くに見えた。辻沢が雑巾で床を拭いていた。私が漏らしたものを拭いているのだ。私は恐る恐る、声をかけた。

「あの。私が、やりますので」

辻沢はちらっと私を振り返り「いや」とだけ答えてバケツの中に雑巾をいれた。腕まくりした手でバケツの水に両手を浸し、雑巾をゆすいでいる。腕の内側には血管がいくつも浮き出ていて、側面はしなやかな筋が見えた。あのバケツの水に私の尿が混じっていると思うと、そこに素手を突っ込んでいる辻沢に、申し訳なさが募る。

「叱られ慣れてない」

辻沢がぼそっと言った。

「パパとママに甘やかされて育ったんだな」

だから辻沢が怒鳴ろうとしただけで失禁した、と言いたいのだろう。辻沢はあのあと、由香の首根っこを掴んで廊下に連れ出した。「職員室に行って俺のデスクで宿題をやれ」と怒鳴り、ひっそりと教室の中に戻ってきた。棒立ちになっている私に「トイレに行ってこい」とだけ言い、掃除用具を出していた。ちょっとは優しいところもあるようだが、甘やかされて育ったと決めつけられたことに、私は少し腹が立った。

無言でロッカーに向かい、私は体操着を探した。不機嫌を察したのか、茶化すような声が聞こえてきた。

「お前いまノーパンかよ」

私は驚いて辻沢を振り返った。辻沢は私のスカートや素足など目もくれずに、自戒した。

「いまのはセクシャルハラスメントか。学校をクビになるな」

「……ブルマ穿《は》くから。見ないでよ」

当たり前だと辻沢は答え、私に背を向けた。私は辻沢の大きな背中を眺めながら、ブルマを穿いた。下着ナシで直接ブルマを身に着けるのは初めてだ。穿き心地がかなり悪い。

「ごわごわして、やだなぁ」

「売店に下着売ってんじゃないの。売ってないか」

いまの辻沢はもう怖くないような気がして、私は冷やかしてみることにした。

「先生はドキドキしないの。スカートの下がノーパンブルマの女子高生が目の前にいるよ」

「無理。ない」

　辻沢は雑巾をバケツに突っ込んで、教室を出て行った。数分で戻って来た。手に千円札を握っていた。

「帰りに商店街にでも寄って、買っていけ」

　千円札を無造作に持った辻沢の手から、せっけんのにおいがした。

「お小遣い持ってるから、大丈夫だよ」

「いいから」

　私は千円札を受け取り、ぺこりと頭を下げた。立ち去る背中に、どうしても、知って欲しかった。

「甘やかされてなんて、ないから」

　辻沢は足を止めて、私を振り返る。射るような目で私を見た。よい先生なら、それが生徒のＳＯＳだと気がつくはずだ。それは私の希望的観測なのかもしれないが。

　辻沢は「わかった」とだけ言って、教室を出て行った。


「辻沢まじでむかつく。ほんとむかつく。死ねよ」

　由香が仙川駅へと続く商店街をのろのろ歩きながら、怒り続けている。彼女は私の失禁も、辻沢がそれを片付けたことも、知らないままのようだ。由香が職員室で英語のワークブックを解いている間に、私は仙川商店街で新しい下着を買い、身に着けて学校に戻った。由香の居残り勉強が終わるのを校門で待っていて、ようやく合流したところだ。

私はポケベルを見た。援助交際の相手とは六時に待ち合わせだ。もうとっくに過ぎている。ポケベルはカモからのメッセージで溢《あふ》れていた。『カイサツグチニタッテル　ダッフルコートノ』など、自分を見つけてもらおうと試みるメッセージが延々と続く。『フザケンナシネ』というメッセージで終わっていた。

またポケベルが鳴った。私から返事がないことを心配した優太が、大至急自宅に電話をくれと、親のように心配していた。駅に着いて、公衆電話から優太の自宅に電話をした。危ないから車で迎えに行くと言い張ってきかない。

「仙川駅の改札口で待っていて。十五分くらいで着く。由香ちゃんも一緒なら、彼女も稲城まで送るから」

由香に聞くと、彼女は電話口に「優太君よろしくでーす」とおどけて答えた。

駅前は大きな桜の木が二本と、簡易トイレがずらっと並んでいる。ちょっと休憩するベンチはないし、商店街の南端にあるカフェや北側にあるマクドナルドにわざわざ入るには、十五分という時間は短すぎた。私たちは改札口の目の前にあるレンタルビデオ屋で時間を潰すことにした。

私は映画もドラマも全く興味がないが、由香は難解な映画が大好きだ。特に『存在の耐えられない軽さ』という映画がお気に入りだった。今日も由香は哲学的な指南をするのかなと思ったら、『18歳未満お断り』と書かれた重たいカーテンの向こうへ、私の手を引いて入った。中は天井に届くほど大量のアダルトビデオが並んでいた。

私の目に『学園もの』というタイトルが目に入った。嫌いな女教師を、男子生徒たちが集団で強姦するというシリーズがずらりと並んでいた。私の視線の先を追った由香が、それを手に取った。

「玲花！　ナイス」

「え、なにが」

「コレで辻沢に復讐すんの」

由香から見たら美人に見えるらしい私が、辻沢を誘惑してその気にさせ、下半身を露出したところを写真に撮って脅す、というものだった。

私は全く乗り気になれなかったが、拒否もできなかった。

「絶対に楽しいよ、面白いよ」

由香にしつこくそう言われると、そうなのかなと思うようになった。

「オッケー決まりね」

由香は商店街のコンビニに入り、インスタントカメラの『写ルンです』を手に取ってレジに出した。これで撮れということらしい。店員がレジを打っている間に由香が店を出てしまったので、私は慌ててお金を払った。辻沢がくれた千円札はまだ財布の中にある。

週末の土曜日、三鷹に住んでいる優太の自宅に呼ばれた。『藤堂』という、自宅の規模にしては仰々しい表札がついた、ペンシルハウスだった。優太の部屋は三階の屋根裏部屋みたいなところにあった。天井が斜めなので少し圧迫感はあるが、十畳近くあるので広い。

「今日、何時までいれんの？」

センター分けの長めの前髪をかきあげながら優太は尋ねた。

「六時に渋谷で由香と待ち合わせてるから。五時くらいまで」

「ふーん。ほんと仲良しだよね。学校も休日も一緒の友人なんて、息が詰まらない？」

「別に……」

私は思い出して、トートバッグの中から部活の入部届を出した。今日、由香に見せるのだ。辻沢を嵌めるために、まず私は辻沢が顧問を務める剣道部に入部しなくてはならない。

ポテトチップスの袋をあけようとしていた優太が驚いて、私の顔を覗き込んだ。

「え、何コレ。部活やんの？」

「うん」

「急にどういう風の吹きまわし？」

「なんか急に、剣道やりたくなったの」

「俺にひとこと相談してよ。平日に会える時間がなくなっちゃうじゃん」

「ごめん」

優太は女みたいにため息をついたが、それ以上何も言わず、立て続けに五枚くらいポテトチップスをほおばった。

「そういえばこないだ、追いコンがあってさ。もうつきあって一年だし、みんな玲花のこと〝藤堂の嫁〟って呼ぶようになっちゃってさ」

入部届に、『一年二組　沢渡玲花』と書いた。

「まだ身を固めるの早すぎですよ、的な感じで答えたんだけど、みんなからヒューヒュー言われて、結婚式はいつなのかと言われてさ。困った困った」

希望の部活動名を書く欄に『剣道部』と書いた。顧問の名前のところで手が止まる。『辻沢』と書いたが、下の名前がわからない。

「まあその後、深夜まで先輩たちと飲んでたんだけどさ、みんなエンジン入っちゃって、下ネタオンパレード。俺たちのことも事細かに訊かれて本当に参った」

辻沢の下の名前はなんだろう。私は辻沢のトカゲのような冷たい瞳を頭に思い浮かべた。

「やっぱさ、みんな玲花に興味津々なわけ。まだ十六とはいえ、聖蘭のお嬢様、高級官僚の娘、そしてこの美貌——。もう大切すぎて手を出せないって白状したら、みんなもプラトニックな感じをわかってくれたよ。高校を卒業するまで待つのは男性として誠意がある、みたいなこと言ってた女もいたし」

慎だ。辻沢慎、という名前だった。入部届にその名前を書こうとして、なんだか急に心がかゆくなった。優太がその紙を奪い取ってはらりと投げてしまった。

「家に帰ってから書けばいいじゃん」

優太は私を乱暴にソファに押し倒した。

「だけどさ、もうそろそろ、いいよね？」


週明けの月曜日、辻沢が「授業始めるぞー」と、全く覇気のない顔で教室に入ってきた。教卓に出席簿と教科書を放り投げる。日直が「起立、礼」の掛け声をした。辻沢は仕方がなさそうに、長い手足をぶらぶらさせて教壇に立っている。終わるとさっさと出欠を取り始めた。

これまでその一挙手一投足に注目したことがなかったが、辻沢は背が高く、そして異様に手足が長かった。今日もワイシャツの上にジャージを羽織っている。長い指でチョークを持ち、教科書の、キング牧師の生い立ちについての長文の一部を抜粋した。文法的構造の説明を始める。

辻沢のスラックスとベルトを見た。いつかあの中身を見ることになるのかと思うと不思議な気持ちになった。辻沢は私の誘惑に負けて、下半身を出してしまうのだろうか。週末、優太にセックスを強要されそうになったが、嘘泣きして逃げてきてしまった。私はまだその経験がないから、具体的にどうすればいいのかよくわからない。こういうことは由香がいつも教えてくれたが、由香は私が処女だと知らない。気がついたら「処女のはずがない」という前提で話をされていて、本当のことを言い出しにくくなってしまった。まあ、辻沢を誘惑してズボンをおろすぐらい、どうってことないと思う。優太も昨日、自らジーパンをおろしていた。私が泣いたので、渋々穿き直していたが。

辻沢が英文を読みながら、教室内の巡回を始めた。私は慌ててシャーペンを持って、黒板の解説を書き写した。表情の乏しい顔をしているのに、なぜか辻沢の文字はくせがなく整ったきれいな字だった。とらえ所のない人だなと思っていると、行きすぎた辻沢が数歩下がって、私の机の横に立った。

じっと私のノートを覗き込んでいる。落書きもしていないし、板書をさぼってもいないのに、私はシャープペンシルを握る手が震えてしまった。

「大丈夫か」

手の震えを見て、辻沢がとても小さな声で尋ねた。私は慌てて頷き返した。辻沢は納得していないような表情のまま、教壇に戻った。

数分後、「なんの話だったの？」という由香からの手紙が、窓際の席から回ってきた。私はなぜか返事が書けなかった。考えているうちにチャイムが鳴ってしまった。

夕方のホームルーム終了と同時に、私は教室を出ようとした担任教師を捕まえた。矢《や》部今日子《べきょうこ》という三十過ぎの女性教師だ。嫁に行けず、彼氏もいない現実を自虐的に話しては、退屈な現代文の授業を楽しませようとしてくれる。〝ヤベキョウ〟の愛称で親しまれていた。

「先生、ハンコ欲しいんだけど」

「え。部活に入るの？」

ヤベキョウは入部届の内容を見て、更に目を丸くした。

「なんでこの時期に……。しかも剣道部って」

「別に、なんとなく」

「顧問は辻沢先生よ？」

その厳しさを暗に示し、ヤベキョウは怪しんだ。

「──何か企んでるでしょ」

「え」

「椈沢さんの差し金ね？」

ヤベキョウはいつも生徒を見通す。私は最終兵器にと準備していた答えを言った。

「パパに入れって言われたの。ほら、警察で剣道部だから」

「ああ、そういえば、お父さんは警察関係だったわね」

「二年に入ったら絶対に中だるみするから、剣道の精神とかが心の鍛錬には一番いいんだって。もう、うるさくて」

ヤベキョウはにっこり笑うと、その場で入部届に担任のサインをしてくれた。

「がんばりなさいよ。辻沢先生は剣道五段で相当厳しいから。まあその厳しさがあるから、剣道部は去年、関東大会出場を果たしてるんだけどね」

由香は教室の窓辺の席でポータブルＣＤプレーヤーを聞いているが、こちらを見ていた。私に親指を上げている。

「印鑑は職員室だわ。一緒に来てくれる？」

ヤベキョウは入部届を持って、先を歩き出した。

「ついでに辻沢先生にも印鑑をもらったらいいわ」

職員室に入った。辻沢のデスクは、ヤベキョウの隣だった。姿はなかった。

「もう部活に行っちゃったのかしら」

「あとで体育館に行ってきます」

ヤベキョウは印鑑を押した。丁寧にティッシュでインクを押さえて私に入部届を渡す。

「がんばってね」

私は辻沢のデスクをじっくりと観察していた。物が多くて雑然としていた。作業スペースは折り紙分くらいしかない。ヤベキョウのデスクとの境目に缶コーヒーの空き缶がずらりと並んでいて、低い城壁を築いているみたいだった。


私は売店に行って缶コーヒーを買い、体育館へ向かった。体育館はまん中からネットで仕切られている。出入り口側がバスケ部で、舞台側に剣道部がいた。剣道部員たちはみな紺色の胴着姿で、一列になって掛け声を上げ、基本動作みたいなことをやっていた。

辻沢は舞台の端に腰かけて足をぶらぶらさせながら、その様子を見ていた。部員たちが面と防具をまとって竹刀を合わせ始めると、ぴょんと舞台から飛び降り、自ら竹刀を持って、うろうろと周囲を回り始めた。

「足、足！」と部員の袴の足をぴしゃりと叩いたと思ったら、今度は別の部員の防具の胸を思い切り竹刀で突いた。「下がれ下がれ、下がるんだよっ‼」

辻沢の怒鳴り声が体育館に響き渡る。授業中の世捨て人みたいな雰囲気は全くない。まるで別人の熱血ぶりだった。つくづくおかしな人だ。私は辻沢の手があくのをじっと待った。そういう自分が不思議だった。私はいったい、何をがんばっているんだろう。

一時間ほどで休憩になった。ようやく辻沢が舞台の縁に飛び乗った。休憩だろう。私はやっと、彼に近づいた。置いてあった竹刀をまたぐと、辻沢が叫ぶ。

「竹刀をまたぐな！」

私は慌てて飛びのいた。辻沢はもうそれで私への用件は済んだとばかりに目を逸《そ》らしてしまった。私は「ハンコ押して」と、入部届を出した。

「はあ？」

辻沢は、受け取ろうともしなかった。

「剣道部に入るから」

「誰が」

「私」

「なんで」

「剣道やりたいから」

辻沢は馬鹿らしい、と鼻で笑い、舞台から飛び降りて部員たちの方へ行ってしまった。ヤベキョウは騙せても、本気で剣道をやっている人は騙せそうにもなかった。私は仕方なく、売店で買った缶コーヒーを辻沢が座っていたあたりに置いて、一旦退散した。

自宅に帰り、母と二人で静かに夕食を食べた。二人きりの食卓を私はなんとも思わないが、母はいつもさみしげだった。

「やっぱり単身赴任はなんだかね……。でも、京都の高校に転入もいやでしょう。ママもね、玲花にはこのまま大学まで聖蘭でいてほしいし」

まるでこの侘《わび》しさは私のせい、みたいな言い方だった。

「パパについて京都に行っていいのよ。私ひとりで生活できるし」

「まだ高校生で一人暮らしなんてダメよ。羽目を外すような状況は絶対に作っちゃいけないって、パパからきつく言われてるの」

両親には、優太の話をしていない。別に隠しているわけではないが、積極的に話したいことでもなかった。母も恋愛の話を訊いてくることがなかった。

医師で多忙な由香の母親とはまた別の意味で、私の母親は娘に無関心だった。母は専業主婦で何を目的に生きているのかよくわからない。けれどそれをおかしいこととは思わなかった。私自身も、何が目的で毎日生きているのか、よくわかっていないからだ。

風呂から上がると、ガス台を掃除していた母がちらっと私を振り返った。

「辻沢先生から電話があったわよ。担任の先生以外から電話なんて、なにかやらかしたの」

「先生、なんて？」

「折り返し電話下さいって。八時半くらいまでなら職員室にいるそうよ」

もう九時だった。私は頭にバスタオルを巻いたまま二階の自室に入り、職員名簿を出した。子機で辻沢の自宅に電話をかけた。

「夜分遅くにすいません。聖蘭一年二組の沢渡玲花ですが」

「あぁ。なに」

「なにって……。自宅に電話があったと、母が」

「ああ……。剣道部の件で。矢部先生がうるさくて」

私を門前払いしたことを、ヤベキョウが辻沢に抗議したのだろう。

「――て、本人に言うなよ」

辻沢は付け足した。私はちょっと吹き出した。

「あのさ。お前さ、缶コーヒーだけど」

「あ。はい」

「飲めないよあれ。俺、ブラックしかダメなの」

「すみません。私、カフェオレしか飲めないから。コーヒーのことがよくわからなくて」

「ふうん。あ、そういうこと」

「あの、何の銘柄がいいんですか?」

辻沢はなにがおかしいのか、ケタケタと笑ったあと、「こんな時期に入られても他の部員の足引っ張るだけで困るんだよ」と、入部お断りの意思をさらっと述べた。

「じゃあ、特訓してください。部活が終わった後に」

「部活が終わるのは六時だぞ。それまでお前、何してんの」

「自習室で勉強してる。英語の勉強」

「なんでそんなに剣道やりたいの」

「ヤベキョウに話したよ」

「ふうん……。じゃ、明日六時に体育館に来て。俺も仕事があるから、三十分だけだぞ」

電話を切った。私はたぶん生まれて初めて、「やったー！」と飛び上がった。そのままの勢いで、由香の自宅に電話をかけようとした。だがやめた。自分が何を喜んでいるのか、わからなくなっていた。


午後六時になったので、私は図書室の横にある自習室を出た。階段をいっきに下り、体育館へ急いだ。バッグの中には、由香から預かった『写ルンです』が入っていた。予定通りことが進んだら、辻沢が露出しているところをコレで撮影しなくてはならない。

通路を渡ると、校庭の砂埃《すなぼこり》を含んだ風が私の顔を直撃した。目に砂が入る。思わず立ち止まると、後ろから来た人がどんっとぶつかってきた。辻沢だった。

「砂入ったの？」

「うん……」

「だせえ」

辻沢は私を放置してそのまま体育館に入っていってしまった。目に砂が入ることのなにがださいのかよくわからないまま、私は涙を流して、体育館に入った。辻沢が倉庫の鍵を開けていた。

「胴着はここにあるから。更衣室で着替えてきて。これ鍵」

私に更衣室の鍵を握らせた。

「着方がわかんないよ」

「着方を教えろと？　胴着と袴の下は裸だぞ」

「えっ」

「まあ今日はいいや。体操着に着替えてきて」

私は冷え切った更衣室で震えながら半袖の体操着と紺色のブルマに着替えた。鳥肌の立つ腕をさすって体育館に出た。ほんの数分だったのに、辻沢はもう待ちくたびれた様子だ。迷惑そうな顔で、いきなり胴着を私に押しつけた。羽織ったが帯がない。目で訴えると「これは入院着みたいに着るんだ」と辻沢は私の脇の下に手を入れて、そこから垂れる紐を引っ張って結ぼうとした。辻沢の左手の甲が、私の乳房に少し触れた。辻沢はすぐに手を離し、「自分でやれ」と言った。次に袴を穿いた。前後ろ反対だと指摘され、慌てて脱いでブルマ姿になった。

「その前に、ルーズソックスと上履きを脱げよ」

「裸足は寒いよ」

「剣道は裸足でやるんだ」

渋々裸足になり、袴を穿き直した。やはりどこをどう止めていいのかわからずにおたおたしていると、辻沢が手伝ってくれた。袴の帯紐をきゅっときつく結びつけられて、お腹が圧迫される。ひっ、と変な声が喉から出てしまった。辻沢は私の顎の下で笑いをこらえている。やがて一歩下がって、私の全身を見渡した。

「お前は顔が整ってるから、なかなか似合うな」

辻沢が専用の袋から竹刀を出した。持ち手の皮が茶色く汚れ、ボロボロだった。

「今日は竹刀の持ち方から」

「お面とか防具とかつけないの？」

「竹刀も持てないくせに防具なんて、百年早い」

「百年経ったら死んじゃうよ」

辻沢は私の冗談に愛想笑いすらせず、竹刀の握り方を指導した。

「左手の人差し指と親指の間で支えて、そのまま握る。右手で支配して、左手で支えるんだ」

「へー。そうなんだ。逆だと思った」

「慣れてくると、手がこんなになる」

辻沢が左掌を開いて、見せてくれた。薬指の付け根はタコができては潰れてを繰り返したのか、硬くなっていた。竹刀を支える人差し指と親指の間も、何度も皮がむけたのだろう、ザラザラで野球のグローブみたいだった。

「先生、どうして剣道を始めようと思ったの」

「恩師の影響だよ。それじゃもう一回、構えてみて」

竹刀を構えた。辻沢が竹刀の先を下に押し、私の二の腕を脇からぱんと押し締める。

「恩師の影響って？」

「俺、グレてたの、中学のとき」

「えー、見えない」

「殺人と強姦以外のことはたいていやったな。暴れていると気持ちがすっとした。そういう俺を、竹刀でどつきまわす怖い教師がいたの。徹底的に指導されて、なんとか更生して教師になったわけさ」

「ふうん。ひとに歴史ありだね」

なにがおかしかったのか、辻沢は大笑いした。

「お前ってさ、もっとクールな感じなのかと思ったら。結構抜けてるな」

「そう？」

「だってその容姿。成績もいいし。どうして栩沢みたいな不良とつるんでるのかは謎だけど」

「先生こそ謎じゃん。部活のときはめっちゃ熱い人なのに、どうして授業中はやる気がないの」

「だって、つまんないから。授業」

「先生がそれじゃ、生徒もつまんないよ」

「だからみんな、ほとんど寝てるだろ」

今度は私が笑い転げた。

「先生って、先生失格だよね」

「知ってる」

「どうして先生になったの？」

「別に、他になるものがなかっただけだよ」

「そんなんで教育者を選んじゃだめじゃん」

まだまだ話していたかったのに、体育館の壁にへたっていた私のトートバッグの中のポケベルがバイブしている音が聞こえてきた。

「ベル鳴ってる。親じゃないの」

辻沢が気にした。仕方なくメッセージを確認した。優太から十通近くきていた。私が返事をしないので、週末に私を押し倒したことを怒っていると思っているらしい。しつこいくらいに謝罪のメッセージが続いていた。最後は「もう絶対に手を出さない。玲花の処女は俺が守る」という趣旨のメッセージが届いていた。辻沢がポケベルを後ろから覗き見していた。

「彼氏か？　偽善者だな」

「すごい。よくわかったね」

「わりと、人を見る目はある」

「それじゃ、私はどんな人？」

辻沢が、私の顔を覗き込んだ。細い瞳を一瞬見開いて、なにか気がついた様子だったが、すぐに目を逸らした。小さく言う。

「今日はもう終わろう」

私は更衣室で着替えて体育館に出た。辻沢の姿はもうなかった。鍵を返そうと、職員室に向かった。職員室の前は来年にも学食がオープンするとかで、工事の真っ最中だった。授業が終わる四時以降から本格的に工事が始まる。ドリルやエンジンの作動音がやかましく鳴り響いていた。

辻沢はデスクに座り、電話で誰かと話をしていた。私を見つけると、頷いて手を伸ばした。更衣室の鍵を返せということらしい。辻沢の手に鍵を落とすと、まるで物々交換みたいに、カフェオレの缶コーヒーが私の掌にぽとんと落とされた。

辻沢はそれから、三十分だけだけれども、毎日のように特訓の時間を作ってくれた。熱心なようで、半分ふざけているようにも見えた。部活の時はあんなに厳しいのに、私のぎこちない動作を見ていつも笑い転げる。中段の構えを特訓すると言いながら、おしゃべりばかりで時間が過ぎていく日もあった。

特訓が終わり、私が着替えて更衣室から出ると、辻沢はいつも、カフェオレの缶コーヒーを持って私を待っていた。私もトートバッグの中にいつもブラックの缶コーヒーを忍ばせていた。なかなか出番が回ってこない『写ルンです』は、バッグの底に沈んでいた。

三学期の期末テスト期間中は学校が午前中で終わるし部活もないので、さすがに剣道の特訓はできなかった。英語のテストは最終日にあった。周囲からは消しゴムが答案をこする音や、慌ててシャープペンシルを走らせる音がひっきりなしに聞こえた。私は十分で終わってしまった。ぼけっとしていると、リスニングのため、ラジカセを持ってクラスを回っていた辻沢がやってきた。私の机の横に立って答案を見た。驚いたような感心したような、ピエロみたいな顔をしている。私は答案を裏返して、書いた。

『今日特訓してくれる？』

辻沢はにやっと笑っただけで、教壇へ行ってしまった。リスニングのテープを流す。隣の教室に行ってしまった。けれど、ちゃんと特訓の時間に体育館に現れた。事故みたいなものが起こったのは、その日の特訓終わりのことだった。

部活中のように、辻沢は舞台の縁に座って缶コーヒーを飲んでいた。着替え終わった私も隣によじ登ろうとした。予想以上に高くてもたついていると、辻沢が私の腕を掴み引き上げてくれた。辻沢の体に寄り添うように、座ってしまった。なんとなく、そこからお尻一つあけてずれることができない。ただ身を寄せて小さくなって、カフェオレのプルタブを開けた。辻沢も、体を退《ど》けようとせず、静かにブラックコーヒーをすっていた。広い体育館で、なんで私たち二人はこんなにせせこましくしているのか、笑えるようで笑えなかった。今日は会話も続かない。なぜか、この雰囲気で訊くべきでないことを、私は尋ねてしまった。

「先生ってさ、彼女いるの」

「え。いないよ」

「ふーん」と、足を意味なくぶらぶらする。舞台下の収納の引き戸に足があたり、空っぽな音が響き渡った。辻沢はどうしたのか、黙りこんでいる。

「ねえ、ブラックコーヒーってほんとうにおいしいの」

「おいしいから飲んでる」

「味見していい？」

辻沢は、飲みかけの缶コーヒーを無言で突き出してきた。私はそれを受け取り、縁に黒い液体が残っているその飲み口に、自分の唇を重ねて、飲んだ。苦味にむせそうになったが、強引に飲みこんだ。

「まずーい」

辻沢はなぜか悲しそうに笑うと、「俺もそれ飲んでみる」と、私のカフェオレを勝手に取って、ひとくち飲んだ。そして、「あまーい」と私の顔真似をした。

二人で顔を見合わせて笑い合っているうちに、キスになっていた。


その日を境に、辻沢は私を避けるようになった。

廊下ですれ違って挨拶をしても、伏し目がちで、口の中でごにょごにょ言うだけだ。決定的なのは、授業中の態度だった。私は積極的に挙手をするほうではないし、辻沢も挙手を求めずに、いつも名簿順に指名をする。難問で答えられない生徒が三人くらい続くと、だいたい「それじゃー沢渡かな」と、私に答えさせるのがクラスの決まりごとみたいになっていた。それを辻沢は突然、やめた。答えられない生徒が続くと、さっさと黒板に答えを板書してしまう。まるで、私の存在を黙殺しているようだった。

私にとってあのキスは、とても自然な流れの先にある当たり前の行為だった。歯を磨いたあとに口をゆすぐとか、鼻がむずむずしたらティッシュでかむとか、それくらい当然の出来事だった。優太とキスをしたときと、全然違った。「お願いそれ以上のことはしないから」と何度もせがまれた末のことだった。真正面に立つ優太から「目を閉じて」と仰々しく言われて、両肩を掴まれて、硬く緊張したものを唇に押し付けられた。いつどこでやったのか全く覚えていない。

先生の唇は薄くて乾燥しているように見えたが、あたたかくてやわらかだった。私とキスをするためにあの人の唇はあるんじゃないかなと思うくらいしっくりきたのに、先生はそうは思っていない。だから避けているのだろうか。それとも、同じように思ってくれたからこそ、深入りを恐れて、私と目も合わせないのだろうか。

異変にいちはやく気がついたのは、由香だった。とうとう一線を越えたのだと思ったようで、お弁当の時間に「写真撮れた?」と、耳打ちしてきた。私は一瞬考えて、こう答えた。

「失敗したかも。ちょっと迫ってみたら、壁作られて」

「まじでー。あいつ童貞なんじゃね、びびってんだね」

「これ以上迫っても、時間の無駄かも」

「だね。それ使っちゃおうか」

由香は、私が持っていた『写ルンです』を自分たちの方に向けた。私も顔を寄せて、一緒にフレームにおさまった。『写ルンです』はその日から、由香の所持品になった。

翌日の剣道の特訓に、辻沢は来ないかと思っていた。なぜだか彼はちゃんと私を待っていた。

「今日から面と防具をつける」

防具をつけるのは百年早いと言っていたくせに。いつもはワイシャツとネクタイの上にジャージを羽織っている辻沢が、胴着に防具をつけて、稽古をつけるようになった。背の高い辻沢が防具をつけると、巨大で、まるで暗黒世界のダークヒーローみたいに見えた。

「ダース・ベイダーみたい、先生」

私は笑ったけれど、辻沢は答えない。淡々と稽古をつけるだけだった。着替えを終えて、ブラックコーヒーをバッグから出しながら、更衣室を出た。辻沢はもういなかった。職員室に顔を出すと、ヤベキョウが「帰ったわよ」と教えてくれた。

高校一年生の修了式の日を迎えた。卒業式は一週間前に終わっていたので、一年生と二年生だけの閑散とした修了式だった。辻沢は体育館の一番後ろにぼけっと突っ立っていて、退屈そうにあくびを噛み殺していた。

教室に戻り、ヤベキョウから通知表をもらった。「二年生になっても剣道がんばってね」

と言われた。

「辻沢先生が、二年生になったら正式な部員にするって言ってた。よかったわね」

全然嬉しくない。席に乱暴について、通知表を開いた。体育と美術が4で、家庭科は3だった。あとは5だ。一学期から全く同じ数字で、本当につまらなかった。

由香は引き出しの奥に詰まったプリントや答案、教科書をゴミ箱に捨てている。身軽になると「玲花、カラオケいこー」と誘ってきた。私は頷いて学校を出た。

新宿駅に出て、歌舞伎町のマクドナルドで腹ごしらえをした。そのままカラオケにいく。平日なので、午後六時までフリータイムで歌い放題だった。由香は大好きなB'zを全曲制覇すると張り切っていたが、制服姿なので酒を頼めないと退屈がった。酒を注文したいがために、優太を誘うことになった。

優太にポケベルで連絡を入れると、数秒で「すぐに友達を連れていく」という趣旨のメッセージが入ってきた。大学生ってどうしてこんなに暇なんだろう。

一時間しないうちに、優太はテクノカットの男を連れてきた。アルバイト先の後輩だという。私をひと目見たテクノカットは何に驚いたのか、後ずさった。

「想像以上の美少女です。やばいス、まともに顔見れないス」

「なに言ってんだよバーカ、驚いてるじゃん」

テクノカットは本当に私と目を合わせられず、由香とばかり絡んでいた。それなりに楽しそうに見えたが、由香は不機嫌になっていった。どんどん酒を頼んで、B'zではなくて、退屈なナンバーばかり歌っていた。

由香から何度も酒を勧められた。私は飲んでいるふりをして、こっそり優太にグラスを回した。私が裏声で一生懸命に篠原涼子を歌っていると、テクノカットと優太が話している声が聞こえてきた。

「あんなきれいな子がこの世に存在することが、そもそも奇跡っスよ」

「そう？　てか一年もつきあえば見慣れるよ。美人は三日で飽きるって言うし」

由香が非難の声を上げる。タバコを挟んだ手で、優太の太ももをつねった。大黒摩季のイントロが始まったので、私はマイクを摑んだ。テクノカットが「大黒摩季を歌うのはまだ早いでしょう」とよくわからないことを言った。

五時を回ったあたりから、私以外の三人は酒に飲まれてべろんべろんに酔った。優太がミスチルの『イノセント・ワールド』を歌いながら、当たり前のように私の肩に手を回した。長い間奏に入ると抱き寄せて、キスをしてきた。テクノカットが「ひゅ～」と、はやしたて、由香はバッグの中から『写ルンです』を出すと、キスをしている私たちを撮影した。「結婚しちゃえよもう！」と叫んだ。

優太はよほど酔いが回ったのか、ミスチルを歌うのをやめて、私を押し倒してきた。

「もったいない」と、由香がマイクを持って歌を引き継ぐと、テクノカットが受付に電話をして、もうひと部屋あけてくれと頼んだ。

店員が案内した狭い個室で、優太はソファの上に押し倒した私を、拝んだ。

「ごめんほんとうにもう我慢できない、でも一年待ったからお願い」

私が何も言わないことが彼の中でゴーサインだったようだ。優太はごくりと唾を飲み込んで、制服のボタンに手をかけた。白いブラジャーと素肌が露わになると、顔を真っ赤にして、ちまちまと私の乳首に吸いついた。私の手がブルブルと震えた。私はいつからか、ポケベルを握りしめていた。母親からだった。

『ツジサワセンセイカラデンワ』

私は覆いかぶさる優太を、突き飛ばした。


学校の門はもう閉まっていた。職員通用口から回って、体育館へ向かった。もう外は真っ暗で、午後七時前だった。体育館の灯《あか》りがついていた。奇跡みたいな光だった。

辻沢は、修了式と全く同じ様子で、ぼけっと壁に寄りかかっていた。ジャージに着替えている。私が飛び込んで来たのを見て、はっと体を起こして、私を受け止めた。私たちは慌ただしくキスをしながら、更衣室の中になだれ込んだ。それもやはり、とても自然なことだったが、いつもより大きな爆発だった。マグマが溜まったから噴火したとか、雪が積もりすぎたから雪崩を起こしたとか、そういう類の自然の出来事だった。

部室は、各部活の部員たちの汗と埃と、制汗スプレーのにおいが混ざっていた。扉を閉めると真っ暗になった。辻沢の顔も、自分の体も見えない。辻沢の体のシルエットが暗闇に浮かび上がっている。

辻沢は私と唇で繋《つな》がったまま、私の体を乱暴にベンチに倒した。辻沢の長い指がするりとスカートの下に入り、私の下着をずらして、陰毛をかき分けている。ぬるっとした感触がひどくて、私は生理がきたのかと思って慌てた。辻沢は「なんでこんなに濡れてるの」と、囁《ささや》いた。泣いているみたいな声だった。「もういれるよ」と懇願した。私が黙っていたせいか、辻沢が怯《おび》えたように「はじめて?」と尋ねてきた。暗闇の中でもわかるように大きく頷いた。大丈夫かと確認してきたが、返事を待たずに、辻沢は熱く硬くなったものを入り口に押し込んできた。あまりの激痛に悲鳴を上げると、辻沢は驚いて、動きを止めた。

「まだ半分も入ってないよ」

「嘘だよ。痛くて無理」

「大丈夫だよ、濡れてるよすごく」

辻沢は甘えるように高い声で言った。

「でも痛いよ。怖い」

「やめる?」

やめてほしくはなくて黙る。「今日は痛くても、そのうち慣れるよ」と辻沢が容赦なく入ってきた。あまりの激痛に耐えられない。小さく悲鳴を上げて辻沢の体の中であたふたしてしまう。剣道で鍛え上げられたその体は壁みたいでびくとも動かない。そのまま体を持ち上げられ、抱きしめられ、上半身を両腕で固定された。逃げ場がなくなった。辻沢が私の尻に手を回してぐっと力を込め、せわしなく腰を振った。

痛くて涙が出てきた。背中を丸め、辻沢のジャージをぎゅっと摑んで堪えた。ジッパーの取っ手が氷のように冷たく私の頰に押しつけられた。顎をぐいと引かれて上を向くと、辻沢がべっと舌を出した。舌そのものが生き物みたいに蠢《うごめ》いて、私の唇や歯を舐《な》めまわす。まるで掃除をしているみたいだった。

私はただ痛みに堪えるだけの時間を辻沢に捧げた。やがて辻沢は小さなうめき声を上げながら腰を振る速度を速めた。私の体を内側から痛めつけているようだった。このまま じゃ体が裂けてしまうと思ったら、突然熱く硬くなったものを抜いた。私のめくれ上がったスカートの上に射精した。

体育館の入り口の水道に立ち、スカートを穿いたまま洗った。なんだか笑えてきた。私はいつも辻沢のせいで身に着けている物を洗う羽目になる。

職員専用駐車場から車を回してきた辻沢が、体育館の入り口に車をつけた。白くて古い型の軽自動車だった。どれだけ洗車していないのか、薄汚れている。辻沢が運転席から手を伸ばして、助手席の扉を開けた。私はさっと助手席に滑り込む。下半身がシートに触れた瞬間、痛みが走って飛び上がりそうになった。私のあそこは一体どうなっちゃったんだろう。私が扉を閉めるか閉めないかのうちに、辻沢が車をUターンさせて、学校の敷地の外に出た。深いため息をついている。

「家、どこだっけ。送ってく」

「渋谷区笹塚。十号通り商店街の方」

環状八号線まで、互いに無言だった。膣《ちつ》が痛くて、座っているのが辛い。もぞもぞしていると、ギアに乗せられた辻沢の手がにゅっと伸びてきた。私の膝の上の右手を包みこんだ。

「制服、ごめん。親に気づかれない？」

「なんか言われたら、生理の血がついたって言えばいいよ」

なるほど、と辻沢は感心したように頷いたあと、「おしっこじゃなくて？」と笑った。私が失禁したときのことをからかっているようだ。私は笑おうとしたのに、辻沢の方から慌てて打ち消した。

「ごめん。もう言わない」

怖い先生だと思っていたのに、辻沢は今日、謝ってばかりだった。

「今どきの女子高生って、休日とかなにしてんの」

「別に……。渋谷とか、カラオケとか」

「今週末、どっか行く？」

「週末はもう予定があるの。由香とか、彼氏とか」

「そっか。彼氏」

なにがおかしいのか、辻沢は笑った。

「申し訳ないな。お前の彼氏が大事に守ってきたものを、今日、もらってしまった」

「わたし、先生になにもあげてないよ」

「いや、もらった。確かにもらった」

「明日は？」

「え？　部活だよ。春休みでも部活がある。午前中だけだけど」

「じゃ、午後は」

「いいよ。車で迎えに行く……。で、お前は春から剣道部入るのか」

「まさか。入るわけないじゃん」

辻沢が腹を抱えて笑った。彼が笑うポイントがよくわからなかったが、彼が笑うと心の底がじんわりとあたたかくなる。こそばゆいような気持ちになった。

公園の桜のつぼみが、膨らんでいるのが見えた。

「いやらしいね、なんか」

「え、なにが？」

「桜。つぼみのころってなんだかすごく淫靡《いんび》だと思わない？」

「ふうん。重なるものがある、と」

「え？」

「いや、なんでもない」

辻沢もくすぐったそうな表情で、私から目を逸らした。

Ⅱ　サン・クレメンテ自由が丘　晩夏

仙川駅の改札口を、ベビーカーを押して通り抜けた。桜の大木に蟬《せみ》が密集している。樹の下のベンチで菜々子と美優が待ちかまえていた。

菜々子はパンツスーツ姿で、美優はプリンセスラインのワンピースを着こなしていた。菜々子の先導で、私たちは仙川商店街を抜けて、聖蘭女学園の敷地へ向かって歩いた。

辻沢という存在を思い出した私の脳が、私を、興味もない小学校受験の説明会へと向かわせていた。辻沢が英語教師を務める高等部の校舎の入り口は、仙川商店街を抜けた先にある。初等部の正門は南側で世田谷区成城に近い。二つの校舎の間には中等部の校舎や校庭、チャペルなどがまたがっている。辻沢と顔を合わせることはないのに、私はここへやってきてしまった。

小学校の講堂で、説明会が開かれた。入り口で配られたパンフレットや願書などを菜々子も美優も熱心に見ていた。私も見入るふりをして、辻沢のことを考えた。和葉が泣きだす。自宅から出る直前にミルクを作ってきた。ベビーカーの中の和葉に与えていると、美優が少し驚いた。

「あれ？　完母じゃなかったの」

彼女は完全母乳育児神話の信者だ。取り巻きの中には、美優が遊びに来ると哺乳瓶や粉ミルクを隠す人までいる。私は辻沢と再会してから、なぜだか突然、母乳の出が悪くなった。まるで体が母親でいることを拒もうとするかのように、辻沢と再会した一週間後に、生理が再開していた。

熱心な保護者からの質疑応答が終わらず、説明会は時間オーバーで午後一時を過ぎていた。美優がスマホをスクロールしながら、ランチの提案をした。

「銀行前のカフェ、パンケーキで有名らしいの。行ってみない？」

私は賛成したが、菜々子が渋った。

「久々に来たから高校の学食行きたいな。ね？　玲花」

私は首を傾げた。

「学食は確か、大学にしかないわ。大学は麻布校舎だし」

「私が卒業したあと、高校も学食がオープンしたんでしょ？　私たちの学年はただ工事の騒音に悩まされただけで損した気分だったのよ」

そうだったかもしれない、と私は曖昧に笑って頷いた。

敷地内はベビーカーを歓迎する造りになっていない。タイル張りの地面にタイヤをガタガタ揺らしながら、高等部の敷地へと進んだ。中庭の池と、創立者の銅像の横を通り過ぎ、中等部の校舎を抜けた。高等部の学食に到着した。

午後一時半を過ぎている。すでに午後の授業が始まっているようで、学食は閑散としていた。ガラス張りで明るい雰囲気ではある。学校の職員や、私たちと同じように説明会を終えた保護者たち数人が、券売機の脇にあるメニュー表を眺めていた。

この学食に来るのが初めてであることがばれないように、私は周囲の人々の一挙手一投足を必死にまねた。土足厳禁というポスターを素早く見つけて、「スリッパに履き替えてね」と菜々子や美優に教える。ときどき失敗すると「もう二十年も前だから忘れちゃった」とごまかしを入れた。

注文した魚の和膳ができあがるまで、カウンターで待った。パスタをお盆に乗せた菜々子があいているテーブルを探している。歓声を上げた。

「玲花、見て。あれ、辻沢先生じゃない⁉」

壁際のテーブルで丼ものをかきこんでいる男がいた。ワイシャツとネクタイの上に、ジャージを羽織っている。確かに辻沢だった。十日前に、餓死した教え子の葬式で再会した。

菜々子が辻沢のテーブルに向かった。辻沢は目の前に現れた菜々子を見上げ、眉をひそめた。

「辻沢先生でしょ！　私、山辺《やまべ》菜々子です。先生から英語教えてもらってたんだから」

辻沢は昔から、生徒に興味を持たない人だった。菜々子のことを全く思い出せないようだ。面倒くさそうに、「ああ、どうも」と会釈をした。

私の隣でオムライスを注文していた美優が、「高等部の先生？」と耳打ちしてきた。

「そう……。英語の、辻沢先生」

「聖蘭にあんなマッチョな先生いたんだ。玲花たちがいたころは若かったんじゃない？」

「うん……」

「菜々子ったら、はしゃいでいるわね」

美優はほほえましそうに言った。菜々子に「こっちこっち！」と手招きされる。美優は感じのいい笑みで辻沢に声をかけ、同じテーブルにつく。辻沢が、和膳を持ってぼうっと立っている私に、気がついた。辻沢はほとんど表情を変えなかったが、少し口角が上がった。なんでお前がいるんだよ、と笑っているのだ。

私の口角もいやらしく上がってしまいそうだった。必死にこらえながら、テーブルに向かった。四人席のテーブルだった。菜々子と美優が辻沢の前に並んで座った。私は辻沢の隣に腰かけた。反対側に和葉のベビーカーを置いて、ストッパーをかける。

「先生、剣道部の顧問だったんだから、彼女のことは覚えてるでしょ？　藤堂玲花……。じゃなかった。玲花の旧姓、沢渡さんだったっけ」

「うん……。先生、どうも、お久しぶりです」

「どうも」

辻沢は適当に返事をして、水を飲んだ。まだかき揚げ丼が半分近く残っていたが、すっかり食欲が失せてしまった様子だ。

「今日は初等部の説明会があったんですよ。私たち三人、娘を聖蘭にと思っているんで」

辻沢が私の向こうでもぞもぞと動いている和葉を、不思議そうに見ている。

「これは次女です。長女が、来年小学校に上がるんです」

辻沢がぞっとしたような表情で私を見た。この人は昔から、子どもが嫌いだった。

「玲花は剣道部で先生にはお世話になったんじゃない？」

美優が言った。私は辻沢を見た。

「お前、すぐやめちゃったからな」

辻沢が笑った。私も微笑み返した。菜々子が言う。

「辻沢先生、私たちの学年の卒業を待たずに、急に岐阜に帰っちゃったんだもん。もう会えないと思ってたわ」

「ああ……」

「他の先生たちも、誰も理由を教えてくれないのよ。だから生徒たちの間でえげつない噂が回ったの。生徒に手を出してクビになったんじゃないかって」

辻沢は余裕のある様子で笑った。

「母親が急病だったんだよ」

「そうだったんだ……。ねえ、先生あれから結婚したの？」

「してないよ」

「うそー。だってずっとつきあってた彼女がいたんでしょ？」

矢継ぎ早に質問する菜々子を、美優ははらはらと見ている。辻沢が迷惑がっていると察しているのだろう。ベビーカーの中の和葉は寝がえりをしようとしている。安全ベルトに阻まれぐずり始めていた。ロンパースの上からオムツを触ってみると、おしっこでもったりと膨れ上がっていた。

「ごめんなさい、オムツを換えてくるわ」

「ここには交換台がないいんじゃない？」

美優が言った。

「授乳もしたいし、私はもう駅に戻るね」

菜々子が「まだひとくちもご飯食べてないじゃない、もったいないわよ」と私を困らせた。

「辻沢先生、どこかに空き教室とかないかしら？　玲花を連れていってあげて」

辻沢は、なんで俺がと言いたげな顔をしたが、すぐに思案顔に変わる。このうざったらしい主婦たちに囲まれた場から逃げ出す口実を見つけられたと思っているに違いない。

「高等部のＬＬ教室、いま使ってないから」

立ち上がって、先を歩きだした。

学食の、私たちが入った出入り口とは反対側にある開け放たれた扉は、高等部の校舎と繋がっていた。段差だらけでベビーカーが進まない。悪戦苦闘していると、辻沢がベビーカーごと軽々と持ち上げて、校舎の中に入った。

「先生、すいません」

辻沢は何も言わなかった。土足禁止のリノリウムの廊下を、ベビーカーを押して歩いていいのか戸惑う。職員室に入った辻沢がＬＬ教室の鍵を取って戻ってきた。辻沢の肩越しに、中年の男性教諭が不思議そうにベビーカーを押す私を見ていた。辻沢が乱暴に引き戸を閉めた。

「ねえ、偉い人の了解をとらなくていいの」

「あいつは偉くない。ＬＬ教室の場所を覚えてる？」

辻沢は私の掌に鍵を落とした。

「四階よね」

私はすがるような視線を送ってみた。辻沢はやれやれとベビーカーを持ち上げて、階段を上がり始めた。その後ろ姿を、私は目に焼きつけた。十七歳のころ、こういう光景を夢見ていた。私は辻沢と結婚して、幸せに暮らしていくのだと熱望していた。ベビーカーの中の和葉は、ふわりふわりと揺れるのが楽しかったのか、キャッキャと楽しそうに笑い声を上げていた。三年二組の教室の扉が開いて、若い女性教師が顔を出した。辻沢とベビーカーの組み合わせを見て目を丸くしている。辻沢が私を顎で指して「卒業生」と言った。女性教師は私を一瞥《いちべつ》し、すぐに授業に戻った。辻沢に手なずけられている感じがした。

「あの人も抱いたの？」

「え？」

「ううん、なんでもない」

四階の隅の教室に到着した。かつてＬＬ教室として使われていた教室はプレートがなくなっていた。黄色い規制線みたいなテープが張られている。

「ここ、立ち入り禁止なの？」

「机も椅子もリスニング機器も全部引っ剝がして、シアタールームにするんだと。来月から工事が始まる」

辻沢は乱暴に黄色のテープをはがし、鍵を開けて私を中に入れた。私はベビーカーのシートを倒してオムツを換えた。椅子に腰かけて胸を出し、和葉に乳首を吸わせた。

「お前が二人も子どもも産んでいたとはな」

「ヤレばわかるわよ。きっとガバガバだわ」

由香の葬式の日、私は辻沢の車に乗ったが、辻沢は私を自由が丘の駅前まで送ってくれただけだった。

「誘っているのか。胸まで出して」

私は背後の辻沢をちらっと振り返る。「気を遣う必要はないでしょう」と笑ってみせた。「私の処女の体を知っているのは世界であなただけなのよ。二十年経ったおっぱいを見たってどうってことないはず」

「もう忘れたよ、お前の体は」

辻沢が意外そうに続ける。

「しかしお前が未《いま》だに聖蘭生とつるんでいたとは」

「偶然なのよ。隣に引っ越してきたの。菜々子のことを覚えてる？　私の一学年上だって」

「いや。全く覚えてない」

「私のことはちゃんと覚えてたじゃない」

「忘れるわけがないだろ」

辻沢は無感情に言った。私の乳を吸う和葉の視線が、背後の辻沢をとらえた。不思議そうに、かつて母親の心を奪った男の顔を見ている。私の乳房に手を添えて放すまいとしている。

「俺に会いたいなら、子ども連れてくるなよ」

「説明会に誘われただけよ」

「違うね。お前は俺に会いにきた」

「なにを言わせたいの」

「なんで母親になったんだ。俺には理解できない人生だ」

「先生の人生を理解する人の方が少ないわよ」

「知ってる。でも楽だぞ。執着するものがなくて」

「先生だって執着しているわ」

「してないよ」

「してる。持たないことに、執着しすぎてる」

辻沢は何も答えなかった。私の背後でどういう表情をしているのか、振り返るのがなんとなく怖かった。

「夫、二人の娘、自由が丘の一軒家。お前は全部、手に入れたんだな」

「……そういうことね」

「全部手に入れて、幸せになれたのか」

頭を摑まれ、背後の辻沢に首をねじ曲げられた。この巨体の男に首をひねられたら殺されると思った。赤ん坊を守ろうと身構えて、唇が無防備だった。激しく吸われ、むさぼられてしまった。私は和葉を抱えながら、左手で辻沢の胸をドンと突いた。離れてしまったのは、私の乳首と和葉だ。小さなお口からスポンと外れてしまう。赤ちゃんを抱いているんだからやめてと言ったつもりだが、私たちの舌はからまって外れなくなっていた。急にお乳を奪われた和葉がギャン泣きする直前、私は辻沢の唇から逃れて、授乳に戻った。

「火曜日なら暇だ」

私は答えなかった。

「一限と六限にしか授業が入っていない。夜は出られないだろ」

辻沢は一方的に告げた。

「お前の地元まで迎えに行かない方がいいよな。二子玉《にこたま》あたりでどうだ。駅の近くで拾う。十時には車で迎えに行ける」

鍵を職員室に返しておくように言って、辻沢はＬＬ教室を出て行った。結局、ベビーカーを下ろしに戻ってきた。

一週間経ち火曜日になった。私はたぶん、今日、一線を越えてしまう。

後ろめたさで夫や娘たちの顔をまともに見られないと思っていたが、私は朝からずっと夫の顔色をうかがっていた。バレていないかどうかを無意識に探っている、ずるい自分がいた。

背広姿の夫が、沙希に制服を着せてやっていた。朝、夫が起き出して歯を磨き、朝食を食べて身支度をする間中、私は何度も夫の顔を見たが、彼は私になにか用事を頼んだり、確認したりすることがあっても、目を合わせることはなかった。そういえば、いつからか夫は私の目を見なくなっていた。

私は和葉を抱っこして、玄関で夫と沙希を見送る。

「沙希、ママにいってきますして」

「ママ、いってきまーす」

「沙希、いってらっしゃい」

二人は仲良く手を繋いで出て行った。私は夫と、子どもを介してでしか繋がっていない。

私は和葉を背負ってひととおり家事を済ませた。気がつけば鼻歌を歌っていた。サン・クレメンテ自由が丘敷地内のゲートすぐ脇に立つ、ログハウス風の建物へ向かうときは、スキップしそうだった。広々とした板の間にはボールプールや屋内用滑り台など、たくさんの遊具が並んでいる。入り口の先には低いチャイルドゲートで覆われた畳のスペースがある。一歳未満の子どもの遊び場になっていた。ここはゲーテッドタウンの住民専用の託児所だ。

　私はエプロン姿の保育士に声をかけた。

「十時から予約していた藤堂です」

「はいはい。和葉ちゃんね」

「三時には戻ります。これ、オムツとミルクです。よろしくお願いします」

　いまごろ辻沢は授業を終え、「ちょっと出ます」と教頭に了解をもらって、車を南下させている。普段は、剣道部の遠征の手配や、テスト作成などをしているという。担任を持っていないので、暇なのだろう。私は自由が丘駅から東急大井町線に乗って二子玉川駅まで行く。駅ビルを通り抜けた。その先のバスロータリーに、辻沢の車が停まっていた。


　辻沢と二人で多摩川沿いの道路を走り、川崎へと向かった。会話が全くなかった。由香の葬式の日以上の緊張感があった。辻沢が突然、クスクスと笑い出した。

「あの日、お前が車に乗り込んできたとき」

　由香の葬式の日の話をしているようだ。

「運転席の俺にしがみついて、ホテルに連れてけと言うと思っていた」

「言うわけない」

私は少し、口を尖らせた。

「駐車場に人がたくさんいたわ」

「人目を気にするようになったか」

「もう三十九歳なのよ。あなたも五十になった」

「かられる激情などもうない、と言いたいのか」

私は答えなかった。激情を抑えられる年齢にはなったが、かといって、抗えるほど賢くはなっていない。事実、私は夫と子どもがありながら、昔の男の車に乗っている。

「旦那は土日休みなのか」

「不定期。ラジオ局のディレクターになったのよ。私の操を必死に守っていた男。覚えている？」

「いや、全然。妻が不倫に走りかけていることに気がついてないのか」

「目も合わせないもの」

夫婦関係はもしかして、破綻しているのだろうか。そんなことすら意識したことがなかった。幼子と乳飲み子を抱え、ゲーテッドタウン内の人間関係に気を配りすぎていて、私はあまり夫の存在に注意を払ってこなかった。いや結婚したときからか――出会ったころからすでにそうだったかもしれない。

「さほど夫婦仲が悪いというわけでもないんだろう。長いつきあいなのに、乳飲み子がいるくらいだから」

夫婦の性交渉があるのだろう、と言いたいらしい。

「勝手にまたがってきたのよ」

沙希の子育てとゲーテッドタウン内のつきあいに疲れ果てていたころで、夜はベッドに入れば三秒で熟睡していた。夫がいやらしい視線をたまに送ってきていたことは感じていた。私は期待に応えられる体力がなくて、夫が帰宅してもなるべく目を合わせないようにしていた。もしかしたら、夫婦の間で目を合わせることも会話もなくなったのは、私の行動がきっかけだったのかもしれない。

「疲れて気絶するように寝ている妻の体を勝手にむさぼっていたのか」

辻沢は鼻で笑った。私という女に振り回され、結局めとった男を、つくづくバカにしたいのだと思った。私も、夫はバカだと思っている。

「先生は本当に結婚していないの？」

「してないよ」

平気で嘘をつく人なので、信じなかった。深く追及すると逃げられる。そこまで考えて、辻沢を逃したくないと思っている三十九歳の自分が、どうにもくだらなく思えた。

辻沢は第三京浜沿いのラブホテルに車を入れようとした。駐車場にウィンカーを出したのに、急ブレーキを踏む。平日の昼間なのに、満室だった。

「世の中には平日の昼間っからすけべなことしてる人間がかなりいるのね」

「俺たちもだろ」

辻沢は別のラブホテルに車を入れようとしたが、ここも満室だった。三軒目は改装中だった。駐車場の入り口に黄色のテープで規制線が張られている。辻沢は規制線を破り、駐車場の中に強引に入った。

「なにしてるの。入っちゃだめなんじゃ……」

辻沢はがらんどうの駐車場のまん中に、白線を無視して大胆に車を停めた。運転席から身を乗り出して私に覆いかぶさってくる。歳をとって気が短くなっているのだろうか。もともとこういう人だった記憶もある。唇を吸われ、こじ開けられ、痛みを伴うほどに舌を絡ませ合う。舌を引っこ抜かれそうだった。辻沢の左腕が私の背中に回っている。右肩をぎゅうっと摑まれていた。辻沢の右手はもうスカートの中身をまさぐっていた。性急なところも変わっていない。唇のやわらかさや味わいはどうだっただろうか。十七歳のときの詳細は忘れていて、比べようがなかったが、確実に違いはある。

十七歳と二十八歳の、未来を知らないセックスとは違う。未来を知ってしまったいま、またしても体を重ねようとしているお互いの愚かさを痛感する。また地獄が始まるとわかっているのに、私達は顔を合わせるとこうなってしまう。あの人は別れの後、地獄から這《は》い上がれたのだろうか。私は這い上がったつもりだったが、結局また、堕ちるしかないのか。

辻沢が、入ってきた。私は下腹部の引き裂かれるような痛みに体をこわばらせた。辻沢の肩にしがみつき「痛い」と泣きつく。腰を振ろうとしていた辻沢は驚き、動きを止めた。

「二人産んでるのに?」

私の顔を覗き込んでくる。

「……産後の最初の一回目は、いつも痛いの」

私は夫がかわいそうで辻沢に言わなかったが、実は、寝ている私の体にいたずらするように胸や乳首を触り、膣に指を入れていた夫に気がついていた。沙希を産んでから、四年以上セックスをしていなくて、夫は我慢できなくなっていたのだろう。私はしたくなくて、寝たふりをしていたのだ。夫は妻が寝入っているのか、拒否していないだけなのか、判断できていなかっただろうに、大胆にも私の股を開いて産後閉じたままだった入り口をこじ開けてきたのだ。とても痛くて眠気が吹き飛んだのを覚えている。夫は妻が快楽で飛び起きたと勘違いして興奮していた。あのセックスで私は和葉を妊娠した。和葉を産んだあとは、同じようなことにならないように気をつけている。夫がむらむらしていそうな日は、沙希の子ども部屋で一緒に寝た。

気がつけばシートが倒されていた。私の穿いていた下着が顔の横にある。辻沢はシートの端と私の左膝を摑み、やりにくそうに腰を振っていた。痛かったのは最初だけでゆるやかに快楽が広がりつつあった。辻沢はシートから膝が落ちそうになっている。じっくりと味わうような動きだったからか、じわじわと性感帯が熱くふくらんでいくようだ。私は声を押し殺して、喘いだ。やっぱりせんせいが好きだと痛感してしまう。

繫がった二人の性器を注意深そうに覗き込んでいた辻沢が顔を上げた。

「もう痛くない？」

喘ぎ声を我慢しながら、ぎゅっと目を閉じて何度も頷いた。もうイってしまっていることは、恥ずかしくて言えなかった。唇を塞がれ、吸われる。両腕で上半身をがっちりと固められ、動けなくなった。右足をハンドルに乗せ、左足の裏をぺたりと窓ガラスにつけて、激しく腰を振る辻沢を受け止め続ける。辻沢は私の唇の中で少年のようにうめき、ペニスを抜いた。彼はまた私のスカートを汚した。

結局、四軒目のラブホテルに入った。部屋の中に入った途端、私たちは笑い転げてしまった。

「ここに来るまで我慢すればよかったのに」

「大人げないな、玲花はいつもそうだ」

「私のせいなの？」

ベッドに飛び込んで辻沢はテレビをつけた。私はティッシュで精液を拭っただけのスカートを洗いたかったが「まだいいだろ」と辻沢に引き寄せられた。裸にされて二度目のセックスが始まった。もう私たちはお互いの体に余裕を持つことができる。一時間半をかけてじっくりと体をいつくしみあった。私は二度の出産で縫ったので、性器の形が少し変わってしまったが、辻沢の体は少し皮膚がたるんできたくらいだ。相変わらず筋骨隆々として引き締まっていた。

辻沢を裏返しにして背中を舐めているとき、脇腹に、当時はなかった傷痕を見つけてしまう。

「これ……」

三センチくらいの切り傷の痕が盛り上がっていた。辻沢はその傷跡を振り払うようにさすった。

「お前が刺したんだろ」

辻沢は枕の中でゲラゲラ笑っている。女みたいに高い声だった。辻沢は心から楽しい時にしかこの笑い方をしない。

辻沢を再び仰向けにさせて毛の生えた乳首を舐めてやりながら、私たちの破滅的な未来を想像する。二十年経ってまた同じことをして、同じ結末が見えているのに、とことん頭が悪いのだ、私も、辻沢も。彼の乳首を甘噛みしていると尻を持ち上げられて、足を広げられた。下から体を貫かれる。

私は辻沢の首にしがみつき、弾力のある胸筋にべたりと頬をくっつけて揺すられる。終わりについて考えた。この関係が永遠に続くはずがなかった。「せんせい」と、なんとなく辻沢を呼んだ。彼は私の耳元で「ん」と返事をした。「なんでもない」と答えると、辻沢は私の顔を摑んで顔を覗き込んできた。優しい顔をしていた。好き、という言葉が喉元から溢れそうになったが、私は必死にこらえた。欲しがると、身をひるがえす男だ。私は行為のあと、しばらく、私が二十年前に刺した傷を舐め続けた。

幼稚園の帰りの会の時間に、ギリギリ間に合った。お迎えのママさんたちが、チューリップ組の前に島を作っていた。私は『サン・クレメンテ自由が丘』の島にいつものように交ざろうとしたが、今日は躊躇《ちゅうちょ》してしまう。

辻沢がかきまわした下腹部に、心地よい疲労感が残っていた。幼稚園に足を踏み入れながら、私は体に『罪人』とカラーペンキでマーキングされているような気持ちになっていた。夫が汗水たらして働き、子どもたちを預けている真昼間に、昔の男相手に足を広げて喘いできた罪悪感でいっぱいになる。私は自然と、美優を中心としたサン・クレメンテ島を通り過ぎてしまった。彼女たちに気づかれぬ場所に立とうとして、菜々子がひとりで立っているのに気がつく。

「菜々子」

そうっと呼びかけた。菜々子は私の顔を見てちょっと驚いた顔をしたあと、ちらりとサン・クレメンテ島を見た。あそこの女たちを通り過ぎて自分のところに来たことに驚いているのだろう。私は、他人の私生活の変化を敏感に嗅ぎ取ってしまう専業主婦団体が怖かった。仕事で多忙にしている菜々子は、感づいたり、嗅ぎまわったりしないと思ったのだ。

「お風呂でも入ってきたの？」

菜々子の鋭い質問に、私は固まってしまった。相手を間違えたと後悔する。

「シャンプー、すごくいいにおい」

二度目のセックスのとき、辻沢は私の髪に射精したのだ。私を困らせたい、ちょっとした嫌がらせだ。べたついた精液を洗い流すのに苦心した。菜々子がニヤニヤ笑って、耳打ちする。

「ご主人、今日は休日だったのね。相変わらずお熱いようでうらやましいわ」

幼子がいない間に夫婦でひっそりと愛し合ってきたと勘違いしているようだった。私は否定も肯定もせず、笑顔で受け流した。来月にある遠足の話をしているうちに、おわりの会がお開きになった。子どもたちが廊下に飛び出してくる。私は笑顔で沙希を抱きとめた。菜々子は私がシャワーを浴びたばかりだと気がついていたが、沙希は勘ぐる様子もなかった。菜々子と母親の会話をしたことで、女から母親へのスイッチは予想以上にスムーズに切り替わった。

帰宅した夫を見たときも、さほど緊張する必要はなかった。今日、お前の妻は他の男に抱かれてきたのだと、どこかで誰かが言っているような気がする中で、私は「お帰りなさい」と夫を振り返った。夫は「ああ」としか言わず、飛び込んできた沙希を全身で受け止める。ベビーサークルの中でずりばいしている和葉に目を細めた。

夫がようやく私に声をかけた。

「今日の飯なに」

「ポトフとオムライスよ」

夫はうんともすんとも言わず、ネクタイを解きながら夫婦の寝室に入っていった。あまり意識したことはなかったが、もしかしたら私はもう夫から愛されていないのかな、と思った。特に悲しくはなかった。

いつから夫に興味がなかったのだろう、とポトフの味見をしながら考える。もしかしたら十六歳で夫と出会ったときからかもしれない。そもそも私が、辻沢以外の男に興味を持ち激情にかられたことなどあっただろうか。

夜、寝る直前に和葉に授乳をして寝かしつけ、ベビーベッドにそうっと戻した。いつものように夫が沙希に絵本を読んでやっている。やがて夫婦の寝室に戻ってきた。私もベッドに入ろうとして、少し、躊躇してしまう。やはり夫への申し訳なさが迫る。体に『罪人』とペンキ書きされた自分が、果たして夫のベッドに入って許されるのだろうか。

夫はキングサイズの夫婦のベッドの前を素通りし、クローゼットを開けた。

「ごめん、ちょっと仕事に戻るわ」

「えっ。いまから？」

収録で不手際があったとか、タレントがわがままを言っているとかで、夫が夜間に仕事に戻ることは、そう珍しいことではない。

「ごめん、先に寝てて。多分帰れない」

「わかった。気をつけてね」

私はスラックスを穿いてベルトを締める夫の背後に立ち、背広を広げる。腕に袖を通してやったとき、夫が振り返ってまじまじと私を見つめた。私は息が止まりそうだった。こんな風に強く夫に見つめられたのは、何年ぶりだろうか。

「玲花」

「……なに」

「今日の昼間、なにしてたの」

「え」

「いや、託児所に和葉を預けると、聞いていなかったから」

「由香の自宅の片付けの手伝いをしに行っていたの」

用意していた嘘だった。夫は由香のことをよく知っている。何度も一緒に遊んだし、合コンもしたし、送り迎えもしてくれた。それでも夫は葬式には来なかったし、私がその死を伝えたときには、覚えていないふりをしていた。後ろめたいことがあるので、彼女の話はしたくないのだ。

「――事前に言わなくてごめんなさい、嫌がるかと思って」

私は由香の死の状況をよく知らないが、餓死だった上に発見が遅れて相当におったというから、自宅は悲惨だったはずだ。自分でも驚くほどリアルに、壁や床に染み付いたにおいについて、説明していた。

夫はずいぶん長いため息をついた。

「なんだ。そういうことか」

「由香のお母さんには高校時代、とてもお世話になっているの。娘が亡くなった部屋の片付けは辛いだろうと思って、手伝っているのだけど、すごいゴミ屋敷でね」

私の口からどこまで嘘が出るのだろう……。

「もうしばらく通わないと、終わらなそう」

「わかった。大変だけど、それは仕方ないな」

夫は微笑み、ビジネスバッグを持って夫婦の寝室を閉めようとした。

「鍵は閉めていくから、寝ていていいよ」

「ありがとう」

頬にキスをされて、私は目を丸くしてしまう。鍵がかかる音を確認し、私は拳でごしごしと頬をこすった。ベッドの中に入り、枕に顔をうずめながら、今日の辻沢の一挙手一投足をひとつひとつ、丁寧に思い出していった。風呂上がりに代えた下着がもうじっとりと濡れてしまう。二度も抱かれたのにもう抱かれたい。私は家族を裏切る重症の罪人だと自分を呪いながら、スマホで辻沢にメッセージを送った。

『来週の火曜日も会えるの？』

すぐに返事がきた。

『会えるが笑』

メッセージの最後についた『笑』の意味がわからない。でも笑ってしまう。メッセージに『好き』と入力し、すぐに消した。

『こんな時間に連絡して大丈夫なのか。家族は』

『みんな寝た。夫は仕事』

『了解』

もっと繋がっていたい。『好き』と打ち込んで消す、という作業を指で繰り返していた。三十九歳の主婦が少女じみたことをして、ばかみたいだった。自分をいさめなくてはならない。

私はベッドを下りて、ウォークインクローゼットに入った。古い段ボール箱をおろす。ガムテープの粘着のりがオレンジ色に変色していた。二十年ぶりに封を解き、高校時代の思い出の品を手に取り、しばし感傷にふける。クローゼットにかかったアンゴラファーのマフラーが私の髪をくすぐり、じゃまをする。美優の号令のもとで購入したものだ。一度も使っていない。

段ボール箱の中から、星の砂が入った小瓶が出てきた。江の島のプレートがついたキーホルダーで、辻沢がくれた。当時、使っていたプライベートレーベルのハンカチがでてきた。中を開く。千円札がでてきた。いま、千円札の肖像は野口英世だが、当時は夏目漱石だった。辻沢が失禁した私を気遣い、渡してくれた千円札だった。

私は千円札だけ取り出し、あとは段ボール箱に戻した。またすぐに取り出したくなると思ったので、ウォークインクローゼットの手前に置いた。夏目漱石の千円札は今使っている財布にしまう。

差し込むように、夫の言葉を思い出す。〝今日の昼間、なにしてたの〟

どうして夫は疑惑を持ったのだろう。託児所に和葉を預けていたと、どうやって知ったのだろう。

誰かがわざわざ教えたのだろうか。

　私は十一時、開店と同時にカフェ・ダナスのドアベルを鳴らした。

「いらっしゃいませ」

　水木はまだ腰にエプロンを巻いている真っ最中だった。後ろで交差させた腰ひもを前に持ってきて、ぎゅっと締める様子に、私は辻沢を連想する。私の剣道袴の帯紐を締めてくれた二十年近く前、彼の手はとても若々しかった。昨日、私の体をまさぐっていた手は乾燥してざらざらしていた。今日になって、彼が年を重ねたことを痛感する。

「今日は早いんですね」

　水木が扉を大きく開けて、ベビーカーの和葉を通してくれた。

「ごめんなさい、早く来すぎた」

「まだみなさんはいらっしゃってません」

　みなさんというのは、美優らサン・クレメンテの専業主婦団体のことだろう。私は今日、彼女たちと井戸端会議をしに来たわけではないが、そういう体にしておいた。

「みんなが来たら、ランチにするわ。それまで、なにか優しいものが飲みたいな」

「ハーブティをいれましょうか」

　ベビーカーの中で、和葉がうとうとしている。眠っていいのよ、とその胸をトントンと叩きながら、じっとカウンターの向こうの水木を見つめた。湯が沸くコポコポという音と、茶葉がさらさらと鳴る音が、どこまでも心地よかった。

カフェ・ダナスのドアベルが激しく鳴った。美優ら一派だ。もっと遅いと思っていた。私はちょっとがっかりしてしまうが、顔には出さない。あっという間にその渦に飲みこまれた。

「玲花！　ずっと来ないから心配してたのよ。どうしたの」

ずっと来ていないつもりはなかったが、確かに最後に水木の顔を見たのはいつだったのか思い出せない。

「玲花に話したいことが山ほどあるの」

美優は私の腕に手をまわした。あなたは仲間よね、と念押しされているようだ。

「どうしたの」

「美優は、菜々子のことで参っているの」

取り巻きのひとりが悪口をまくしたてた。

「ゴミ出し日は守らないし、投資の勧誘がしつこいし。自治会費の支払いも拒否してきたのよ。月にたったの三千円なのに。信じられる⁉」

そんなことかと、私は少し笑ってしまった。取り巻きたちは愕然《がくぜん》として私を見据え、美優と私を見比べている。そんな態度をしたら上座の女王に目をつけられる――と恐れているようだった。美優は何も言わず、私のハーブティを見て、水木に同じものを注文した。どうしても私の共感を得たいのか、別の取り巻きが意地悪く続けた。

「極めつけはね、水木君よ」

私はカウンターの向こうの水木を振り返った。ハーブティをティーポットにいれ、湯が沸くのを待っている。もうすぐやってくるランチタイムの仕込みを始めていた。

「菜々子、水木君にしつこく言い寄っているらしいのよ。ほら、バーベキューの時もいやらしい視線を水木君に送っていたでしょ」

水木は自分が噂話のネタにあがっていることに気がついたようだ。困惑げに顔を上げる。

「誤解ですよ。菜々子さんは僕に投資の話を持ちかけているだけです」

取り巻きのひとりは呆れたように反論した。

「そこをきっかけにして、あなたを口説き落とそうとしているのよ。男って本当に鈍感なんだから。ああいうタイプの女はね、力ずくでなんでも手に入れようとするの」

水木は反論せず、視線を逸らした。客に対して愛想笑いや適当な同意をしないところが、水木らしかった。

「力ずく」

美優が突然吐いた言葉は、妙に重々しく感じた。

「怖いわよね、力ずくって」

美優がじっと私を見据えた。上座の女王は多くは語らず、ランチの時間は終わった。帰り際、取り巻きたちがトイレや支払いでばらけたとき、私は美優とテーブルに二人だけになった。

「玲花、ご主人は大丈夫？」

美優が周囲を見渡し、そっと私の耳元でささやいた。

「あまりこんなこと言いたくないんだけど、うちの夫が昨日、ご主人と菜々子がパームツリーの下で深刻そうに話しているのを見たっていうものだから……。ただならぬ空気だったって言うのよ」

美優は夫の浮気を心配している口ぶりだった。

和葉を託児所に預けて私が出かけていたことを密告したのは、恐らく菜々子だ。いまの美優が焼いた余計な世話のように、夫に話したのだろうか。

奥さん、子どもを預けて昼間にどこかへ行っていますよ――。

菜々子は、食堂で私と辻沢を見ている。私の髪のにおいにも敏感だった。なにか感づいていてもおかしくはない。私は動揺し、お勘定のとき、夏目漱石の千円札を出してしまいそうになった。水木が珍しそうにそれを受け取ろうとした。私は慌てて、それをひったくった。

「ごめんなさい。こっちのお札で」

水木は微笑んで、野口英世の方を受け取った。

「珍しいですもんね、夏目漱石」

「宝物なの」

私は言った。ちょっと必死な口調になってしまった。水木は微笑んだままだ。

ii　聖蘭女学園高等学校　始業式

寒くて目を開けると、低い天井の木目が見えた。裸の素肌を、使い古しのごわごわした毛布が刺激している。

くしゃみをした。忙しげに炬燵《こたつ》の上で書類を広げていた辻沢が「寒い？」と尋ねた。窓を閉める。窓の外には、仙川駅前の満開の桜が、向かいの飲み屋の屋根ごしに一部見えていた。ダイヤみたいなマークが入ったすりガラスで遮られた。

修了式の出来事以来、辻沢との距離がぎゅっと縮まった。私は春休みの毎日を、辻沢の自宅に入り浸って過ごしていた。母には学校の自習室に行くと嘘をついている。築四十年の木造アパートの二階にある辻沢の部屋は１Ｋだ。食べる、寝る、くつろぐを全てこの六畳間でまかなっていることに私は驚いた。手を伸ばせばなんでも手が届く効率的な部屋だと辻沢は気に入っているようだ。

「もう四時？　行かなきゃ」

「また栩沢とカラオケか？」

「今日は優太君」

「誰、それ」

「彼氏だってば」

辻沢はどうでもよさそうに笑った。

「ねえ、別れた方がいい？」

「別に。好きにしたらいいだろ」

「私と優太君がエッチしたらどうするの」

「お前の勝手だろ」

「先生は怒らないの？」

「だから、お前の勝手」

私は布団わきの衣類だまりから、ブラジャーを探した。一昨日、由香と渋谷の１０９で買い物をしたときに、辻沢のために上下揃えて買った、薄桃色のレースがついたものだ。辻沢は全然見なくて、あっという間に脱がしてしまった。

ブラジャーを両肩に引っ掛けて背中のホックに手を這わせていると、ポケベルが鳴った。

『デンワシテモイイ？　ユカ』

自宅に電話されると困る。私は辻沢に断って、電話を借りた。由香の自宅にかける。

「玲花？　いまどこにいるの」

「学校だよ。自習室にいたの」

辻沢が面白がって、私の体にすり寄ってきた。後ろからお腹に両腕を回してぎゅっと抱きしめる。私の耳を舐めてくすぐった。耳たぶを甘噛みし、穴に舌を這わせる。私は体をよじらせながら耐え忍び、「由香、どうしたの」と声を振り絞った。由香の声は深刻そうだった。

「会って話したいんだけどさ。たまには調布駅とかで会えるかな」

「ごめん、これから優太君と――」

辻沢が陰部に手を這わせ、入り口を指で撫《な》でまわし始めた。太ももをぱちんと閉じて体をよじったが、しつこく辻沢はその隙間に手を突っ込んできた。喘ぎ声をこらえるのが精いっぱいで、言葉が途切れた。

「もしもし。玲花？　電話、おかしいね」

「――もう、テレカなくなる」

私は電話を切った。受話器を落としたときには辻沢に両足首を掴まれ、開脚させられていた。ついさっきまで仕事をしていたくせに、辻沢のペニスはすっかり硬くなって、鋭く私の中に入ってきた。腰をせわしなく振りながら、私の耳への攻撃をやめない。唾液の音がいやらしくて、ますます背筋がぞっとする。体が勝手にのけぞった。

「優太君とこ行かないと」

「お前のニセの操を必死に守っている奴？」

「そんな言い方したら、かわいそうだよ」

「かわいそうにしているのはお前だろ」

私は辻沢の手から逃れ、彼の分厚い体を、布団の上に押し倒した。女性が上に乗るやり方を、教わったばかりだ。ぎこちないながらも腰を振っている。辻沢は薄眼《うすめ》を開け、されるがままになった。だんだん太ももの内側が痛くなってきた。「お前……」と、辻沢が呼ぶ声は、赤ちゃんが甘えているみたいだった。もうすぐイクんだと思って、私はがんばった。太腿の筋肉がおかしくなって、ブルブルと震えだした。

辻沢が、私の左手首を摑んだ。子どもが親の手を放すまいとするような必死な摑み方だった。爪が食い込んで、痛かった。いまこの瞬間だけは、私は最強に求められているんだと思った。


優太と新宿で待ち合わせした。新宿の雑居ビルにある隠れ家風のイタリアンレストランで夕食を食べる。左手首の辻沢の爪跡は消えていた。皮膚はあのときの圧迫感と幸福感をしっかりと覚えている。私はその記憶に埋没して、食事の味がわからなかった。

「これバーニャカウダって言うんだ。アンチョビソースが絶品だろ？」

優太が言った。今日はスーツを着ていた。就職活動がもう始まっているのだ。初めてリクルートスーツ姿を見た。照れているようでいて、得意げでもあった。いつもはファミレスかマクドナルドなのに、今日は背伸びして、雑誌で見つけ出したイタリアンレストランに私を連れ出したようだ。

「就活は受験勉強の数倍厳しいとかって先輩たち言うし、いまから萎えるよ」

「ふうん」

「一応、マスコミ系を狙ってるんだけどさ。制作とか編集系は全然休みがなくて現場で顎でこき使われるらしいから。やっぱ民放テレビ局が花だよなぁ。でも倍率がとんでもなくて……」

「へえ」

「玲花的にはさ、俺にどんな職業についてほしい？」

「自分で決めなよ」

「年収とか気になるでしょ」

「別に……」

「まあそうだよね、高二だと現実味ないか。玲花は夢とかないの。キャリアウーマンとか。そんだけ外見がきれいだからモデルとか？」

私は首を傾げた。

「なら、専業主婦?」

あまり具体的に将来を思い浮かべたことがなかった。改めて想像してみる。私の将来は、まっくらだった。なにもない。

「子どもは何人ほしいとか」

「……わかんない」

「俺はさ、姉貴と二人きりだったから、やっぱり男の兄弟がほしかったんだー。だから最低でも男の子が二人ほしいな」

黙って優太の夢を聞く。「厳しいかな?」と彼が私の顔を覗き込んできた。

「――え。私が産むの?」

優太は本気で傷ついたみたいだった。ものすごく不機嫌になってしまった。パスタは私の分を取りわけてくれたのに、肉料理が運ばれてきても、自分の分だけ取ってむしゃむしゃと食べ始めた。面倒くさい。もう帰りたくなった。

肉料理とドルチェの合間、ようやく優太が口を開いた。

「やっぱりうちが中流だから見下してるのか?」

「え?」

「そりゃそっちは高級官僚の家かもしれないけど。うちも小さいながら、オヤジは物流会社の社長やってんだけどな」

なんの話をしているのだろう。

「なんで黙ってんの」

「なんて答えたらいいのか、わからなくて」

「本心を言えばいいじゃん。バカにしてるって」

「別に、バカにしてないし」

「じゃなんで、いつもテキトーな返事しかしないの」

私は素直に反省して、うつむいた。

「俺のこと、優しくて言うこと聞いてくれる便利な男ぐらいにしか思ってないんじゃないの。俺は玲花が思ってるほど実際は甘くないから」

「……あの。優太君」

優太は子どもの言い分を聞く教師のような顔をして、「うん」と呟いた。

「私たち、別れない？」

優太は表情をひとつも変えずに、グラスを手に取った。張りぼてが水を飲んでいるみたいだった。やがて「なんで？」と、グラスに問いかけるように呟いた。

「なんか、つまんないんだもん」

レストランを出た。優太がお勘定をしてくれた。レシートを財布にしまいながら、出てきた。「それじゃ……」と会釈して帰ろうとして、強く腕を引かれた。

「お前、ただで帰れると思うなよ」

驚いて立ちすくむ。引きずられるようにして歩かされた。優太の豹変ぶりが恐ろしかった。抵抗できないまま、私は新大久保のラブホテルに連れ込まれた。優太は一番料金が安い部屋のボタンを押した。鍵を受け取り、エレベーターに乗る。

とっくに優太は手を離していた。逃げ出すチャンスはいくらでもあったのに、私は優太の仰々しいスーツ姿についていった。興味があったのだ。結局、優太とセックスすることになった私を、辻沢はどう思うんだろう？

部屋に入る。「俺も忙しいから、さっさと済まそう」と優太はジャケットを脱ぎ、ズボンのベルトを緩めた。少し乱暴に、私をベッドの上に押し倒した。初めてのフリをして、ただ強く目を閉じていた。

優太が制服のリボンを外し、ブラウスを開いた。辻沢のために買った下着を見て、「結局、勝負下着？　実は待ってたのか」と優太は嬉しそうに私の両乳房をもみしだいた。辻沢はほとんど胸を触らないので、不思議な感じがした。何も出ないのに、乳首に吸いついてきた。

優太は私を丸裸にして、私の首、胸、臍、背中、ありとあらゆるところをべろべろと舐め始めた。ようやく優太の手が、私の膣の入り口にやってきた。少し触って、カラカラに乾いているので、舌打ちした。

「お前もいつまでも処女じゃ恥ずかしいだろ」

優太が全裸になり、私の顔の横に膝をついた。

「舐めて」

目の前の視界を遮るようにして、優太のペニスが硬く屹立していた。拒否する。ちょっと怖がって見せたら、優太はおもしろいほどに騙される。

「ま、初めてだからな。下手な女にやらせると歯があたって痛いし」

優太が私の下半身に戻った。私の膝を立てて開脚させると、しゃぶしゃぶと音を立てて、私の膣の入り口を舐めまわした。

つい数時間前に、何度も辻沢のペニスが出入りしたその穴を、優太が舌で舐めまわしている。私たちの混ざり合った排泄物を、優太が口でおそうじをしている。辻沢に話したら、とても喜ぶ気がした。そうするとすごくワクワクして、ものすごく下半身が疼いてきた。

「ああ、すげー濡れてきた」

優太が卑猥《ひわい》な笑みを浮かべた。嬉しそうに浮かれて、ベッドサイドのコンドームを取ると、ちまちまと装着し、私の中にペニスを突っ込んできた。処女のフリをしなければならないので、辻沢と初めて交わった日のことを思い出して「痛い、痛い」と優太の肩を叩いた。言葉とは裏腹に、この状況がおかしくておかしくて今にも吹き出しそうだった。私は両手で顔を覆う。口を閉じたら、肩が勝手にぐらぐらと揺れた。泣いているように見えたのか、優太は突然優しくなった。

「大丈夫？　ごめん、すぐ終わりにするから――」

犬のように高速で腰を振り続ける。三十秒もたたずに、果ててしまった。重たくかぶさってきた優太の体を押しのけて、私はシャワーを浴びた。入念に体を洗う。

ガラス張りの浴室から、優太がベッドの上でさみしげにぽつんと座っている姿が見えた。体を拭いて浴室を出ると、私は床に散乱している制服を身に着けた。優太はブランケットの中に入ってくつろぐそぶりで、私にあてつけた。

「俺も来年には就職して社会人だし。高校生とつきあい続けるってのは、限界かもな」

「そうだね。じゃあ元気で」

バッグを肩にかけて去っていこうとすると、優太はテレビを見たまま呟いた。

「あのさ、今後のためにアドバイス。フェラくらいできるようになった方がいいよ。物足りない」

優太はとても意地悪な顔で、私を振り返った。

「由香ちゃんはちゃんとやってくれたよ。上手だったよ、すごく」

高校二年生の新学期が始まった。朝の仙川駅改札前はまた、聖蘭の学生たちであふれ返っていた。まだ制服を着なれない新入生と、こぎれいな格好をした親たちの姿もちらほらと見えた。駅前の桜は満開だった。娘の門出を祝う親たちが、桜の木の下に娘を立たせて写真撮影をしていた。私はやっと由香の姿を見つけた。ものすごく具合が悪そうだった。

「風邪でも引いたの？」

「うーん、なんか体だるくて」

優太が由香と寝ていた――いや、真実は「由香が優太にちょっかいを出した」だろう。私はその事実を知らされても、なんとも思わなかった。由香ならやりかねないと思っていた。

彼女はたびたび、私が持っているものを欲しがる。私のポケベルを援助交際の手段に使っていることもそうだし、私の自宅に遊びに来ると、ぬいぐるみやCDをねだる。かつて譲ったものが、由香の自宅でゴミ箱に入っているのを何度か見かけた。彼女は私が来る日に合わせて、わざと捨てているようにも見えた。由香がどうしてこんな意地悪をするのかよくわからなかったが、こういう由香だから、優太をたぶらかしていてもおかしくはなかった。そして私は、由香の自宅のゴミ箱に捨てられたぬいぐるみやCDを見てもなんとも思わなかったように、優太と由香がセックスをしていてもなんの感情もわかなかった。

商店街を抜けて、高等部の北門をくぐり昇降口へ向かった。その扉に、クラス替えの結果が貼りだされていた。まるで合格発表みたいな騒ぎになっていた。

私は二年五組に自分の名前を見つけた。その数行前に、栩沢由香の名前があった。担任は矢部今日子だった。由香が抱きついてきた。

「やったー、玲花！　また同じクラスー!!」

私も一緒に飛び跳ねて、喜びの演技をした。


通常授業が始まって一週間、辻沢は何かと忙しいらしい。アパートへ行きたいと電話で頼んでも、断られ続けていた。今日やっと会えることになった。とはいっても、辻沢は部活が終わってまっすぐ自宅に帰ったらもう夜の七時だ。

自習室はあいていないので、母にその言い訳ができない。仕方なく私は、仙川駅近くにある学習塾の体験授業に行く、と嘘をついた。朝食を準備していた母は「付属校に通っていてなんで塾に行く必要があるの」と怪訝《けげん》な顔をした。由香につきあうだけと答えると、納得した。保護者会で由香の母親と挨拶がてら少し話をしたことがあるらしかった。

「由香ちゃんはなかなか授業についていくのが大変みたいね」

確かに由香は成績が悪い。

「外部受験組と言っても、由香ちゃんは記念受験で聖蘭を受けて、偶然に受かった口らしいのよ。あちらのお母さんが言っていたわ。偏差値は五十五しかなかったって」

聖蘭女学園の高等部は外部受験するとき、偏差値は六十五くらいだと言われている。

「由香ちゃんは昔から手がかかる子だったみたいよ」

「ふうん。どんなふうに？」

「よくは知らないけどね。一生懸命育てたのに反抗してばかりで、どうしたらいいのかわからないって、嘆いていたわ」

由香の学業の問題は、私が辻沢と会ういい口実になった。

「塾の体験授業は九時半に終わるから、十時過ぎには駅つくよ」

「わかったわ。じゃ、十時前には駅に迎えに行くけど……」

母は少し口ごもり、遠慮がちに言う。

「あまり頭の悪い子につきあうのは……。気が合うのなら仕方がないけど、玲花のレベルが落ちないか、心配だわ」

「仕方がないの。私、他に友達がいないから」

母はその言葉にとてもショックを受けたようだった。

辻沢に会える喜びで一日ご機嫌だった私と違い、由香は今日も調子が悪いようだった。

休み時間になっても机から立ち上がろうとせず、B'zのＣＤをイヤホンで聞きながら、机に突っ伏していた。昼休みには嘔吐した。そのまま五限、六限と保健室で休んでいた。夕方、ホームルームの前に教室に戻ってきた。

「玲花、家まで送ってくれる？」

私は由香と一緒に下り電車に乗って、京王よみうりランド駅で下車した。由香の自宅は駅から徒歩五分のところにある。敷地二百坪の大豪邸だ。

いつもこの家に私を連れていくと、由香は「家族三人なのに、なんのためにこんな辺《へん》鄙《ぴ》な場所にこんな広い家を建てたのか意味がわからない」と文句を言った。その気持ちがわからなくもなかった。

小さな旅館みたいな広い玄関と、三十畳のリビングは閑散としていた。ダイニングキッチンや十畳の和室、洋室がそれぞれ一部屋ずつ一階にある。二階には、洋室が五部屋もあった。

由香の両親は仕事で多忙だ。開業医の父は仕事のあと医師会のつきあいや接待で帰れない日もある。大病院の産科医である母は、夜勤や急な分娩で夜もいないことが多かった。それでも、週に二回やってくる家政婦さんが全ての部屋を掃除して回る。家はモデルルームのようにピカピカだった。

「都心に家があれば友達呼んでパーティとかやりたい放題なのに。こんな田舎まで呼べないし」

由香はぼやいて、大きな冷蔵庫からオレンジジュースを出した。コップに注ぎ、私に手渡す。自分はパックごとがぶ飲みした。口からこぼれて、制服の襟をオレンジ色に汚している。かなり喉が渇いている様子だった。私が先月、由香にねだられてあげたレスポートサックのバッグが、勝手口の前のゴミ箱に捨ててあった。

「玲花、優太君と最近どうなの」

「えっ……。まあ、普通だけど」

由香は無言で、私の向かいのソファにもたれた。大きな大理石のテーブルを挟んでいるので、遠い。マクドナルドでご飯を食べているときのほうが、他人が近くにいても親密になれる気がした。ここは、人との繋がりを希薄にさせるような家だった。

「春休み、全然遊んでくれなかったね。冬休みは毎日遊んでくれたのに」

「……優太君と」

「優太君には、私と約束がいっぱい入ってて忙しいって言ってたんでしょ」

私は俯《うつむ》くしかない。

「ママにも、私と遊びに行くって言ってたくせに。あと自習室だっけ」

「ちょっと待って。うちの母親と話したの？」

「自習室なんて全然行ってなかったじゃん。自習室の記録ノート見たけど、春休み中に玲花の名前はひとつもなかったよ」

「調べたの？」

私の問いに答えず、由香は掃き出し窓の向こうの広い庭を眺めおろした。誰も愛《め》でる人がいないのに植木屋が毎月手入れをしているという。

「いつだったか玲花が全然ベルの返事をしてくれないから、心配になって家に電話しちゃったの」

「……それ、いつの話？」

「詳しい日にちは忘れたけど。玲花のお母さんが出て驚いていたよ。私と一緒にショッピングって言ってたんでしょ」

由香だけでなく、母親にまで、嘘がばれていた。それなのに由香は今まで、母は今でも、私の嘘を問い詰めなかった。様子をうかがっているのだろうか。母は、京都にいる父親に相談してしまっただろうか。京都の父親が部下を使って、私を調べていやしないだろうか。

「誰と会ってたの」

由香が鋭く追及する。

「こないだ途中で電話切れたのも、ヤってたからでしょう？　そういう雰囲気だったよ」

「……優太君」

「優太君、玲花とは別れたって、泣いてたけど」

自分の知らぬ間に母親や元カレと話している由香が、私は少し、怖くなる。

「辻沢でしょ」

「ちが……」

「私さ、妊娠しちゃったんだよね」

由香は言って咳《せ》き込んだ。私は絶句してしまう。由香は喉を整え、しゃべり始めた。

「昼はつわりで吐いたの。熱があるのも、妊娠すると高温期っていうのがずっと続くんだって」

「誰の子なの」

「わかんない。たぶん、援交で中出ししやがったアホリーマンだと思う」

「連絡先は？」

「知るわけないよ。テレクラで見つけたカモだもん」

「お母さんに相談……」

「言えるわけねぇし。おろすしかないでしょ。一応、保護者の同意なしでやってくれるとこ見つけたんだけどさ。すげー吹っかけられて。二十万」

高校生の私たちには、気の遠くなるような金額だ。

「玲花、なんとかならない？　貯金とか」

「親がカード管理してるから、無理だよ」

「辻沢は？」

ようやく私は、由香の意図に気づいた。動かない私をせかすように、由香がコードレスの受話器を私に突き出した。首を横に振った。睨み合いが続く。由香が自らボタンを押した。

「ちょっと、どこかけてるの」

「学校。ヤベキョウに注意してもらうの。辻沢が生徒に手をだして……」

「やめてよ!!」

立ち上がって、受話器を奪おうとした。「はい、聖蘭女学園です」という、事務員の声が受話器から聞こえてきた。由香は私に、受話器を突き出した。

「ヤベキョウを呼ぶの、辻沢を呼ぶの？」

私はこたえない。由香はじれったそうに、自ら辻沢を呼び出した。スピーカーホンにしてテーブルの上に受話器を置いた。辻沢は職員室にいたのか、すぐに電話に出た。「はい」と答えた声は面倒そうで、怪訝そうな声だった。なかなか答えがないので、「榊沢？どうした」と辻沢が電話の向こうで尋ねてきた。私は渋々、受話器を耳にあてた。

「私。沢渡ですけど」

「え？　どうした」

「由香に脅されて、電話してるんです」

「は？」

「二十万円用意してほしいと。そうじゃないと、私たちのこと学校にばらすって。妊娠したから堕胎するお金が必要なんだって」

辻沢はしばらく無言だった。「ちょっとそのまま待ってて」と電話が保留音になる。長い保留音の間、私も由香も黙っていた。受話器から、ビバルディの『春』がしらじらしく流れている。辻沢は五分ほどして、保留から戻った。

「もしもし、沢渡。ちょっと職員室だったから……」

くぐもっていた声が、クリアに共鳴して聞こえた。たぶん、ＬＬ教室に移動してきたのだろう。

「いま、栩沢といるのか」

「はい……」

「じゃ、金払うって言って。七時に俺の家に連れてきて」

由香の自宅を出る午後六時過ぎまで、私たちは見る気もないテレビ番組をリビングで眺めた。互いに目を合わせず、口もきかなかった。由香はポテトチップスをもそもそと食べている。余裕の表情で私に「食べれば」と促してきた。私は黙って睨み返した。

「あのさ、玲花。辻沢のどこがいいの。ただキモイだけじゃん、あいつ」

玄関扉が開く音がした。ヒール音も聞こえてくる。由香が台無しだと言わんばかりに、深いため息をついた。由香の母親が帰宅してきたのだ。

「ちっ。帰ってくんのはえーんだよ」

由香の母親は去年の秋から不妊治療外来の担当になったと聞いていた。急なお産で深夜に呼び出されるようなことや、帰れなくなることもない。毎日同じ時間に帰って来る。娘のためだろうに、娘は迷惑がっている。母親がリビングに入ってきた。

「あら玲花ちゃん。いらっしゃい。またきれいになったんじゃないのー」

去年の夏休みに由香の自宅で一度顔を合わせただけだが、由香の母は私のことをちゃんと覚えていた。家にこもってぼーっとしている私の母と違い、由香の母はきびきびしていた。母は家にいて何もしないくせにきちんと化粧をしている。由香の母はノーメイクだった。肌はぴんと張っている。娘の扱いにてこずっているけれど、とても充実した人生を送っているように見えた。

「玲花ちゃん、夕飯食べていく？　おばさんは料理が苦手だから、お寿司《すし》でも取ろうか」

「いらない。これから辻沢先生の家に行くの」

由香が勝手に答えてテレビの電源を切った。リモコンを投げ捨てる。

「辻沢先生？」

「英語教えてもらうんだ〜。若くてね、かっこいい男の先生なの」

由香に腕を引かれた。私は由香の母に頭を下げて、玄関を出た。

夕方の京王線の上り各停電車は、ガラガラだった。一両に五人くらいしか乗っていない。少し離れて隣に座った由香が、暇つぶしという感じで尋ねてくる。

「ねえ。辻沢とヤッたの？」

私は唇をかみしめ、言葉をぐっとこらえた。

「うふふ。嵌《は》めるはずが、ハメられちゃったってわけ。春休み中ずっとハメられてたの、あのキモい男に。玲花も青いねー」

由香は優越感に浸った顔で、私に顔を近づけてきた。

「優太君と別れたのは辻沢のため？　でも辻沢ってソレを望んでたのかな」

生温かい息を私の耳にふきかける。

「辻沢は大学時代からつきあってる彼女がいるんだよ。剣道部のコが言ってた」

仙川駅に到着して、まっすぐ辻沢の自宅に向かった。緊張して顔をこわばらせていたのは、由香の方だった。私の背中の後ろに隠れている。辻沢が住むアパートの敷地に入り、ところどころ錆びている外階段を、カンカンと革靴の底を鳴らして上がった。

二〇一号室をノックした。顔を出したのは、ヤベキョウだった。

「やばっ」と由香は逃げ出したが、飛び出してきた辻沢に首根っこを摑まれて、引き戻された。由香はなすがままになった。かわいそうなくらい小さく見えた。

辻沢の自宅は、珍しく整理整頓されていた。いつも布団が敷きっぱなしで、物があちこちに散乱しているのに、今日は全部片付けられていた。春になってもかけっぱなしになっていた炬燵布団も、外されていた。女が片付けたのだという苦しい直感が胸を引き裂いた。

由香は、部屋の隅っこに体育座りでうつむいて、ずっとそっぽを向いていた。ヤベキョウは妊娠を咎《とが》めることはなく、違法に金をせびって堕胎をする産婦人科医の危険性について、親身な様子で説き伏せる。

「闇で堕胎をする医者の中には無資格医だっているのよ。適当な手術で二度と妊娠することができなくなる女の子もいるの。お母さんに相談するのが一番よ。お母さんは驚いていたけれど、怒っていなかったから大丈夫」

由香は泣きだした。もう母親の耳に妊娠の事実が届いている。いま仙川に向かっていると知り、じめじめと梅雨の雨のように泣き続けた。

辻沢はあぐらをかいて、ものすごく退屈そうな顔で、由香を眺めていた。全てをヤベキョウにまかせて、俺は知らないというスタンスを通そうとしているようだった。

由香はヤベキョウに、退学にしないでと手を合わせて懇願した。聖蘭にいたいと泣きついた。やがてその懇願は、私と辻沢の糾弾に変わった。

「私がこれで退学なら、あの二人だって絶対ダメでしょ。デキてるんだよあの二人。私、知ってるもん！　剣道の特訓とかいってきっと体育館でヤリまくってたんだよ、春休みだってずっと――」

黙っていた辻沢が、ようやく口を開いた。

「お前それ、見たのかよ」

由香が口ごもった。しかし、すぐに言い返す。

「玲花が言ってたもん」

「私そんなこと言ってないよ」

私は反論したが、由香は主張を貫き通した。

「私、わかるもん。玲花が辻沢に本気になっていることくらい、私は親友だからわかるもん……!!」

ヤベキョウが困ったように、私と辻沢を見比べた。辻沢が深いため息をついた。なぜだか急に、私をぎろりと睨んだ。

「沢渡」

「……はい」

「俺の態度が曖昧だったせいもあるけど、ごめん」

「……え？」

「突然剣道の特訓とか言い出したり、英語ばかりを猛烈に勉強し始めたり、まさかとは思ったけど、ちゃんとはっきりさせよう。お前の気持ちは嬉しいけど、先生は応えられないよ」

なにこれ。

「俺とつきあってるみたいな言い方をするのは、やめなさい」


由香の母が辻沢の自宅にやってきた。ここからは榭沢家と教師たちの話し合いだから、と私は外に放り出された。

午後八時前で、行き場がなかった。母は十時に迎えに来るつもりでいる。自宅に戻るわけにもいかず、仙川商店街をぶらぶらと歩いた。公衆電話が目についた。今日本当は久しぶりに辻沢と会えるはずだった。辻沢の自宅に電話をかけてみた。

「玲花だけど」

「――沢渡。どうした」

由香やヤベキョウがまだいるのだと思った。私は電話を切ってしまった。九時まで待って、また辻沢の自宅に電話をした。

「玲花だけど」

「――はい。え、どちら様？」

あいつら、まだいる。「みんなが帰ったら、ベルいれて」とだけ伝えて、電話を切った。

九時半になっても、辻沢から何の連絡もなかった。ベルを右手に握りしめたまま、私は京王線に乗って笹塚へ帰った。駅の改札を出たところで、店じまいした店舗のシャッターに寄りかかり、母が迎えに来るのを待った。今日は風が強い。駅の入り口に桜の花びらの吹きだまりができていた。

「玲花」と男の声が私を呼んだ。びくりとして、顔を上げた。父がいる。春物のコートを手にかけている。父は私を鋭い目で観察していた。娘ではなく、捜査対象を見るような目つきだ。

京都にいる父親はいつもこうして、何の前触れもなく東京に戻ってくる。母には知らせているのかもしれないが、それがなかなか私の耳には入ってこない。生活指導の教師が抜き打ち検査をするような恐ろしさがあった。戸惑っていると、父親が顔を覗き込んできた。

「帰るぞ」

「はい」

父の帰宅に、母はやっと電池が入ったようだ。饒舌《じょうぜつ》にしゃべり倒す。母の話は空っぽだった。隣の誰それさんのおばあさんが転んで入院した。親戚の誰それが東大に合格した。別の誰それは、浪人が決定した。

父は日本酒をあおり、母の得意の出し巻き卵をつまんでいた。たぶん、母の話をほとんど聞いていない。相槌《あいづち》すら打たなかった。父の晩酌につきあう形で私は遅い夕飯を取った。箸先が震える。父の視線が、私の一挙手一投足を鋭くとらえている。母は、春休みの間中、私が嘘をついて外出していたことを知っている。それを父に話してしまったのだろうか。父に辻沢とのことがばれているのだろうか。

怯えながら食事と風呂を済ませ、私は早々に二階の自室に引きあげた。父の目から離れてもなお、階下から威圧感が押し寄せる。ポケベルは鳴らない。せんせい早く助けて。

私はベルを握りしめて、しくしくと泣いた。

いつの間にか眠ってしまった。時計を見ると深夜二時になっている。灯りがつけっぱなしだ。垂れ下がる照明の紐を引っ張る元気が残っていなかった。握りしめていたはずのポケベルが見当たらない。掛け布団をひっくり返し、ブランケットをばたばた振って探す。床にポケベルが転がり落ちた。未読メッセージが六件もあった。

『イマイエ？　デンワシテ　ッ』

辻沢だ。『ツ』と略したのをわからないと思ったのか、一分後に『ツジサワ』と送信している。返事が来ないからが、五分後にメッセージが連投されていた。

『ゴメンイロイロアッテ　ッ』

『オコッテルノカ？　ツ』

『アエナイカ？　イエヌケダセル？　ツ』

『イエニキチャッタ　ツ』

私はベッドから飛び降りた。ドンッと音がした。二階にある私の自室のすぐ下は、両親の寝室だった。もしかしたら起こしてしまったかもしれない。びくびくしながらカーテンを開けて、下の部屋に気づかれないように窓をそうっと開けた。

辻沢の車が遠慮がちに道路わきに停車していた。運転席に人の姿が見えた。

私は裸足で部屋を出た。父親にばれたら殺される。刺し違えてもいいから辻沢に会いたい。階下の灯りは消えていた。抜き足差し足で階段を下りる。和室から父のいびきが聞こえてきた。

私は下駄箱の上の鍵置き場から鍵を取った。裸足のまま、玄関の扉の外に出て、施錠した。

敷石をぴょんぴょんとはねて門へ辿《たど》りついた。門扉の開け閉めに想像以上に大きな音が出た。振り返ったが、家の灯りがつくようなことはなかった。辻沢の車のエンジンがかかり、助手席の扉が少し開いた。

私は裸足のまま、辻沢の車に飛び乗った。運転席の辻沢に抱きついて、むさぼるようにキスをした。

「ここはさすがに」

辻沢が私のキスに応えながら、車を出した。「仙川の緑地の方に行こうか」と甲州街道に出た。スーパーマーケットや商店は閉まっているが、ラーメン屋はまだあいている。大型トラックやタクシーがたくさん走っていた。

仙川沿いの緑地に入ると、ところどころに立つ街灯の灯りだけになり、急に暗くなった。川の向かいに、緑ヶ丘団地が見えた。どの部屋も灯りが消えていて、この世は私と辻沢の二人だけになったみたいだった。

仙川の流れに沿うように辻沢は車を寄せた。サイドブレーキを持ち上げると、私に覆いかぶさった。そこで初めて気がついた様子で、顎を引いて私の全身を見た。

「だっさいパジャマ着てるな。っていうか裸足。血が……」

辻沢は後部座席に無造作に置かれたティッシュの箱を取ろうとした。

「そんなのいいから、早くいれてよ」

辻沢のワイシャツの襟を掴んで引きよせて、キスをした。お互いに興奮しているから、いつもより性急だった。辻沢が慌てた手つきで私の下のパジャマとパンツを脱がした。もうぐっしょり濡れていたので、辻沢はペニスを出すと、私の体をすくいあげるようにして、中に入ってきた。辻沢はシートを倒したが、彼は長すぎる自分の足のやり場に困り、腰をうまく振ることができなかった。いら立った様子で、下半身が繋がったまま私の体を持ち上げて、のそり、のそりと、後部座席に移動した。私は子猿のように辻沢の体にしがみついた。

「親子猿みたい」と笑ったのに、辻沢は私の肩の向こうの何かをじっと睨みつけて、腰を振り続けた。なにを見ているのか、恐ろしい顔に見えた。今日のセックスにはなぜだか怒りが含まれていると思った。辻沢が何に対してその感情を持ったのか、私にはわからない。

辻沢は射精の直前でペニスを抜くと、赤いギンガムチェックのパジャマをぱっとめくり、おへそのあたりに射精した。いつもより量が多い。私の小さなお腹の上では足りなくて、両側からそれは垂れて後部座席のシートを汚した。

辻沢はもったいないほどの大量のティッシュを連続して取り出して、ぱらっと私のお腹の上にかぶせた。いっきに拭い去る。手品みたいにそれはなくなった。かすかに私のお腹が光っているだけだった。

「あのあと、大変だった」

由香のことを、辻沢はしゃべりだす。

「矢部先生が校長に報告したら、すぐに学校に来いということになった。でも梛沢が炬燵の足にタコみたいにしがみついて離れなくて。結局、教頭が家に来て、俺の家で退学の話だ」

「由香、退学になるの」

「援助交際で妊娠、堕胎じゃ救いようがない」

「ふうん」

「あれ。親友の危機だけど」

「別に、親友じゃないし」

「そうなの？」

辻沢は、自分の顎のすぐ下にある私の顔を、いとしそうに触って、前髪をかきあげた。

「由香が言ってた。先生には、大学時代からずっとつきあってる彼女がいるって」

辻沢は暗い瞳で笑った。

「いないって言ってるだろ」

「嘘だってわかってたけど。由香はいつも私より優位に立っていないと気が済まないコだったから」

辻沢は無言だった。真剣な表情になって、私に濃厚なキスをした。ほんの少し目を開けたら、辻沢の肩の向こうの窓越しに、壮絶な桜吹雪が見えた。

「桜の花、散ってるね」

「川沿いに下りてみる？」

「私、靴ない」

「おぶってやる」

おどけて辻沢は言った。車を降りて、両手をペンギンみたいに後ろに構えてしゃがんだ。私は辻沢の背中によじ登った。後ろからでもこの人の体は温かかった。最初だけバランスを崩してよろけたが、辻沢は体勢を立て直し、すたすたと歩き始めた。仙川沿いの芝生まで続く階段を、慎重に、ゆっくりと足を踏みしめて下りる。私たちに降り注ぐ桜吹雪を見上げた。

「祝福されているみたいだな」

「私たちみたいな最低な人間が、祝福されるはずないよ」

「え、俺も最低？」

「先生は、いつ気がついたの。私が性悪女だって」

「違うだろ。お前は性悪女を名乗れるほど、中身が濃くないよ」

図星だった。猛烈に腹が立って、辻沢の肩を軽く噛んだ。辻沢はくすぐったそうだった。

「でも、それでこそ玲花、だな」

「どういう意味？」

「好きだ、という意味だよ」

辻沢は少し振り返った。ほっぺた同士がぺたりとくっついた。辻沢はいとしくてたまらない、という風に、ぎゅうぎゅうと私に頰をすりつけてきた。

うれしいのに、しあわせなのに、お腹の内側がこそばゆいような、落ち着かない気持ちになった。

「ねえ、もう帰ろう。耐えられない」

Ⅲ　サン・クレメンテ自由が丘　初秋

十月の第一土曜日は幼稚園の運動会がある。サン・クレメンテ自由が丘の主婦たちは、運動会の話題で忙しくなった。美優は菜々子と私の夫の関係を心配していたようだが、一度口にしたきり、それ以上は言及することがなかった。よその家庭のことを勘ぐるのは失礼だと思っているのかもしれない。彼女は他の誰にも話していないようだった。取り巻きたちの誰かの耳に入ったら、あっという間に噂が広まってしまっただろう。

美優は最後の運動会に張り切っていた。先週末からその準備や場所取り、ランチのことで、同じ幼稚園のママ友グループにＬＩＮＥでメッセージを連投している。

美優が名付けた『サン・クレメンテママ友会』というグループの中に、菜々子は招待されていなかった。今日、菜々子も娘の運動会だからここに来るはずだ。なにかひと波乱が起きる気がした。

サン・クレメンテ自由が丘内の閉鎖的な人間関係について、私は辻沢に少し話したことがあった。ラブホテルの中で交わりながらの会話だった。辻沢は怒りだした。

「下らない話をしやがって。台無しだ」

「そんなこと言わないで。私、悩んでいるのよ。どう振る舞うべきかと」

「嘘つけよ、悩んでいる顔をしてない」

私はふふふと笑った。辻沢も口角を上げて、揶揄《やゆ》する。

「だいたいな、裕福な人間が集まる治安のいい自由が丘で、ゲーテッドタウンてなんだ」

ぶしつけに辻沢は吹き出した。

「相当に自意識過剰じゃないと住もうと思わないだろ。どうしてそんなとこに越したんだ。旦那の趣味か？」

「私が住みたかったの」

辻沢は意外そうな顔をしたが、理由を深く尋ねはしなかった。恐らく聞かれても、私はこの世で辻沢にだけは、サン・クレメンテ自由が丘に住みたかった本当の理由を明かせない。

園庭南側の保護者観覧席で、美優がレジャーシートを三枚敷いた。取り巻きのひとりに場所を取らせていた。夫は「すいませんね、場所取り助かります」と愛想よく笑ってシートに座り、ハンディカムの充電を確かめた。北欧家具店で買ったというカラフルなレジャーシートは大きいが、六家族が入ると一杯になった。私は自宅から持ち出してきたレジャーシートを広げようとして、美優にやんわり止められた。

「六家族分はこれで十分でしょう？　他にはもう来ないし。無駄に場所を取ったら、周りの人たちに迷惑がかかっちゃうから」

いたって常識的な提案だが、取り巻きたちが誰も菜々子の話をしないのが、怖かった。レジャーシートの上でずりばいをして、どこへでも行こうとする和葉の面倒を見ながら、私はぼんやりと、園児たちのお遊戯みたいな準備体操を見ていた。

辻沢は土曜日の十時から、必ず部活があった。今日も聖蘭高等部の体育館で胴着をまとい、竹刀を振っているのだろう。園庭の沙希に向けてハンディカムを構えた夫が、私の足を踏みつけた。「あ、ごめん」とは言うが、私の方には見向きもしなかった。娘が体操をしている。ただそれだけの光景にどうしてそこまで熱狂できるのか、私は夫が不思議でならない。世間ではこれが当たり前で、これを当たり前にできない私は最低な母親なのだろう。子どもたちに愛情を注ぐということが、具体的にどうすることなのか、子どもを産んでわかったつもりだった。辻沢と再会して、子どもたちの存在が日に日に色あせている。私はそのことに焦りすら覚えず、毎日辻沢のことばかり考えるようになっていた。

午前中最後の競技は、年長組による、保護者参加の障害物競走だった。夫は私にハンディカムを押しつけて、意気揚々と園庭に駆け出して行った。沙希と共にスタートする。夫は沙希の歩幅に合わせてちょこまかと走り、ネットをくぐりぬけ、平均台を不安定に歩く沙希の手を取る。率先して小麦粉の中に顔を突っ込んで飴をくらい、顔を真っ白にして沙希を肩車する。一番でゴールした。会場からひときわ大きな歓声が上がった。美優が微笑む。

「旦那さん、沙希ちゃんにメロメロね」

「そうね」

「玲花も幼いころ、あんな感じだったんじゃない？　玲花パパは今、娘にそっくりの孫娘に骨抜きにされてるんだろうなぁ。今日は来てるの？」

父親の話をされて、私は息苦しくなった。父のことを思い出すと、呼吸の仕方がわからなくなる。

「父は亡くなってるの」

「そうだったんだ。ご病気かなにかだったの？」

「交通事故よ」

遠くから遮られる。

「あー、いたいた！　玲花、美優！」

菜々子だった。取り巻きの何人かが舌打ちした。美優は表情を変えない。

菜々子がバスケットのようなものを下げて、近づいてきた。園庭では、佳菜と友幸が手を取り、平均台を渡っているところだった。菜々子は当たり前のように私と美優が座っているレジャーシートのそばでサンダルを脱ぎ、〝陣地〟に入ってきた。

「遅くなっちゃった。お弁当作っててね」

バスケットを開いた。色とりどりの具が挟まったサンドイッチだ。十人前ほど、敷きつめられていた。

「朝五時に起きて張り切って作ったんだけど、出来上がったら眠たくなっちゃって寝過ごした。あはは」

ごめんなさいと美優は申し訳なさそうに頭を下げた。

「まだ暑い時期で食中毒が怖いから、運動会で手作り弁当をシェアするのは控えようって、みんなで約束していたの。菜々子に話がいっていなかったかしら」

菜々子は笑顔のまま、私に向き直った。

「そう。玲花は食べる？」

美優が私を見つめている。ニコニコしていた。私はその笑顔がとても怖かった。菜々子も笑っているのは口元だけだ。その目が私に選択を迫っている。

「こんにちは」

声をかけられた。辻沢のような気がして振り返ったら、立っていたのはクーラーボックスを肩から下げた水木だった。美優が運動会の一週間前、カフェ・ダナスのランチボックスを一括で注文していた。この分だと菜々子の分のオーダーはされていないだろう。

水木はバスケットの中のサンドイッチを見て、微笑んだ。

「豪華ですね。こっちのベーグルサンドと合わせたら、パーティができそうです」

ペーパーボックスに入ったベーグルサンドを次々に美優に手渡した。菜々子の分がないことに気がつくと、水木は青くなった。

「すいません、数を間違えたかも……」

「頼んでないから。気にしないでね、水木君」

菜々子は水木の肩をなれなれしく叩いた。美優が水木の反対側の腕を引いた。

「せっかく来たんだから、子どもたちの雄姿を見ていってよ。水木君の場所をちゃんとあけておいたのよ」

取り巻きが、菜々子のバスケットを隅に押しやった。菜々子はそれでも笑っていた。

「私、旦那と佳菜を呼んでくるわね！　サンドイッチを処理してもらわないと」

来たときと全く変わらない足取りで、園庭へ向かった。美優は淡々とベーグルをかじっているが、取り巻きたちは美優の顔色をうかがい、余裕を失っているように見えた。

障害物競走が終わり、沙希と夫が手を繋いで保護者席に戻ってきた。夫はベーグルサンドをたいらげた。菜々子が作ってきたサンドイッチもみんなで食べる用と勘違いして、食べ始めた。それは他の夫や子どもたちも同じで、菜々子の作ったサンドイッチはあっという間に売り切れた。

菜々子の夫の友幸がひとり、重い足取りでレジャーシートの方にやってきた。いつも長袖の友幸だが、珍しく今日は半袖のポロシャツを着ていた。「失礼します」とスニーカーを脱ぎ、レジャーシートに足を踏み入れる。事情を知らないからだろう、友幸は美優がオーダーしたベーグルをひとつ取り、佳菜と分けようとした。美優は何も言わなかったが、取り巻きが咎めようとした。

「食べちゃだめ！」

厳しい声が聞こえてきた。園庭の砂をザクザクと踏みしめて、菜々子が近づいてきた。

「うちはお金を払っていないの！」

わきあいあいとした運動会のランチタイムがしいんと静まりかえった。美優が慌てて腰を上げた。

「いいのよ、菜々子。みんな菜々子のサンドイッチを美味しくいただいちゃったの。こっちのベーグルを食べて」

菜々子は思い切り美優をにらみつけながら美優の言い分を聞いていた。一瞬で笑顔に戻った。

「そう。それなら、よかった」

それから美優と菜々子は、お受験の話題でキャッキャッと盛り上がる。異様な運動会は午後三時まで続く。

自由が丘駅のホームで渋谷行きの電車を待っている間、私はずっと辻沢の携帯電話を鳴らし続けた。部活中なのか、繋がらなかった。

午後一時のいま、幼稚園の園庭では、全園児によるダンスが披露されているだろう。私はそれを待たず、和葉を夫に預けて、幼稚園から逃げ出した。

「先に出ていい？」

ひそかに懇願した私に、夫は同調した。

「せっかくの運動会なのに、あの空気はきついよな」

夫は昔から美優を苦手としていた。「それ以上に大泉さんがきつい」と夫は園庭の遊具の脇でひっそりと私に言った。いいタイミングだったので、確認した。

「私がいつだったか和葉を預けて出かけていたことを告げ口したのも、菜々子でしょう？」

夫は目を逸らした。

「こないだも言われたよ。親友の遺品の整理になんか行ってないって。もう片付いているはずだって」

私は毎週火曜日に、由香の遺品整理を手伝う名目で和葉を預け、辻沢と逢瀬《おうせ》を重ねている。もしかして菜々子に探られているのだろうか。

気をつけなくてはならないのに、足が勝手に仙川へ向いてしまう。

渋谷駅で井の頭線に乗り換え、明大前駅で京王線の快速列車に乗った。仙川駅に降り立つ。聖蘭女学園高等部の校門は休日なので閉ざされていた。校門脇に常駐している警備員に、自分は卒業生で、辻沢に了承を得ていると言う。警備員はすんなり私を中に入れてくれた。

もう午後二時になる。部活動は終わっている時間のはずだったが、体育館に近づくにつれて、「メーン！」「ドウ！」という、剣道部特有のかけ声が聞こえてきた。

鎧をまとった小さな戦士たちが、巨悪を前に必死の攻防を繰り広げているような光景だった。防具に面をつけた辻沢は、二十年前と変わらず巨大だった。なぜだか、正義の味方ではなく、悪い方に見えてしまう。教士七段という地位にふさわしいオーラを放ち、辻沢は微動だにせずに竹刀を構えている。小さな戦士たちは竹刀の先をせわしなく動かし、声を上げて襲いかかる。辻沢はそれを、竹刀をひょいと動かしただけでさばき、一瞬のうちに胴を叩いてやっつけた。

稽古の順番を待つ生徒たちが、ひとり、ふたりと体育館の入り口に立つ私に気がつき、ざわめき始めた。辻沢が私に気がついた。その瞬間、小さな生徒に面を取られた。

部活が終わり、生徒たちがこぞって更衣室に吸い込まれていく。辻沢は面の中に手ぬぐいと小手を入れて脇に抱えて、体育館入り口の私の方にやってきた。生徒たちは汗だくだったのに、ひとりで十数人を相手にしていた辻沢は、汗ひとつかいていなかった。

「なにしてんだよ、お前」

「見学」

私はあらかじめ商店街のコンビニで買っておいたブラックコーヒーを、辻沢に手渡した。自分はカフェオレのプルタブを開けて、飲んだ。辻沢は半笑いで缶コーヒーを開けながら、「なにもしてやれないぞ」と、横目で更衣室の方を見やって言った。あそこは二十年前に、私たちが初めて結ばれた〝汚らわしい〟場所だ。

「幼稚園の運動会だったの」

「は?」

「異様なランチタイムだったのよ」

うふふと笑った私を、辻沢は奇妙に見下ろすばかりで、笑ってくれなかった。

「なにがあっても子どもの晴れ姿だろ。ほっぽらかしてここに来るとは。さすがの玲花様だな」

「え?」

「お前はやっぱり人を愛する才能がない」

着替えた生徒たちが、サンリオのキャラクターが描かれたうちわをパタパタ振りながら、更衣室から出てきた。「さようならー」と行きすぎていく。辻沢は「はい、さようなら」と、教師然として答えた。二十年前には考えられない口調だった。

ひとりの女子生徒が振り返った。

「先生の奥さん？」

私は無言で、辻沢を見た。辻沢は「早く帰れよ」としか答えない。生徒は私に元気よく手を振った。

「バイバイ、キョウコさん！」


帰宅し、玄関を上がった。夫が二人の娘たちを風呂に入れているところだった。素っ裸の沙希が、運動会のテンションそのままに廊下に飛び出してきた。私の姿を見ると、ぷいっと顔をそむける。最後まで運動会にいなかったことを、怒っているのだろう。

脱衣所を覗く。浴室の扉が開きっぱなしになっていた。首浮き輪をはめた和葉が湯船で気持ちよさそうに浮かんでいた。夫はシャンプーで髪をシャカシャカと泡だてている。

「ごめんなさい、お風呂の時間に間に合わなくて」

湯船に浮かぶ和葉が、私の姿を見つけ、顔をくしゃくしゃにして喜んだ。私は口をすぼめた沙希の体をバスタオルで拭いてやった。

「ママ、どうして帰っちゃったの」

「ごめんね。少し気分が悪くなっちゃったの」

適当に謝った。電話が鳴る。私は沙希にパジャマと下着を渡し、リビングの子機を取った。

「はい。藤堂でございます」

「玲花さん？」

唐突に男の声が呼びかける。

「――そうですが。どちら様ですか？」

「本当に繋がった。すごい、声もセクシーだね」

「は？」

「体もすごくセクシーだよ。おっぱいの形が本当にきれい。あそこの割れ目もピンクだね、本当に体の隅々まで、パーフェクトだよ」

いたずら電話だろうか。

「藤堂玲花さ〜ん。自由が丘の〝ミセス・パーフェクト〟なんでしょう？」

私は気持ち悪くなって、電話を切った。

風呂場の夫から和葉を受け取り、体を拭いた。湯船にずぶずぶと沈む夫に訊く。

「ねえ、変な電話がかかってきたわ」

「ああ、玲花も取った？　無言電話だろ」

夫に対しては、無言で切ってしまうのだろうか。

「運動会から帰ってきたら、留守電がパンクしてたよ。全部無言。夕飯の間も二度かかってきたけど、どっちも無言で切れた」

「番号通知は？」

「だいたい非通知だけど、残ってるのもある。ほとんどケータイ」

私は和葉を片手で抱きながら、電話に向き直り、着信履歴を探った。スマホのアドレス帳とざっと比較してみたが、知り合いの番号はひとつもなかった。

深夜〇時過ぎ、また電話がかかってきた。もう寝るところだった。夫が無言で私を見る。私は手を伸ばし、子機を取った。

「もしもし？」

「ねえ、三万でどうよ⁉」

私は、スピーカーホンにして、夫に通話内容を聞かせた。

「藤堂玲花さんだろ。サイトの写真はすぐ削除した方がいいよ。アソコ丸出しで、サイバーパトロールで引っ掛かるって」

夫の顔が青ざめていく。私から子機を奪うと、電話の向こうの相手に怒鳴った。

「お前、こんな夜中に、どこにかけてんだ！　警察に通報するぞ！」

電話は切れた。夫は、電話の相手にぶちまけ損ねた残りの怒りを、私に向けた。

「お前、出会い系サイトにでも登録したのか？」

「そんなわけないわ。なに言ってるの」

「これはそういうことだろ⁉」

「怒鳴らないでよ。少し落ち着いたら」

夫はきまり悪そうに黙りこんだ。ブランケットを頭までかぶり、こちらに背中を向ける。

「娘の運動会で楽しい一日だったのに。台無しだ」

私も布団の中で目を閉じる。今日はいろいろとありすぎた。運動会は異様だったし、かかってくる電話は奇妙なものばかりだ。しかし目を閉じて暗闇に浮かぶのは、キョウコ。

辻沢がキョウコという女性と結婚していた。たぶんあの『キョウコ』だろう。

辻沢は相変わらず、嘘つきで女癖が悪い。もう自分も結婚しているのだから、そんな辻沢を怒る道理もないが、あの『キョウコ』と結局は結婚したのだと思うと、高校時代の感傷に直結してしまって胸がかきむしられる。誰かが私の裸の写真をばらまいているかもしれないこと以上に、苦しかった。

夫は朝になり、突然、謝ってきた。

「昨晩はごめん、疲れてて……」

私はなんの話かすぐに思い出せないくらい、朝になっても辻沢のことを考えていた。

「ネットに個人情報でも漏れてるんじゃないか？　警察に相談した方がいい」

私は昼過ぎ、最寄りの自由が丘警察署へ向かった。対応に出た警察官は手元のノートパソコンであれこれと調べてくれた。私が記入した名前と住所などを入力したのか、「あ、コレだ」とすぐに該当のサイトを見つけ出した。

男性警察官はわざわざ目を逸らすような仕草をしながら、ノートパソコンを私の方に向けた。裸の私が、豊満な胸を左手で摑んでいた。ガーターで吊った網タイツの足を豪快に開き、右手で下腹部の入り口をぱっかりと開いて挑発していた。

「私、こんな格好で写真を撮った記憶がないんですが」

私は大まじめに訴えた。警察官が親切に教えてくれる。

「これはアイコラでしょう」

「アイコラ……？」

「AV女優やグラビアアイドルの顔に、別の女性の顔を貼り付けるんです」

私は思わず画像を二度見した。別の写真をコラージュしたようには見えない。つぎはぎのようなものが全然ないのだ。

「最近はうまいこと画像処理できるんでしょうね」

アイコラ画像の横には、私の個人情報が正確に記されていた。氏名と住所、自宅電話番号もある。メッセージ欄には、こうあった。

『自由が丘のゲーテッドタウンに住んでいます。招待がないとおうちの中に入れないから、私とハメたい人は自宅に電話してね』

胸に抱いていた和葉がパソコンの画面に手を伸ばそうとしたので、私は慌てて和葉の視界を遮った。

警察官は、サイト管理人に通告してすぐ削除依頼をするように教えてくれた。

「誰かのいたずらかと思いますが、ここまで正確な個人情報となると、犯人は近しい人じゃないかと思います。被害届を出しますか」

「はい、お願いします。あの、コレを撮影させてください」

警察官は目を丸くした。構わず、私はスマホで私のアイコラ画像を撮った。

私は結局、火曜日が待ち遠しい。辻沢と待ち合わせしホテルに行く前、武蔵小杉駅近くのカフェで軽いランチを取った。ホットドッグをたったの三口で食べてしまった辻沢に、私は自分のアイコラ画像を見せた。

辻沢はよほど驚いたのか、少し咳き込んで、スマホの画面をまじまじと覗き込んだ。コーラを飲み干すと「なんだよコレ」と笑った。

「警察が見つけてくれたの。いたずら電話がひどいと思ったら、コレが原因だったの」

「コレはお前の体じゃないだろ。アイコラか」

すぐにわかってくれたことが嬉しい。せんせいは、私の体を知っている。そう思うと、暗い喜びが胸にわき上がる。

「うん、警察官も同じこと言ってた」

「こういうバカみたいな格好したお前も、なかなかかわいいよ」

「なにそれ」

「旦那はおかんむりだろ、こんな画像がネットで流れて」

「夫には見せてないわ。卒倒しちゃうから」

「で、誰の仕業なんだよ」

私は改めて、アイコラされた私の顔を見た。前髪を斜めに流してヘアピンで留めていた。薄く微笑んでいる。このヘアピンは、サン・クレメンテ自由が丘の夏のバーベキューで落としてしまったものだ。あの日、美優の夫が何度も私の写真を取りに来たことを思い出した。彼の仕業だろうか。正直、どうでもよかった。

「ところで、キョウコって誰」

「――なんの話だ急に」

「この間、あなたの部員たちが言ってたじゃない。先生の奥さん。キョウコって名前なんでしょう」

「知らない」

「先生、昔っからそうだったよね。私には嘘ばかりつく。でも、剣道部のかわいい弟子たちには、嘘をつけないの」

私は、辻沢の腕のそばにあった彼の二つ折り携帯電話を手に取って、引き寄せた。使い古されて塗装が剝げていた。辻沢は抵抗せず、黙っていた。私は着信履歴を見る。一時間前に、『開成高校』から電話がかかってきていた。待ち合わせに少し遅れそうになった私がかけたものだった。

「私、開成高校なの？」

「偏差値が高いんだ」

辻沢が不敵に笑う。アドレス帳を開いてスクロールする。ほとんど学校名だった。

「白百合女子大学。聖蘭のご近所じゃない」

「そこの大学のコだから」

辻沢は全く悪びれずに言う。

「――戸山高校からも頻繁に電話があるわ」

「ああ……。彼女は、〝ツァラトストラ〟を読んで人生観が変わったというから」

「ツァラ……？　なにそれ」

「ニーチェだよ。竹山道雄が訳した」

「戸山高校とどう繋がるの？」

「竹山道雄の母校だよ」

「だったらツァラなんとかっていう登録名にすればいいのに」

私は発信履歴を見た。途端に、『開成高校』の名前が消えた。『灘《なだ》高校』ばかりになった。毎日、午後十時にかけていた。辻沢が「もういいだろ」と私の手から携帯電話を奪い取り、シャツの胸ポケットにタバコと一緒に押し込んだ。

午後二時前、辻沢に抱かれて擦り切れた体をけだるく引きずり、私は二子玉川駅の改札を抜けた。スマホを出し、暗記した『灘高校』の携帯電話番号を押した。発信音が鳴る。きつく唇を噛みしめ、相手が出るのをひたすら待ったが、五コールほどで留守番電話になってしまった。連続三回かけたら発信音すら鳴らなくなった。

自由が丘の駅に降り立ち、幼稚園へ沙希を迎えに行った。沙希の手を引いて園庭を突っ切る。遊具のそばで輪になって、美優ら一派が立ち話をしていた。目が合ったので、軽く会釈をした。取り巻きたちは私に背中を向けた。「見ちゃだめよ！」とあからさまな声を上げたが、美優だけはなにか言いたそうに私を見つめている。もしかしてみんな、あのサイトを見てしまったのだろうか。

「ねえ、優亜ちゃんママと喧嘩《けんか》したの？」

沙希が私の顔を、不安げに見上げた。

「さあ。どうでもいいわ」

私の言葉に、沙希は驚いた様子だったが、「ママは勇気があるんだね！」と私を称賛した。幼い沙希でも、ゲーテッドタウン内の人間関係にひずみが出ていると気がついているのだろう。

サン・クレメンテ自由が丘に戻り、託児所へ和葉を迎えに行った。和葉を抱いてログハウスを出る。公園で遊ぼうとしていた沙希が、年下の男の子に突き飛ばされ、尻もちをついたところだった。慌てて私は沙希を助け起こした。男の子を睨む。ゲーテッドタウンの主婦たちの視線が突き刺さる。誰も沙希を助けず、誰も男児を叱らなかった。私はそれでようやく、この小さく閉ざされた世界の中で、『灘高校』どころではない異変が起こっていることに気がついた。

答えは、ポストの中にあった。

私は沙希に見せないように、そこに投げ込まれた、一枚のビラを読んだ。

胸を大きくあけた私が、背後から辻沢に首をねじ曲げられ、キスをしている写真だった。周りにリスニング機器が並ぶ教室のような場所だった。いつだったか、高等部のLL教室でキスをした。そのとき盗撮されたものらしかった。

画像には『藤堂玲花は神聖なサン・クレメンテから出て行け！』という言葉が添えられていた。

翌日、私はサン・クレメンテ自由が丘の主婦たちの排除の視線を全身に浴びながら、沙希を幼稚園に送りに行った。ビラは近所中に配られているようだから、夫が知ってしまうのは時間の問題だった。

けれどそれは、深刻な問題ではなかった。私にとって死活問題だったのは『灘高校』の存在だった。インターホンが鳴った。ゲートではなく、自宅の門前のインターホンが直接、鳴っていた。画面に映っていたのは、菜々子だった。

玄関扉を開けた。菜々子は開口一番「大丈夫？」と私の顔を覗き込んだ。ビラを持っている。

「そんなことより、仕事は？」

菜々子は目を吊り上げた。

「そんなことって。こっちの方が一大事よ。自分がなにをされているのか、わかっているの？」

私は自分の周囲に起こっていることを考えざるをえなくなった。

「こんなのに負けちゃだめよ」

菜々子が私の目の前でビラをビリビリに破いた。

「ねえ、誰の仕業だかわかってるの？」

あの画像は聖蘭女学園高等学校のＬＬ教室で撮られたものだ。あの日近くにいたのは、美優と菜々子しかいない。二人のうち、どちらの仕業なのか――。

菜々子は「これって聖蘭のＬＬ教室よね」と外国人のように額に手をあて、天を仰いだ。

「美優しか犯人がいない。彼女はついさっき取り巻きたちとカフェ・ダナスに行ったわ。一緒に行こう」

「え」

「いま出ないと、一生出られなくなるわよ」

私はよくわからず、ぼんやりしてしまう。しっかりして、と肩を叩かれる。

「いじめのターゲットが変わったのよ。新参者の私から、玲花に！」

カフェ・ダナスのドアベルを鳴らし、菜々子が率先して店内に入った。中に響き渡っていた主婦たちの笑い声が途切れた。ざわめきに変わる。

カウンターの向こうの水木が無邪気に微笑んだ。

「いらっしゃいませ」

サン・クレメンテ自由が丘の出来事を何も知らない様子だ。いつものように、カウンター席から椅子をひとつ持って、窓辺の六人席へ持っていこうとした。菜々子が断った。

「いいの。私と玲花は別のテーブルに座るから」

水木は眉を寄せ、両テーブルを見比べた。女たちがもめていることを察したのか、黙ってカウンターの奥に引っ込んだ。私たちはドア近くの小さな二人席に腰かける。美優の取り巻きたちはあからさまに背を向けて、目を合わせないようにしている。美優だけが、困惑げに私たちを見ていた。

菜々子はレディースランチプレートとハーブティを注文した。私も同じものを注文し、飲み物はアイスコーヒーにした。窓際から、目ざとく非難の声が聞こえてくる。

「信じられない。赤ん坊がまだ卒乳してないのに、カフェインを取るとか」

「もう母乳が出ないんでしょ。だって母親でいることより、女でいることを選んだのよ。和葉ちゃん、かわいそう」

取り巻きの嫌味を咎めたのは美優だった。立ち上がり、こちらに近づいてくる。

「玲花。妙なビラが――」

菜々子が美優の前にたちはだかった。まるで私を守っているようだった。

「あの画像を撮ることができたのは、私と美優しかないのよ。あの日、あなたは学食から出て行った辻沢先生と玲花を追いかけていったんじゃないの」

美優はぽかんとしていた。

「あの画像は、合成かなにかでしょう?」

私は何も言えなくなってしまった。「合成された作り物だ」と訴えてしまいたい。すると私をかばって犯人を糾弾しようとしている菜々子の顔に泥を塗ってしまうことになる。結果、何も言えない私は、あの写真が本物であると認めているように見えるだろう。菜々子の言動は、私が不倫をしているとサン・クレメンテの女たちに、バラしているようなものだ。

私は、私の前に立つ勇敢ぶった菜々子の背中に、既視感があった。

棚沢由香にそっくりなのだ。


私は高校一年生の二学期に、いじめられていた。入学してすぐには友達がそれなりにいた。比較的目立つ八人組のグループの一員だった。初等部時代から運動神経抜群でクラスのリーダー格だった少女にどうしてか気に入られていて、私はその八人グループの中に居場所があった。高等部から入学した由香は、中等部ですでに出来上がっていた女子グループの中のどこにも入れずに孤立していた。

二学期の初めに、私は三年生に呼び出された。持ち物が生意気だといってトートバッグの中身を焼却炉に放り込まれて、いびられた。私が、十一月の文化祭でミス聖蘭コンテストに立候補する予定で、ミス聖蘭候補の三年生を陰でこきおろしていた、というのだ。私は全く身に覚えがないし、ミス聖蘭というコンテストがあること自体知らなかった。誰かが私に濡れ衣《ぎぬ》を着せたらしい。翌日から、私は八人グループの他のメンバーからつまはじきされた。彼女たちは三年生に「沢渡玲花とつるんだら承知しない」と言われてしまったらしかったのだ。

休み時間も、給食も、登下校もひとりぼっちになった。そんな私に声をかけてきたのが、由香だった。私をいじめた三年生は、卒業式の日に、私に謝りに来た。そして私に忠告した。

「梱沢由香とつるまない方がいいよ。私の悪口を言っているとチクってきたのは、あの子なんだからね」

私はその時すでに辻沢との関係に没頭していて、正直、三年生の謝罪も由香の嘘も、どうでもよかった。由香がどうしてそんな回りくどいやり方をして私とくっつこうとしたのかよくわからない。だが誤解で離れていった友達は戻らなかったし、由香が私に粘着質にまとわりつくのは私のことが好きだからだろうと思っていた。友達に好かれている、求められていると感じたのは初めてだったから、私は、由香のやっていることを全て許すことができたのだ。

あれから二十年経ち、私はサン・クレメンテという陸の孤島で同じことを繰り返しているような気がした。カフェ・ダナスでの奇妙な対立から、私は菜々子に守られるようにして、ベビーカーを押している。全ては由香の餓死の一報から始まった。そういう死に方を選んだ由香が私に復讐しているような気がしてならない。

「きっと美優は、夫から女扱いされないいら立ちを、美人で幸せな玲花にぶつけているだけなのよ」

菜々子が断言した。細田夫婦の仲が悪いと断言するような物言いが、不思議だった。

「だってバーベキューの時に玲花の写真ばかり撮りまくっていたじゃない。気持ち悪い男だった。きっと玲花のアイコラ画像を作っていたのも彼だわ」

私は立ち止まってしまった。

「どうしてその画像のこと、知っているの?」

あれはインターネットに流れてしまっているもので、ビラでゲーテッドタウンにばらまかれたものではない。

「ご主人から相談を受けたのよ」

夫がそんなことを隣家の女に相談するだろうか。

菜々子がゲートの電子キーを開けようとした。私は、傍らの警備員詰め所の前に立っている女に気がついた。女がじっと私を見ていたからだ。

「沢渡さん」

『灘高校』だった。世界が止まる。硬直してしまった私と、『灘高校』を交互に見比べて、菜々子が首を傾げた。

「どちら様？」

ヤベキョウこと矢部今日子は、手に大判の封筒を持っていた。ゲーテッドタウンではらまかれたものと同じ種類のものだ。恐らくあの中には、私と辻沢の写真が入っている。

『辻沢今日子様』とワープロ書きで記されているのが見えた。

「沢渡さん？」

ヤベキョウは困ったように、微笑んだ。夫の不倫相手を前に、怒りよりも、懐かしさがこみあげているふうだった。私はできの悪い教え子だった。ヤベキョウを公私ともに混乱させてばかりだったが、それでもヤベキョウはいつも親身になって私を見守ってくれていた。

「二十年ぶりかしら。元気そうね。相変わらず、きれいなのね」

どうしてそんな優しいことを言うのか、私は膝が震えてしまう。いっそのことぴしゃりと頬を打ってくれた方が、簡単なのに。

「あのね。二十年ぶりなのに、こんな話で申し訳ないんだけど、変なものが自宅に届いて……」

私はその場を逃げ出した。腹を痛めて産んだ娘をベビーカーごと置いてきてしまったことに気がついたのは、一時間も後のことだった。

私は仙川へ向かうタクシーの中で、泣きながら夫に電話をした。変なビラが配られ、屈辱的で死にたいとわめいて、和葉を菜々子に託したことをさりげなく伝えた。

「もうあのゲーテッドタウンには戻りたくない」

言い放って電話を切った。

これでなんとか取り繕えたか。嘘泣きの涙をハンカチで拭って大きなため息をついた。タクシーの運転手がバックミラー越しに、気味悪そうに私を見ていた。

肝心の辻沢と、連絡がつかなかった。水曜日は六限までびっちりと授業が入っているせいだろう。どちらにせよ、彼の妻が私の元へ押しかけて来たことを伝えたら、辻沢は間違いなく私を捨てて逃げるはずだった。待ち伏せするしかない。


午後八時。聖蘭女学園の職員用駐車場で、私は隅っこに駐めてある辻沢の汚い車と、コンクリの校舎の壁の間にずっと体育座りをして、彼を待ち続けていた。やがて現れた辻沢は、暗闇に亡霊のように浮かんでいるであろう私の姿を見ても、全然驚かなかった。

「そんな気がした」と苦笑いして、助手席に私を乗せてくれた。

「全くお前……。相変わらずホラーだな」

「ヤベキョウがうちに来たの」

「お前が電話をかけまくってるからだろ」

「なんだ。ヤベキョウからもうあなたに、連絡がいってたの」

「まあ。別居中とはいえ、妻だから」

辻沢は悪びれる様子はなく、あっさりと結婚していた事実を認めた。駐車場から車を出す。

「かわいそう」

「誰が？」

「ヤベキョウ」

辻沢は目尻を下げて、とても悲しそうに微笑んだ。

「俺も、そう思う」

猛烈に腹が立って、辻沢の太ももをつねった。辻沢はグローブのような手で私の右手を払った。

「早く解放してあげなよ。ヤベキョウを。先生じゃヤベキョウを幸せにできないし、ヤベキョウじゃ先生のことを支えられない」

「自分なら、俺を支えられるとでも言いたいのか」

私は目を逸らし、フロントガラスを睨んだ。

「二子玉までいいか？　疲れてるから」

「自宅まで送って」

「いいのか。ゲーテッドタウンだろ」

「別にいいわ。みんな知ってるから。もう会えないね」

辻沢は曖昧に、首を傾げた。

「また会うの？」

「お前が会いたいなら」

「ヤベキョウは？」

「もう破綻していたから」

「十年近くつきあって、それでもやっぱり彼女がよくて結婚したんじゃないの」

「お前はどうなんだよ。高級住宅地の立派な家とエリートの夫、かわいい娘が二人。全部手に入れたのに、なんで俺にまとわりつく。旦那や子どもたちを愛していないのか？」

「……愛ってなに」

辻沢は「気持ち悪い」と笑った。その後は互いに無言のまま、サン・クレメンテ自由が丘の敷地前に到着した。鉄格子で閉ざされた地下駐車場への入り口に車をつけてもらった。警備員がやってきて、車内を覗き込んだ。

「一号棟の藤堂です」

「こちらはゲストさんですか?」

警備員が、辻沢をちらりと見た。私は頷いた。

「それじゃ、お名前を――」

「車で送ってもらうだけなんです。彼はすぐ帰るので」

「そうですか。それなら」

警備員は鉄格子のゲートを開けてくれた。バックミラー越しに、警備員が見えた。辻沢の車のナンバーを確認し、所定の用紙に書き込んでいた。

「日本じゃないみたいだな」

「日本じゃないというか……。現実じゃないみたいな世界でしょ?」

辻沢は口を閉ざし、来客者用駐車場に車を停めた。

「現実だろ。お前に現実感がないだけだ」

「……」

「全部手に入れても幸せじゃないのは、そのせいだ。幸せじゃないから俺につきまとう」

「違う。私は幸せだった」

「俺が壊したとでもいうのか。誘ったのは確かに俺だが、断れただろ」

ずるい言い方をする人だった。そして私は自分の心の奥底を追求して、その暗闇にわけがわからなくなる。私は自分の行動原理がわからない。私の行動原理はせんせいなのだと理屈をつけると全てが丸く収まるから、厄介だった。

辻沢は助手席の私の頰に、剣道で硬くなった手を添えた。

「かわいそうな、女の子」

「私はもう三十九歳よ」

「中身は幼児のまま、成長が止まっている」

「それはあなたも同じでしょ。十三歳で成長が止まってる」

「十三歳」

辻沢は目を見開き、繰り返した。怒ると思ったが、辻沢は笑った。

「警察官僚の娘は怖いな。そういえば全てお前のパパに調べ上げられたんだっけ」

「心配しないで。パパは死んでるから」

辻沢は少し緊張したように口元をこわばらせた。私はせんせいの左脇腹に手をやる。

スラックスからワイシャツを引き抜いた。傷痕のふくらみを指で撫でる。

「ここはお前の自宅の地下だぞ。よく俺の素肌に触れようと思うな」

辻沢はあきれ果てた様子だが、手を振り払うようなことはしなかった。

「せんせい」

「うん？」

私は前に向き直った。死ぬほどあなたが好きだと言う言葉を、今日も飲み込む。

自宅に帰ってパンプスを脱いだ。和葉を抱いた夫が、階段からばたばたと降りてきた。

「ごめんなさい。迷惑をかけました」

頭を下げた。ヤベキョウとの再会に動揺して和葉を置いて逃げてしまった。恐らくは菜々子が和葉を預かってくれたのだろうが、夫は何も言わず、首を横に振る。

「いいんだよ。沙希は三鷹のお袋のところにやったよ。変なビラが幼稚園でもばらまかれていたようだし、しばらく休ませようかと思ってる」

「……そうね。和葉」

次女を抱きとろうとすると、夫が言った。

「とにかく、風呂に入っておいで。ゆっくりつかって心を落ち着かせてから、ワインでもあけよう。どうしてこんな嫌がらせが続くのか、警察に相談することも含めて、作戦会議だ」

夫もあのビラを見たはずだが、かつての教師とかつての学び舎でキスをしていた事実について追及するそぶりは見えなかった。あの画像もネットに流れたアイコラと同じように合成だと思っているのかもしれない。

私は脱衣所で衣類を脱ぎ、バスタブにつかった。沙希が使っていたアンパンマンのボール入れと、和葉が使うピンクの首浮き輪が、傍らに置いてあった。現実感がない、という言葉がまさにぴったりだった。

湯船に顎までつかり、しばらく目を閉じた。私にとって一番大切なものはなにかを考えれば、この暗闇から抜け出せる気がした。どうしてか水木の顔が浮かんできて、私は苦笑してしまう。二十一歳にして世捨て人か仙人みたいに達観したふうの彼に会ったら、気づきがあるのだろうか。

女性の金切り声が聞こえて、目を開ける。

男性の怒声が続いた。どこから聞こえているのだろう。脱衣所からでも、窓の外からでもなかった。静かに回る天井の換気扇から聞こえてきているようだ。男女の言い争いは、建物の外の換気口をつたい、浴室に届いている。金属と湿気で声は共鳴し合い、まるでテープの遅回しのように歪んで、私の頭上に降り注いだ。湯船につかっていても、背筋が寒くなる。

やがて女性は長い悲鳴を上げたが、それは唐突に途切れた。一瞬の間を置いて届いたのは、子どもの泣き声だった。

風呂から上がり、バスローブをまとって脱衣所を出た。夫はキッチンで、夕食の洗い物をしていた。料理が私よりも上手な人だから、私の分はダイニングテーブルの上に用意されていた。

「ねえ、誰か外で言い争っていなかった？」

　夫は首を傾げた。

「さあ……。洗い物してたから気づかなかったけど」

　脱衣所に戻り、髪を乾かしていると、夫がやってきた。鏡越しの夫はとても慌てている様子だった。ドライヤーのスイッチを切った途端、どこからともなくパトカーや救急車のサイレンの音が聞こえてきた。

「お隣の大泉さんのところで、なにかあったみたいだ」

　私は急いで部屋着に着替えて、脱衣所を出た。夫は玄関から身を乗り出して隣家の様子をうかがっている。隣家の門扉を、救急隊員や警察官が慌ただしく行きすぎていくのが見える。

　私はサンダルをつっかけて夫の横をすり抜け、門を開けた。ゲーテッドタウンの住民たちが続々と玄関先に出てきていた。ゲート前の警備員が、困惑した様子で警察の聴取を受けていた。

　大泉家は、玄関先をブルーシートで隠されていた。何が起こっているのか全く見えない。私は自宅に戻った。大泉家の庭と、我が家の自宅の庭は低い柵で仕切られているだけだ。庭先からなにかわかるかと思い、リビングを突っ切って、庭に下りた。こちらもブルーシートで覆われていた。救急隊員が「一、二、三、四……!!」と救命処置をしている声は聞こえる。

私は階段をかけあがって、ベランダに飛び出した。

大泉家の全てが見えた。庭に面したリビングの窓辺で、長袖を着た友幸と、父親の手をしっかりと握った佳菜が、呆然《ぼうぜん》と立ち尽くしていた。

庭先では、菜々子が奇妙に体をねじり、頭から出血した状態で倒れていた。救急隊員は救命処置をやめて、引きあげた。代わりに、紺色の制服に身を包んだ警察署の鑑識係がどっと入ってきた。菜々子を前に両手を合わせている。

死んでいるのだ。

私は、昼間にヤベキョウがここに来ていたこと、ついさっきまで辻沢もここにいたことを、思い出す。

iii　聖蘭女学園高等学校　夏休み

辻沢が夏休みの宿題として大量に出したワークブックの問題を、私はアイスを食べながら解いていた。仙川の辻沢の自宅にいる。ボロボロの扇風機を強にしていたら、あっという間に体が冷えて、今度は寒くなってきた。

アパートの外階段をガン、ガンと上がって来る音がした。この部屋に通うようになってもう半年、足音だけでそれが辻沢のものなのか、隣室の老人のものなのか、区別がつくようになっていた。

辻沢が台所前のすりガラスを通り過ぎた。玄関の前に立って、解錠している。扉が開いた。私の姿を見て、辻沢が目を丸くする。

「なんでいるの」

「大家さんが開けてくれたの。お帰りなさい」

辻沢は鍵を財布の小銭入れに戻し、無言で靴を脱いだ。台所で手を洗う。

「昼からずっと部屋の前で待ってたの。暑くてへろへろになってたら、大家さんが日射病になったら大変だからって」

「来るならあらかじめ時間を訊いておけよ。今日は部活のあとに職員会議だったんだ」

冷蔵庫を開けて、缶ビールを取った。

「だって昨日の夜、電話しても、繋がらなかったんだもん」

「繋がらなかったんなら、来るなよ」

辻沢は飲み干した缶ビールを乱暴に流し台に叩きつけた。怒っているらしかった。

「アイス、食べる？　冷凍庫に――」

「いらない」

私が炬燵の上に夏休みの宿題を広げているのを見ると、「家でやれよ」と言った。

「家だと集中できないんだもん」

「だったら自習室に行けよ。親にはそう言ってんだろ」

私のトートバッグを蹴飛ばした。どすんと座ると、そのまま横になってリモコンを取り、テレビをつけた。

辻沢は一学期の後半になったころから、私への態度がぞんざいになっていた。私の存在を疎ましく思っているのかもしれない。会うと三回に一回くらい怒りっぽくなっていた。夏休みで私が自宅に入り浸っているので、辻沢がいらい立つ確率は上がっていた。

どうしていいのかわからない。シャープペンシルを握ったまま固まっていると、辻沢の手が私の太ももに伸びてきた。びっくりして体を震わせる。辻沢は匍匐《ほふく》前進で私のそばに近づいてきた。私の太ももを枕にして、テレビを見始める。

　黙って勉強を続けようとした。仰向けになった辻沢が、私の乳房の下から顔を覗かせた。

「お前、結構胸がでかいんだな。サイズいくつ？」

「D」

「へえ。よくわかんないけど」

　辻沢はまた、テレビに向き直った。

「先生ってさ、どうしておっぱいを触らないの」

「女の胸は嫌いなんだ。胸っていうのは母性の象徴であって、セックスシンボルじゃない」

　よくわからない。

「ということは、先生は母性が嫌いなの」

　辻沢は返事をしなかったが、〝母〟と名のつくものに嫌悪感を抱いているのは気づいていた。彼は飛騨高山の出身で、母親は観光地で飲み屋を経営していたらしい。毎晩のように男を連れ込んで裸で寝ていたという。自分がグレたのはそのせいなのだと言っていた。

辻沢が私の体に這いあがってきた。私は押し倒される。今日も辻沢は私の胸を開こうとせず、パンツの中に手を突っ込んできた。

「お前さ、いつも、イッてる?」

「……イクって、なに」

辻沢はひととおり笑い倒した。本当におかしくて仕方ないという調子で、高い声で笑った。「OK。教えてやる」と、とても優しい顔で言う。私の足を大開脚させる。自分の肩の上に私の右足を担ぎ、左足は炬燵の上に乗せた。つま先にあたったペンケースが畳の上に落ちた。辻沢はいきなり、私の膣の入り口を二本の指でぐわっと広げて、なにかを一生懸命に探り始めた。

「なにしてるの、くすぐったいよ」

「クリトリス探してるの」

「なにそれ」

「性感帯。あった。これ。自分でさわってみ」

右手を掴まれ、人差し指をそこにあてられた。痛くて飛び上がった。

「ずっと隠れてたから痛いんだよ。でも慣れてきたらものすごく気持ちよくなるよ」

辻沢はそのクリトリスという突起物を指先で優しく撫で始めた。

痛いような、気持ちいいような、よくわからない感覚だった。下半身は勝手に反応して、びくんびくんと動いた。拒否しているのか悦んでいるのか自分で自分の体がわからない。

辻沢は人差し指でその動きを続けながら、左手で、いつものように指を膣に挿入してきた。驚いて体がのけぞった。いつもとは違う感触だった。膣の内側を触られる感覚がいつもよりも鮮明なのだ。喘ぎ声がおさえられなくなった。

私は頭の近くにあった自分の制服を摑んだ。袖を口に含んで、自分の内側が崩れそうになるのを、必死にこらえた。

だんだん、辻沢の手の動きが速く乱暴になってきた。もうこらえられなくなって、私はかじっていたブラウスを投げ捨て、大声を上げた。窓があいている。仙川駅前の桜の木が見えた。その見慣れた光景が、歪んでふるえた。

私は呼吸を忘れて、一瞬、失神した。「玲花、玲花」と呼び戻されて、すぐに気持ちが戻ったが、まだ頂点は続いている。呼吸を整えながらめちゃくちゃに叫んだ。辻沢が指を抜いた。両手ともびしょぬれだった。構うことなく、彼はスラックスとトランクスを脱ぎ捨て、私の中に入ってきた。膣の感度は高まったままだ。硬く引き締まった辻沢の性器の押し引きで、また私は頂点に連れ戻された。皮膚の内側の触覚が研ぎ澄まされたようだった。辻沢のペニスの形や感触全てが、目で見て触るよりもリアルに感じられる。私の体の中に入っている辻沢以外のものを全て吐き出して、この人のものだけ内包していたいという、強烈な衝動に駆られた。

辻沢が果てるまで、それは幾度となく続く。勝手に目から涙が出ていた。私はどうしてか号泣していた。


辻沢は帰宅してきたときとは別人のように上機嫌になった。夕方になるころにはもう一度私を押し倒して、私をよがらせて大喜びだった。私が吹き出したものが英語のワークブックに飛び散っていた。私は慌ててそれをティッシュで拭った。

「夕飯一緒に食えるの？　焼肉に行こう」

辻沢に誘われたが、今日は母親と買い物に行く約束があったので、断った。

「じゃあママに、今日はお赤飯でも炊いてもらえよ」

「どうしてお赤飯？」

「女の子がいる家庭は、娘が初潮になったら赤飯炊くんだろ？」

「ママになんて言えばいいの？　今日初めてイッたから、お赤飯炊いてって言うの」

「今日、ようやく私は女になりましたって言えば」

辻沢は大爆笑した。私はなにが面白いのかわからないが、先生が楽しそうなので、とても幸せな気持ちになった。

母と笹塚駅のホームで待ち合わせをした。母はベンチに静かに座っていた。白いふくらはぎ丈のワンピースに、薄手のカーディガンを羽織り、扇子ではたはたと顔をあおいでいる。額の汗をレースのハンカチで押さえていた。

しばらく母を観察したが、母は時折腕時計に目を落とすだけで、なにか面白い動きをするでもなく、ぼんやりと私を待っていた。行きすぎる若い男に目を奪われるとか、パンツが見えそうなほどにスカートを短くした女子高生を嫌悪の目で見るとか、そういうそぶりは一切ない。全てのものに無関心で、ただ懸命に、娘を待っている様子だった。

約束の時間になったので、私は母の前に立った。母はひとつ頷き、立ち上がろうとした。驚いたように私の全身を二度見する。

「どうしたの」

「……ううん、なんでもない」

母はなにかを感づいているようだった。優太と初めてキスをした日も、辻沢と初めてセックスした日も、娘の変化に気を留める様子はなかった。今日この日だけは、母はなにかを敏感に感じ取ったようだった。

一緒に新宿の小田急百貨店に向かい、ワコールのお店へ行った。母は私の手をぐいと引っ張って、耳打ちした。

「あの下着は、捨てておいたから」

辻沢に見せたくて、由香と一緒に春休みに１０９で買ったものだ。隠しておいたし、洗濯もこっそり風呂場でやっていたが、見つかってしまった。

母はこの店の常連だ。五十代くらいの女性店員と仲良しだった。

「いらっしゃいませ。やだ玲花ちゃん、またきれいになったんじゃないのー」

店員は私を褒め称えた。〝商品を買ってもらう〟という意気込みに溢れている。大阪のあきんどみたいだった。

「玲花は少し太ってカップがきつそうだから、測り直してやってくれない」

「そうね。若いうちからちゃんと体にフィットしたブラ使わないと、産後は目もあてられなくなるから」

首からメジャーを下げて、店員は私を試着室の中に押し込めた。制服を脱いでいると、試着室のカーテンの向こうから、母と店員が世間話をしている声が聞こえた。JR貨物駅の跡地に高島屋がオープンするからどうこう、と店員はぼやいていた。母と雑談を終えて試着室に入ってきた。私のアンダーバストを測る。

「太ったんじゃなくて、おっぱいがはってるのね。いま生理中?」

「いいえ……」

「それじゃ、排卵中かしらね。それとも成長してまた大きくなったのかしら」

トップバストを測った。

「あらEになってる。彼氏さんでもできたのかしらー」

店員は冗談めかして笑った。「大丈夫お母さんには秘密」と人差し指を立てた。同時に店員は私のウエストとヒップを測り、ショーツのサイズも表に記入した。

「下の方は変わってないから、やっぱり太ったわけじゃなさそうね」

母はサイズ表を確認し、私を非難の目で見た。一方的に自分が選んだものをかごに入れた。

「もう白はやめようね。学校のブラウスは透けるから。ベージュの方がいいわ」

おばさん臭いレースのブラジャーと、お腹まである大きなパンツを五枚ずつ、かごにいれた。私が物足りない顔をするのを、母は非難と感じ取ったようだ。

「文句があるならお父さんに言って。ちゃんと管理するように厳しく言われてるんだから」

「下着まで？」

「そこまで具体的に言われているわけじゃないけれど、気を利かせてそこまでちゃんとママがやっていることを示さないといけないの」

お前は気が利かない、バカだ、一を言ったら十まで理解しろ、忖度《そんたく》ぐらいできないのか――母を見下す父の暴言を、私は思い出した。

だから母は、たぶん父が思いもよらないところまで私を管理している。私は、下着も洋服も靴もパジャマもバッグも、自分で選んで買ったことがなかった。小学校四年生のとき、衣料品店で、私と同い年くらいのコが「ママ、これが欲しい！」と言って泣きわめいているのを見て、驚いたことがあった。自分で選ぶ、欲しいと思う感情がある、ということが、私には信じ難かった。母は自我を通そうとしていた女の子を見て「育ちが悪い」と批判していた。何かを欲しいと思うことは悪なのだと、私は刷り込まれて育てられた。

翌日、私は英語の勉強道具だけを持って、学校の自習室で朝から勉強をした。昼の十二時を過ぎたころ、私は教科書を持って職員室に向かった。辻沢が午前中の剣道部の指導を終えて、職員室で昼食をがっついているころだ。

学食の工事が着々と進んでいて、やかましかった。ノックをして職員室に入る。出前か、カレーライスをほおばっている辻沢の背中が見えた。私は辻沢のデスクの横の椅子に座った。ださい手作りの座布団が敷いてあった。ヤベキョウのデスクだ。

「お。沢渡」

辻沢が言った。私を昨日さんざん嬲《なぶ》ってイカせたくせに、しれっとしている。

「教えて。この文章、訳せない」

ワークブックを差し出した。辻沢はカレーを咀嚼《そしやく》しながら、じっと私の顔を見た。飲みこむと「食べてるんですけど」と笑った。私がなにも答えないうちに、「しょうがねぇな」とおしぼりで手と口を拭いて、ワークブックを引っ張った。

「辻沢先生も、ミス聖蘭候補にせがまれたんじゃ、カレーどころじゃないわね」

遠くで様子を見ていた女性の教頭が笑った。金縁眼鏡からぶら下がる眼鏡チェーンをちらちらと反射させている。

「さっきね、文化祭実行委員の集まりがあったのよ。今年もミス&ミスター聖蘭をやるって言ってたわ」

例年、ミスは学校一の美女が、ミスターは学校一の人気者かボーイッシュな生徒が選ばれる。

「三年生が、ミスは二年の沢渡さん以外ありえないって話してたわよ」

辻沢は教頭に見向きもせず、私にシャーペンを押しつけて、「文を区切れ」と言った。

四行にも連なる長い一文を、私は頭をひねりながら線を入れて区切っていった。

「SVO、やって」

私は辻沢がいつも板書しているように、単語の下に線をひっぱって、主語や動詞を区別していった。

「あーなるほどね。それだと訳せないわ。OK。教えてやる」

辻沢はシャーペンを奪い、解説を始めた。

「これはSの一部だよ。いいか、この後ろの way までが主語にかかる修飾節で……」

私は笑う寸前だった。辻沢からシャーペンを奪って、教科書の余白に書いた。

〝昨日と同じこと言ってる〟

「え？」と辻沢が言った。

〝ＯＫ。教えてやる。イカせてやる〟

辻沢がむせた。飲みかけの缶コーヒーを流し込んで喉を潤すと、「バカ」と小さく呟いて、ニヒルに笑った。

「偉いわねー、沢渡さん。夏休みまで熱心に」

背後からヤベキョウの声がした。辻沢が慌てて、消しゴムで私が書いた文字を消した。

私が立ち上がると「ゆっくり解説してもらいなさい」と、ヤベキョウは近くのデスクの椅子をひっぱってきて、私とデスクをはんぶんこするように、座った。クリアファイルに入った書類をデスクの上に置く。『退学届』という文字がちらりと見えた。ヤベキョウはため息まじりに、職員室の外の景色に目をやっている。

校庭では、制服を着た少女がひとり、すたすたと校門に向かって歩いていた。金髪だった。その後ろから、スーツ姿の女性がスポーツバッグや紙袋を抱えて、金髪の少女を小走りに追いかけていた。じゃんけんで荷物持ちをさせられている小学生みたいだった。

「栩沢さんが退学手続きと、私物を取りに来たのよ」

ヤベキョウが私に言った。教頭が口を挟む。

「沢渡さんは成績も優秀だし、もうああいう子と遊ばない方がいいわ」

辻沢が横で顔を真っ赤にしている。笑いをこらえているのだ。ヤベキョウは気づいていない。

「沢渡さん。二学期から栩沢さんはもう学校に来ないけれど、気を引き締めてね。英語ばっかりということは英文科希望なのよね」

「別に、まだはっきりとは……」

「英文科は一番人気で、上位二十人しか入れないの。今二十位に入っていたからって、ここからみんな勉強に力をいれてくると、同じくらい勉強をしても順位が上がらなくなる。ちょっと気を抜くとあっという間に下がるわよ」

「はあ……」

「聖蘭英文科卒業だったら、就職口も豊富よ。英文科にいけるかいけないかが、その後の人生にも大きく関わってくるわ」

将来などいくら想像しても真っ暗なのに、その暗闇のために勉強をしろと言われても、全然ぴんとこなかった。私はただ、英単語の向こうにいる先生に会いたいだけだ。

夕方、自宅に帰った。玄関に男物の大きな革靴が揃えて置いてある。おそるおそるリビングに顔を出した。父がソファにもたれ、リラックスした様子で夕方のニュースを見ていた。まだお盆休みには早い七月末なのに、どうして東京に戻ってきたのか。リビングの入り口で戸惑っていると、父が私を一瞥して勝手に説明した。

「早めの夏休みだ。お盆のころはまた京都のあたりも人が多くなって事件が増えるから、日曜日までここにいて、来週早々に京都に戻る」

「はい」と私は頷いて、二階の自室へ行こうとした。「なんで夏休みなのに制服なんだ」

と、事情聴取が始まった。

「自習室に通っているので」

「家じゃダメなのか」

「わからない問題があると、すぐに先生に訊きにいけるので」

「わからない問題があること自体が問題だな。いつもそばに誰かいて、頼って解決しているようじゃ、社会人になってからはなにもできない。組織にとって足手まといの人材になる」

「……はい」

「自己解決能力を身につけなきゃだめだ。もう十七歳だろ」

「はい、すみませんでした」

今度こそ自室に逃げようとして、また呼びとめられた。

「お前、背が伸びたか?」

首を横に振った。もういい、という調子で、しっしと手で追い払われた。

父のいる夕食は、いつも苦行だった。

「来年の春の異動で、やっと霞が関に戻れることになった」

私は全身から血の気が引いた。母は大いに喜んだ。

「この三年、パパが京都に行ってしまって心細かったんです」

「単身赴任なんてするもんじゃない。家族を管理できなくて、どうやって数千人いる本部の部下たちをたばねろというのか」

「本当に、その通りですね」

「俺がいないから管理が行き届かなくなるんだ。あれほどお前にきつく言っておいたにも拘《かかわ》らず、だ」

どうやら父は怒っているようだった。母もようやくそれに気がついた。箸を箸置きに戻し、しょんぼりして、手を膝の上にやった。

「玲花」

父に呼ばれる。私も箸を置いた。母のようにしょんぼりしてみせる。

「�沢由香って子と、ずいぶん仲良くしていたそうじゃないか」

「……はい」

「退学になったんだろう。援助交際して妊娠し、堕胎したと聞いた」

驚いて顔を上げたのは、母だった。

「まあ玲花……。そんな話、ママは聞いて……」

父親がわざとらしい大きなため息をついて、母を遮った。

「お前はやっぱり管理ができていない。どれだけ話しても理解しない。無能すぎてこちらの頭がおかしくなりそうだ」

張り詰めた空気のせいか、箸置きの上に置いた箸が転がった。十代は箸が転んでもおかしい年齢とか言うが、私は全く笑えなかった。

「玲花。お前はその少女と一緒にいかがわしいことをしていたのか？」

顔面蒼白《そうはく》の母が前に出る。

「そんなはずはありません。私がちゃんと管理をしています」

「派手な下着をこっそり買って隠していたと、前に電話で話していたじゃないか」

母が突然立ち上がり、私の頬をぴしゃりと打った。

「玲花、どうしてそんなものを買ったの！　誰かの前で身に着けたの⁉」

「……いいえ」

私は声が震えて、うまく答えられなかった。

「じゃあどうして買ったの！」

「……かわいくて」

「はっきり答えなさい、お父さんが納得するように説明しなさい！」

この家で父は絶対的権力を持つ大元帥で、母は自分の立場を死守する中佐あたりだ。私は下っ端の軍曹だった。私は萎縮《いしゅく》しながら必死に答える。

「かわいいと思って。由香が、穿いていたのを、うらやましくて……」

ショーツの中が生ぬるくなってきた。太腿から膝をつたったそれが、ルーズソックスを黄色く汚していく。

「女同士、下着を見せあっていたのか。お前もそんな卑猥なことをしていたのか？」

父が私ではなくて母親に問う。

「いいえ。私はそんなはしたないことは絶対にしません」

とうとう父親が声を荒らげた。

「それじゃ、なんで玲花がそういうことをしているんだ！　お前がちゃんと管理していないからだろう!!」

すみません、と母が言うのを許さず、父が母を殴った。父は母に罵声を浴びせかけながら、私の失禁も罵った。

「お前という母親がしっかり育てないから、いつまで経ってもこのザマなんだろう！」

「はい、すみません。本当にごめんなさい」

私は泣きながら謝った。

「誰かに怒鳴られたくらいでいちいちションベンを漏らしていて、どうやって社会で生きていくつもりだ、ええ⁉」

「ごめんなさい、すぐに片付けさせますから。許してください」

食卓に箸を叩きつけ、父はリビングを出た。和室に入っていって扉をぴしゃりと閉めた父に、母が扉越しにすがりついている。「そちらでご飯を食べますか」とか「お酒を持っていきましょうか」とか話しかけている。やがて返事がないとわかると、肩を落として洗面所へ行き、バケツと雑巾を持ってダイニングに戻ってきた。母は私にそれを投げつけた。ひとつ大きくため息をつき、無言で洗い物を始めた。

私はルーズソックスとショーツを脱ぎ、バケツに放り込んだ。雑巾で足を拭う。水を汲《く》みに行き、母の足元で、ダイニングの床を拭いた。これは私が小学校のころから繰り返されてきたことだ。私が悪いことをする。父が母を叱る。母が私を叩く。父も母を殴る。私は失禁する。母に雑巾とバケツを投げつけられる。

いつものことなので、これまであまり何とも思わなかった。今日はどうしてか屈辱感が沸き上がった。同時に、辻沢がしてくれたことが身に染みて、辛くなる。

学校の自習室に通うことは〝自己解決能力育成の妨げになる〟ということで、私は父が東京にいる間、自習室に行けなくなってしまった。辻沢に会うことができない。

しかも父は、「援助交際の道具になるから」と、ポケベルを取りあげようとした。それは命綱だ。私は土下座をして、使わせてほしいと懇願した。父は交換条件を出した。

「秘密を持つことができないように、二階のお前の部屋の扉を外す」

「えっ」

「どっちがいいのか、お前が選べ」

私は結局、ポケベルを選んだ。私の部屋の扉はその日のうちに外された。私の部屋は廊下や階段から丸見えになり、電話のおしゃべりの声や物音は廊下に筒抜けになった。開放感たっぷりで落ち着かない自室で、勉強をしたり、雑誌を読んだり、辻沢を愛《いと》おしく思ったりする。一日が一カ月ぐらいに感じるほどに、ノロノロと過ぎていった。ある日、母が階段を上がってきて、部屋に入ってきた。

「玲花。パパが映画でも観に行かないかって」

「はい」

母がクローゼットをあけて、私の洋服を選んだ。

「涼しげなワンピースがいいわね。久しぶりの家族のおでかけだから」

細かい花柄の、細いベルトがついたワンピースを出した。くるぶしあたりにレースがついた白い靴下を出す。肩かけのポシェットもクローゼットの奥から出した。私はそれを身に着けて、姿見で全身を見た。絶望的な気持ちになった。由香に「ださい！」と怒られそうだ。そしてもう由香はいないのだと思うと、心細い気持ちになった。

玄関を出る。父が車のエンジンをかけて待っていた。私は後部座席で息をひそめた。父はバックミラー越しに何度も、後部座席に連行している〝容疑者〟を確認していた。なにで怒りだすかわからないので、動かないのが一番だった。

渋谷の映画館で、家族で『ショーシャンクの空に』を観た。父はとても上機嫌だった。恵比寿のホテルの最上階の和食レストランを予約してあった。父は「帰りはお前が運転しろ」と母に車の鍵を投げた。日本酒を飲み、饒舌に仕事の話をしていた。仕事といっても、事件の話ではなく、人間関係についてだった。どこそこの部長の息子が痴漢で逮捕され本人は僻地に飛ばされたとか、あそこの県警で不祥事があって、あの本部長はもう出世の道を断たれたとか。息を押し殺していた私に、父が冷たい視線を投げかける。

「わかるだろう、玲花。お父さんが死ぬ思いで積み上げてきた全ての実績が、部下や家族がしでかしたことで、一瞬のうちに崩れ去るんだ」

「はい」

「例えば、もし玲花が梛沢由香のように援助交際をしていて、警察に捕まったとする。父さんはどうなると思う?」

知らねーよ。

「降格だけじゃ済まない。一生地方回《ドサ》りだ、霞が関に戻ることは不可能だろう」

なんてすばらしいことを教えてもらったんだろうと思った。私が警察沙汰を起こせば、父は二度と東京に戻ってこない。

「父さんは次の異動で警備局長をやることになる」

「はい」勝手にしろ。

「お父さんは、警察庁長官はもう年齢的に厳しいが、警視総監なら十分その可能性はあると思っている」

「はい」無理じゃね、お前の能力で。

「玲花。お父さんが言わんとしていることがわかるな」

「はい」全然わかんねーよ。

私は会話が楽しくなってきた。心の中で辻沢の口調を真似するだけで、心がスカッとした。


悪夢は、夏休みの終わりまで続いた。絶対君主制の恐怖政治の統治者である父は、従順な家来たちといる心地よさを手放したくないと思ったのか、よりによって母と私を連れて京都に戻ると言い出した。

京都で過ごすことになった一カ月、私は国家公務員住宅の、籠の鳥だった。辻沢に開拓された私の体には、拷問のような夜が続いた。いったい私をどうしたいのか、ファミリー向け官舎だからあいている部屋がいくつかあるのに、父は母に布団を三つ並べさせた。親子が川の字になって眠ることを強要したのだ。翌朝、生理が突然始まった。朝起きたらまっさらな白い布団に赤いしみをつけてしまっていた。父は汚物を見るような目で私を蔑んでいた。

しばらくして、父は京都の官舎に帰宅できなくなった。舞鶴の方で殺人事件が起こったらしい。親殺しだった。引きこもりの息子が、京都大学卒業のエリートの父親を撲殺したというものだった。しばらくは日本中が、その事件に注目していた。その報道を見ながら、母は胸を張った。

「パパがいる管轄で起こった事件だもの。だからたったの二日で犯人を逮捕できたの」

私だったら、もっとうまく父親殺しをやれる気がした。想像していたら、なぜだかとてもワクワクして楽しくなってきた。京都にいる間に、父の周辺を〝洗って〟おこうと考えた。京都の苦行の日々が楽しくなると思ったのだ。

母が買い物に出ている間、私は父の書斎に入った。娘を必要以上に厳しく管理しているわりに、父のデスクは雑然としていて、無防備だった。私は書類の山を順番にめくっていった。

クリアファイルに『身上書』というものが入っていた。『栂沢由香』と書いてあった。

私は驚いてクリアファイルから中身を抜き取った。ホチキス止めされた五枚の身上書をめくった。援助交際の挙句の妊娠・中絶で退学、という事実から、両親の勤め先やその役職まで事細かに記されていた。警察庁にいる自身の部下に調べさせたのだろう。私ですら知らない、由香の現住所と同居人らしき男の名前まであった。ページをめくっていると、はらりと一枚のメモが落ちた。

『服部哲雄』という名前と、その連絡先なのか、0577で始まる電話番号が記されていた。それが岐阜県高山市の市外局番だと知ったのは、東京に帰って、地元の図書館のハローページで調べたときだった。父の捜査は、辻沢の近辺にまで広がっていた。

八月三十日には東京に戻り、九月一日に二学期が始まった。校舎の外ではまだ蟬がやかましく鳴いていた。ヤベキョウが悲しげに由香の退学を告げた。何人かの生徒が、私に同情の目を向けた。これから教室という社会の中で、ひとりで生きていくの？　それともどこかのグループに入るの？　どの目も私を冷たく見る。

夕方には自宅に帰れるようにすると辻沢が約束してくれた。私は自習室で時間を潰し、三時半には学校を出て、辻沢のアパートに向かった。まだ三時四十五分くらいだったが、辻沢はもう自宅に帰っていた。私を引っ張りあげてきっちりと鍵を閉めた。そして強く抱きすくめた。

一回目は二人とも、一分もしないうちにイッてしまった。一時間くらいだらだらとおしゃべりをして、二回目でようやくいつもの調子に戻った。三十分かけて丁寧にセックスを楽しんだ。二回目のセックスで私は挿入前に指でイカされて、挿入中にもまた絶頂が目前で、喉が嗄《か》れるほど喘ぎ声を上げた。そんな私を、辻沢はとても暗い瞳で眺め、突然私の耳元で囁いた。

「お前の父親、京都府警本部長だってな」

急激に下半身が萎えていくのがわかった。

「やめてよ、いま、その話」

「わざとだよ、お前はすぐイッちゃうから」

父親について囁かれた私の体は、二度と戻って来なかった。辻沢が先に射精をしたので、二度目のセックスはそれで終わった。

辻沢はペニスをティッシュで拭いながら、裸でぼうっと座りこんでいる私を見やった。

「パパが嫌いなの、それともパパの話が嫌いなの?」

私は答えなかった。辻沢は話題を変えた。

「焼肉、食いにいかね? 実篤公園の方にうまい焼肉屋があるんだよ」

「制服ににおいがついて、親にバレないかな」

「俺のTシャツとジャージで行けよ。食い終わったらうち戻って、シャワー浴びて帰ればいい」

「うん」

Tシャツとジャージはまだよかったが、問題は靴だった。これにローファーはおかしいが、辻沢は足のサイズが二十八センチだ。二十四センチの私が履くには大きすぎた。仕方なく、辻沢のサンダルを下駄みたいにつっかけて、焼肉屋まで歩いた。

「パパの将来の夢は、警視総監になることなんだって」

「へー」

「いつも自分の夢をね、男のロマンみたいに語るの。そうなるために毎日具体的にどういう努力をしているのか、子どものころからよく聞かされた。全く意味がわかんなかったけど」

「官僚の出世なんてゴマスリじゃないの」

「ゴマスリじゃないよ、根回しっていうんだって」

焼肉屋に入った。「いらっしゃいませー」と声をかけられたが、辻沢は回れ右をして、私を店の外に押し出した。

「油断した。教頭がいる」

聖蘭の教師たちだ。いわゆる聖蘭ジェンヌである彼女たちが、まさか焼肉屋にいるとは思わなかったのだろう。仕方なく私たちは、目の前を走る小田急線成城学園前駅行きのバスに飛び乗って、別の店を探すことにした。一番後ろの座席に座ると、「タイヤの上は酔うからやだ」と、辻沢はまん中のひとり席に座った。私は戻って、辻沢のすぐ後ろの席に座った。

「カップルなのに縦一列なんておかしくない？　私の話を聞く気がないでしょ」

「なんの話」

「パパの話」

「パパの話もパパの存在も嫌いなんだろ」

「どう思う、自分の将来の夢を語る父親」

「俺は父親がいないからわからない」

「自分の夢は語るのに、私の将来の夢を聞いたことないんだよ。女だから、聞く必要がないと思ってるみたい」

「ふうん。で、実際のところどうなの」

「なにが？」

「お前の将来の夢」

「くらやみ」

「おおー。同じ」

辻沢は同志だと言わんばかりに握手を求めてきた。そのまま手を繋いだ。辻沢はバスの出口の方に足を投げ出して、横向きになって私とおしゃべりを続けた。

「暗闇でも、大学の推薦をどこにするのかは決めてんだろ」

「どこでもいいけど……まあ、英文かな」

「聖蘭の英文科を出てれば十分だよ。いいとこ就職できるし、いいとこ嫁にいける」

「……先生のお嫁さんになりたいな」

辻沢は笑った。

「無理だよ。俺、前科あるって話してなかったっけ」

「殺人と強姦以外の悪いことは全部やったっていう話？」

「そう。警察官僚の娘なんて、もらえるはずないだろ」

「パパが死んだら大丈夫？」

「都合よく死んでくれるか」

「それじゃ、殺そうかな」

笑った私を見て、辻沢は気味悪そうに顔をひきつらせた。

「殺したいと思うほど悪い親じゃないだろ。虐待でもされたのか」

「殴られたことはない。私が気にくわないことをすると、いつもママを殴るから」

辻沢はちょっと眉をひそめて「それはそれで、だな」と呟いた。

私は辻沢が座るシートに額をもたれさせて、「私さぁ」と話しかける。

「男の人に怒鳴られると、おしっこを漏らしちゃうクセがあるでしょ」

「俺は怒鳴ってないけどな」

いつかの話だと、辻沢はわかっている。ぽつりと言った。

「でも私が漏らさなかったら、怒鳴ってたでしょ」

「まあな」

「怒鳴るのやめてくれて、ありがと」

「……………」

「おしっこ拭いてくれて、ありがと」

辻沢は手を繋いだまま、私の親指の爪を、自分の親指で撫で続けていた。

「小学生の二年生のときね、父親に殴られた痕を冷やしている母親に、聞いたことがあるんだ。あのころはまだ、私は父親に反抗する元気があって、私と母親は父親の暴力に耐える被害者同志だと思ってた」

ママ、どうしてあんなパパと結婚したの。

「そうしたら、母に睨まれて、こう言われたの」

〝パパがママを殴るようになったのは、あなたが生まれてからよ〟

なるほどね、と辻沢はさらりと言う。

「お前がどうして栅沢由香に支配されていたのか、ようやくわかった」

「支配なんてされてないよ」

「お前は無意識に支配者を探してる」

「探してない」

「自分で物事の判断ができない。自分の意思がない。どうしてか。生まれてこなきゃよかったと思っているからだ」

「……」

「自分なんか存在しない方がよかったと思っている。そうやってお前は自我を殺して生きてきたんだ」

「私にだって、意志はある」

バスが、全然知らない道を走っていた。外はもう暗闇に包まれている。住宅街なのか、店舗の灯りもない。都内なのにさびしげな町だった。私は、繋いでいた手を強く握り返した。私には、辻沢を失いたくないという強い意志がある。

辻沢はけだるそうに手を引き抜いた。

帰りの京王線の中で、下腹部と腰に、重たく垂れ下がるような痛みを感じた。立っていられない。駅の臭いトイレに入って下着をおろしたら、赤茶色い筋が下着を汚していた。

帰宅して、夕食の支度を始めていた母に、生理がきたことを報告した。母は手を拭き、電話台に置かれた手帳を出した。家計簿つきのスケジュール帳だった。スケジュール帳には、父が東京に戻る日と、聖蘭の学校行事しか書かれていなかった。

母は赤ペンを出して、今日の日付から六日後まで、赤マルをつけた。前月のものを確認して、「周期通りね」と微笑みかけた。京都の官舎の布団を汚してしまってから、私は生理周期まで管理されている。

Ⅳ　サン・クレメンテ自由が丘　中秋

「大泉菜々子さんは、自宅庭の縁石に頭部をぶつけたことによる脳挫傷で、亡くなっておりました」

　菜々子が死亡した翌日、二人の刑事が朝早くに自宅を訪ねてきた。ソファに座り、刑事と対面していた夫が、ごくりと唾を飲み下している。私は和葉をあやしていて、あまり刑事の方を見なかった。長女の沙希はまだ三鷹の姑のところにいる。

「足を滑らせた事故、ということですか？」

　夫が膝の前に組んだ手を揉《も》みながら、刑事に尋ねた。

「今のところ事件・事故の両面から捜査を進めていますが、現場の状況からして、事件の可能性が高いかと」

　室内を物色した痕跡があったらしい。

「強盗が入ったということですか」

「それが、金品には手がつけられておりませんでした」

所轄の署員という老齢の刑事も頷く。

「ここは〝安全要塞〟を売りにしたゲーテッドタウンだそうですね。住民以外の出入りが厳しく制限されている上、周囲の〝城壁〟は、防犯カメラだらけだ。外部からの侵入者の姿は今のところ、確認されておりません」

「では、ゲーテッドタウンの住民の中に、犯人がいるということですね」

夫は言いにくそうだ。

「まだそうとは決まっていません。事件前後に、ここの住民以外に二名の招待客がタウン内にいたことがわかっています」

辻沢とヤベキョウのことだろう。辻沢は菜々子が亡くなった夜、私を送りにやってきた。警備員は辻沢に氏名や住所を尋ねなかったが、車のナンバーを記録していた。辻沢の元に刑事が行くのは時間の問題だった。

「それでなんですが。辻沢今日子という女性をご存知ですか?」

刑事の問いに、私は眉をひそめた。辻沢よりも先にヤベキョウのことを問われるとは思ってもみなかったのだ。

あの日、ヤベキョウとゲートの前で鉢合わせしたのは午後一時過ぎごろのことだったと思う。菜々子が亡くなる八時間くらい前の話だから、とっくに帰っていると思っていた。事件とは無関係のはずだが、刑事は言う。

若い刑事が庭から戻ってきた。有無を言わさぬ調子で言う。

「最後に、申し訳ありませんが指紋を採らせて下さい。みなさんにご協力頂いています」

夫は嫌な顔をしながらも、応じた。私も黙って刑事に従った。専用のシートに指を押し付けていると、所轄の刑事が話しかけてくる。

「実は私、奥さんと初対面じゃないんですよ。私のことを覚えてますか」

「え……?」

「山本です。二十年前は、府中署にいたんです。お父さんの事故のとき、病室のあなたに、お父さんが亡くなったことを伝えた者ですよ」

私は沸き上がる動揺を必死にこらえた。居ずまいを正して頭を下げる。

「その節は……」

「まあまあ、顔を上げてください。あれは本当に残念な事故でした」

父は警察庁警備局長への異動が決まって、京都から戻ってきたばかりだった。十八歳の夏休みのことだった。私はその時、入院していた。なぜ入院していたのか。

山本刑事は知っているはずだ。

菜々子の死亡は、まだ殺人事件と断定されたわけではないからか、どこの報道番組も報じていなかった。当日、偶然にもゲーテッドタウンに足を踏み入れることになってしまった辻沢とヤベキョウの元にも、刑事が向かっているころだろう。

辻沢に電話をしたが、授業中なのか、繋がらなかった。ヤベキョウにはすぐに電話が繋がった。彼女は驚いていた。

「まさかまたかけてくるとは思わなかったわ。赤ん坊を置いてまで逃げたのに」

「先生。いま、それどころじゃないのよ。どうしてあの後、菜々子の自宅に上がっちゃったの」

ヤベキョウは電話の向こうで、黙りこんだ。

「別に話したくないならいいけど。先生いま容疑者よ」

「容疑者？　なんの話」

やはり、菜々子が死んだことをまだヤベキョウは知らないのだ。受話器の向こうで、チャイムの音が鳴った。刑事が来たのだと思った。年老いた女性が応答する声が聞こえる。ヤベキョウは実家に帰っているようだから、あれはたぶん、ヤベキョウの母親の声だ。

「ねえ先生。辻沢と早く離婚してよ。私に辻沢をちょうだいよ」

ヤベキョウからしばらく返事がない。受話器の向こうで絶句しているのだろうか。私は自分で言っておいて、おそらくヤベキョウよりも驚いていた。私はなにを言っているのだろう。辻沢と再会してからは、彼と結婚したいなどと思ったことは一度もないのに、どうして私の口はこんな意地汚い言葉を吐いているのだろう。

「あなた、よくそんなことが言えるわね。自分も夫や幼い子どもがいる身で、何をしているのかわかってるの？」

「殺人よりましでしょ。菜々子を殺したのは、先生？」

ヤベキョウがそんなことをするはずがないと私がいちばんわかっているのに、また意地悪なことを言ってしまう。私は口と脳が全然違う方向に動いてしまっている。心がめちゃくちゃになっている証拠だ。

受話器の向こうで、女性が叫ぶしゃがれた声が聞こえる。

「今日子、今日子。警察が来てるよ、あんたに話があると……」

昼前に、三鷹の姑から電話がかかってきた。沙希が両親を恋しがり、自由が丘に帰りたがっているというのだ。私は冷酷に突き放す。

「沙希のことはお義母さんがなんとかしてください。こちらはバタバタしています」

義母は沈黙した。さっきのヤベキョウみたいに絶句しているのだろう。

「とにかく泣きやまないのよ、少し電話で話をしてやって」

「電話で私の声を聞いたら、もっとだだをこねますよ」

私は一方的に電話を切った。どうしてか水木に会いたいような気がしてきた。私は和葉を抱いて、静まり返ったゲーテッドタウンを突っ切った。公園で遊んでいる子どももそれを見守る母親も、ひとりもいなかった。昼間なのに静寂に包まれている。まるでサン・クレメンテ自由が丘は、デッドタウンのようだった。

カフェ・ダナスのドアベルを鳴らす。カウンターの向こうに立つ水木が振り返り、困惑した様子で私を見た。「いらっしゃいませ」と無理に笑顔を作る。

刑事が二人、カウンター席に座っていた。

「こりゃどうも」

午前中に我が家で聞き込みをしていた山本という所轄刑事だ。水木から聞き込みをしていたらしかった。私はもう二度と、山本という刑事には会いたくなかった。ここへ来てしまったことを深く後悔した。

窓辺の席に、ゲーテッドタウンの主婦がひとりいた。美優の取り巻きの一人だ。美優や他のママ友の姿はなかった。山本とコンビを組む若い刑事が向かいに座っていて、主婦たちから一人ずつ話を聞いているらしかった。

私はどちらからも離れた壁際のテーブルにひとりで座った。水木がグラスの水を出す。カウンターに座る山本刑事が問いかける。

「それにしても、二十一歳にしてこの自由が丘にカフェをオープンさせるとは、すごいですね」

私はブレンドコーヒーをオーダーした。水木は私に無言で頷き、刑事に答える。

「両親がここで純喫茶を開いていたんです。僕は跡を継ぎ、店内を改装しただけです」

山本刑事は「ああ！」と手を打った。

「そうだそうだ。ここは昔、純喫茶だったなぁ。あのヒゲのマスター、あんたのお父さんだったの」

「ええ……」

「全然似てないから、わかんなかった。確か、喫茶マリオンって店だった」

「そうです」

「ご両親は？」

「祖父母の介護もあり、父方の実家に移住しました。高知の方です」

山本刑事は「お元気そうならなにより」と微笑んだ。

「ところで、なぜ喫茶マリオンからカフェ・ダナスになったの？　ダナスってどんな意味」

水木はとても不機嫌な様子になった。

「店の名前と、菜々子さんの件と、なにか関係があるんですか？」

窓際のテーブルの事情聴取の声も、私の耳に入ってくる。

「実は美優は菜々子とひどい投資トラブルを抱えていたんです」

上座の美優に従順だった主婦が、思い切った調子で若い刑事に証言している。山本もそちらの証言に興味を持ったようだ。

「美優も菜々子も、娘さんを聖蘭女学園に入れようと必死でした。これから受験費用でいろいろと入り用だからと、菜々子は美優を勧誘して、金融商品を購入させたんです。だけどそれには、巧妙に不良債権が組み込まれていたみたいです。あっという間に美優は数百万円の損失を出してしまったんです」

「損失を出したのは、いつごろのことですか？」

「九月の中旬のことです」

運動会の少し前だ。美優が菜々子と距離を置き始めた時期と重なる。投資トラブルが原因だったようだ。

山本が手帳を開いて、「あれ」と呟いた。

「聖蘭女学園って……」

山本が立ち上がり、若い刑事の腕を引いて、耳打ちした。

「当日の来客リストにあった車の持ち主、アレは聖蘭女学園の教師だ」

「誰の招待で入ってきたんですか？」

山本刑事が壁際に座る私を鋭く見た。

刑事たちは二日経って、再び自宅を訪ねてきた。

「たびたびすいませんね、奥さん」

「いいえ。いらっしゃるだろうと思っていましたから。どうぞ」

今日は山本刑事と若い刑事の他に、私に対する中傷ビラの捜査をしていた自由が丘署の警察官が一緒だった。

「ご主人はいまどちらにいますか」

「土曜日ですが、仕事です。先日休んでしまったので」

「それは都合がよかった。上の娘さんは幼稚園ですか？」

「ここがこんな状況ですから。幼稚園は休んで、夫の実家で預かってもらっています」

「それは更に都合がいい。今日はちょっと、あんまりいい話じゃないもんでね」

私はダイニングテーブルの脚につかまり立ちしていた和葉を抱き上げて、ベビーサークルの中に入れた。わいわいがやがやした雰囲気が好きな和葉は、警察官が押しかけても、上機嫌でキャッキャとはしゃいだ。山本刑事が和葉を覗き込んで言う。

「さすが、警察の血を引く赤ん坊ですね。肝が据わっている。いま、どれくらいですか」

「九カ月です」

「将来は女刑事かな？」

私は愛想笑いもせず、汗を拭う四人の男性警察官たちに熱々の紅茶を出した。「早速なんですが」と若い刑事が、二枚の用紙をテーブルの上に並べた。

ネット上に流出した私の卑猥なコラージュ画像と、ゲーテッドタウンにばらまかれた私と辻沢がキスをしている盗撮画像だった。

「ネットに流れた方の画像は、加工の跡が見つかりました。ビラの画像はその痕跡が見当たりませんでした」

「ええ。私はこの男と不倫していますから」

あっさりと答えた私に、男たちは互いに目を合わせたり、咳払いしたりする。私は続けた。

「菜々子が死んだ日、辻沢は私をここまで車で送っただけです」

「辻沢慎さんと、会っていた、と」

「はい。あの日はセックスはしていませんけど」

男たちの眉間の皺が深くなった。少し挑発が過ぎただろうか。和葉のそばに立っていた山本だけは、私に憐れみの目を向けているふうに見えた。

「ゲーテッドタウンの奥さま方から聞きましたが、菜々子さんは辻沢先生の教え子だったそうですね」

「それはどうでしょうか」

私は首を傾げた。菜々子は殺されたその日、私に会いに来たヤベキョウを見て、私に

「どちら様？」と尋ねたのだ。聖蘭生なのに辻沢のことを覚えていて、ヤベキョウのことを忘れているとは考え難かった。ヤベキョウも、菜々子と初対面のふうだった。菜々子が本当に聖蘭の出身なのか、かなり疑わしいと思っていたのだ。

「やはり、気づいてらっしゃったんだ」と、山本が言う。

「大泉菜々子さんは慶應大学経済学部の出身で、聖蘭生だった過去はありませんでした。経歴を詐称していたわけですが、なんででしょうねぇ。聖蘭も名門ですが、レベルは慶應の方がずっと上です。虚勢を張るための嘘とは思えんのですよ」

私は黙って、頷いた。

「それでですね、ここだけの話」

山本刑事は若い刑事に目配せしつつ、切り出した。

「実は菜々子さんは妊娠していました。司法解剖の結果、妊娠四カ月くらいではないかということです」

「――そうでしたか。気の毒ですね、妊娠中に亡くなるなんて」

「ご主人は覚えがないと」

私はさすがに驚いて、二人の刑事の顔を順繰りに見た。

「どうやら夫婦仲は冷めきっていたようでしてね。事件と関係があるやもしれませんので、胎児のＤＮＡ鑑定もしたんですが、やはりご主人との親子関係は見られませんでした」

刑事たちは私と辻沢の関係をはっきりさせたかっただけのようで、すぐに帰っていった。私はログハウスの託児所に和葉を預けた。予約をしていなかったが、ここの住民たちがみな引きこもっているので、子どもの姿はひとりもない。中は閑散としていた。

ゲートの外に出た途端、私はマスコミのカメラやマイクに囲まれた。菜々子の件が殺人事件と確定し、報道が始まったのだ。私は乱暴に彼らを払いのけて、駅までの道のりを走った。タクシーを捕まえて、「聖蘭女学園高校へ行って下さい」と早口で伝えた。

土曜日だから、辻沢は聖蘭の体育館で剣道の指導をしているはずだった。刑事が周囲をかき回すようになったら、彼はまた逃げてしまう。彼の自宅を突き止める必要があった。それ以上に、自宅の場所を私に教えない理由を知りたかった。

聖蘭女学園の職員専用駐車場出入り口付近で、私はタクシーを待たせた。後部座席で何時間も時が来るのを待った。運転手はメーターが三万円を超しているのを見ながら、バックミラー越しに言った。

「あなたさ、とてもきれいだけど。ストーカーなの?」

「は?」

「いや、別にあなたの人生にとやかく言うことはないんだけどさ。もったいないよ」

「黙れよ、ハゲ」

辻沢の真似をしてみた。運転手は目を丸くして私を振り返る。私の全身を上から下まで舐めまわすように見た。それ以上は何も言わなかった。ヤバい客だとようやく気がついたのだろう。

午後五時、ようやく辻沢の車が駐車場を出た。「あとをつけて！」と私は、車の外に出て電話をしていた運転手に頼んだ。

辻沢の車は甲州街道を抜けていった。調布市街地を抜けて鶴川街道を左折し、南下した。辻沢の車が右折のウィンカーを出したのは、多摩川を渡って稲城市に入ってすぐのところだった。鶴川街道沿いにある、二階建ての小さなハイツの駐車場に車を停めた。さっさと降りて建物の中に入る。私はカードで支払いを済ませ、後をつけた。

辻沢は『ベルトピア稲城』と表札の出た錆びたアーチをくぐった。一〇二号室の前で止まり、財布の小銭入れから鍵を取りだして、扉を開けた。私は押しかけ強盗のように飛び出した。辻沢の体を突き飛ばして、彼の部屋の中に侵入する。土足で上がり込んだ。

「おい！」

背後から辻沢の怒声が絡みついたが、無視して私は家の中を見まわした。玄関の左手に狭く薄汚れたキッチンがある。目の前はがらんどうのダイニングだった。リビングは、二十年前と似た雰囲気だ。食べっぱなしの弁当の脇に割り箸が転がっている。ビールの空き缶が潰れて放置されていた。洗濯物は、洗濯ばさみがついたまま山積みになっている。

玄関先で立ちつくしている辻沢を振り返った。彼は悲しげな顔をしていた。

「お前、なんなんだよ」

「また人が死んだのよ」

「は？」

「菜々子が、殺されたの」

辻沢はあまり表情を変えなかった。インターホンが鳴った。辻沢はまだ靴も脱いでいない。身を乗り出してインターホンに応答した。

「はい」

「辻沢さん、何度もすいませんね、警察の者ですが」

私は居室の奥の襖《ふすま》に手をかけた。長押《なげし》にかかっていたえんじ色の女性物のコートが揺れた。私はとっさに手を引っ込めた。台所脇のトイレに隠れてぴったりと扉を閉ざした。トイレの中は芳香剤の香りが充満していた。

とっくに辻沢のところにも刑事が来ていたようだ。私は便座の蓋の上に座り、刑事と辻沢のやりとりを聞いた。すでに事件当日のアリバイなどは確認済みなのだろう。刑事は辻沢に、菜々子とどういう関係があったのかしつこく尋ねている。

「いつだったか学校の食堂で会ったきりですよ。うちの学校の卒業生だと言っていましたが」

「ではあの日、ゲーテッドタウンの地下駐車場に入ったのは……」

「教え子があそこに住んでいるんです。送っていっただけで、車から外に出ていませんよ。すぐに帰りました」

「教え子の方のお名前は」

「沢渡玲花」

刑事二人はメモかなにかを見ているようだ。辻沢が注釈する。

「あ、いまの苗字は忘れました。沢渡は旧姓です」

「もしかしたら、藤堂玲花さんかな、被害者のお宅の隣の」

「それだと思います」

「よくお二人で会われるのですか」

「はい」

「失礼ですが、どのような関係で……」

遠慮がちに、刑事の声が尋ねた。辻沢はごにょごにょと苦笑いしながら答えている。よく聞こえなかったが、刑事たちも苦笑いで呼応している。

「まあ、大人の男と女、ですからねぇ」

封のあいたトイレットペーパーの袋の上に、一冊の本が取り残されていた。『ツァラトストラかく語りき』という本だ。戸山高校の忘れものらしかった。ぱらぱらとめくった。付箋がびっしりと貼られている。戸山高校が感動した箇所だろうか。

トイレの外から、談笑が聞こえてきた。辻沢と刑事たちは剣道の話をしていた。

「すごい偶然だなぁ。辻沢さんがまさか服部先生の愛弟子さんだったとは」

「偶然、当時の顧問の先生が服部先生だったというだけですよ。今から思えば私も運が良かったです。まさか服部先生が、いまは警視庁で剣道を教えていたとは」

「今でも稽古場に行くと、びしびし竹刀でしごかれますよ」

刑事たちは帰っていった。私は本を床に放り投げてトイレから出た。辻沢が口角を上げて笑った。

「なんで隠れる必要があるんだよ。お前、犯人なの？」

「違うわよ」

「面倒くせぇな。殺人事件に巻き込まれるなんてよ」

「本当に。私はどこまでいってもふつうになれないのよ。でも全ての始まりは、いつも由香なの」

高校時代、辻沢と関係を持つきっかけを作ったのは、由香だった。二十年経って由香が餓死したことで私は辻沢と再会し、なんの因果か隣人女性が殺された。なんの因果もないのかもしれないが、殺人のあった日に限って、周囲から閉ざされた殺人現場のゲーテッドタウンに、辻沢とヤベキョウがいた。

「榭沢は関係ないと思うぞ。結局は全て、お前が選択した結果なんだ」

私は、和室の襖にかかったえんじ色のコートを指さした。

「誰と住んでいるの」

ヤベキョウが着るには古臭いデザインのコートだと思っていた。高齢女性が着るような色合いだ。

辻沢は私の手首をひねるようにして摑み、抱き寄せた。チュールスカートに辻沢の手が入って来た。下着を脱がされる。私を台所のシンク台に座らせて、指でいじくりはじめた。

「あのコートは、誰……」

辻沢は私の口をふさぐようにキスをしながら、いきなり挿入してきた。あまり濡れていなかったので、ぎしぎしと痛みを感じた。辻沢の性器が膣の内側をこすっている感触に、結局抗えない。辻沢が遠慮なく、私の両足首を持ち上げて、子宮を徹底的に突いた。右手の親指を私たちの繫がっている部分にやって、漏れ伝う私の液体に親指を浸し、性感帯を探し当て、しつこくこすった。絶頂がすぐに訪れた。

なにかすがるものがないと、耐えられないと思った。固く絞ったまま乾燥した台布巾を摑んだが、役立たずですぐに投げ捨てた。辻沢が右腕を回して、私の体を抱き上げた。私は辻沢の肩にしがみついて、絶叫した。長い絶頂が、四秒、五秒と続き、息ができなくなった。「息をしろ」と言われてようやく、大きく息を吸った。酸素が入るのと入れ違いに、快楽は急激にしぼんで、消えた。快楽と引き換えにやってきた絶望は、今日、とてつもなく深かった。私はこの人と人生を共にすることはできないのに、絶望的に愛していた。この、薄情で下品で嘘つきなのに、私にしか必要がない優しさを確かに持っているこの人を、どうしようもなく、愛していた。もう死んでしまいたい。私は辻沢の腕のなかで、ずるずると泣き続けた。

ＪＲ矢野口駅前でタクシーを捕まえ、サン・クレメンテ自由が丘に戻った。警察車両やマスコミで固められてしまったゲートを見て、引き返す。私は夫に涙声で電話をかけた。マスコミが怖くてゲートの中に入れないこと、和葉を預けっぱなしにしてしまっていて、八時には託児所が閉まってしまうと訴えた。

「わかった。和葉は俺が迎えに行くから、今日は実家にでも帰って少し休んだら」

私は、自分の目で確かめなくてはならなかった。午後七時になっている。ちょうどいい時間かもしれない。由香の母親に電話をかけた。

「いま診察が終わったところなのよ。七時半に仙川駅に来てくれたら、案内できるわ」

私は電車を乗り継いで京王線の下り電車に乗った。仙川駅で下車する。二十年前に、辻沢の自宅アパートの部屋から見えていた桜の木が、今日も改札前で乗客たちを出迎えている。由香の母親が、桜の木の下のベンチで私を待っていた。

私たちは言葉をあまり交わさずに、商店街を歩いた。私は雑談やおべっかがあまり上手ではないし、由香の母親はとても疲れた様子だった。だが、由香が餓死していたアパートの前に到着して、私は質問せずにはいられなくなった。

聖蘭女学園高等部とは、道路を挟んですぐ向かいにある、築五十年くらいのさびれたアパートだった。

「由香はいつからここに住んでいたんですか」

「私たちもよく知らなかったのよ。賃貸契約書を見るに、三十五歳を過ぎたころに、歌舞伎町の方からここに流れて来たみたい」

流れてきたというより、『戻ってきた』のではないか。それまでは歌舞伎町の隅にある暴力団事務所が入居しているようなマンションに住んでいたらしい。風俗店が借り上げている部屋のうちのひとつだった。どのような風俗店で働いていたのか、そこまで由香の母親に尋ねることはできなかった。三十五歳という年齢がネックになって、歌舞伎町を出たのではないかと思った。

「どうして聖蘭の目と鼻の先に住もうと思ったのかしら ね」

アパート一階の角部屋の鍵を開けながら、由香の母親はため息をついた。すぐ真上の部屋の扉から、ひとりの老人が出てきた。手すり越しに、声をかけてくる。由香の母親が丁重に頭を下げると「ああ、お母さんか」と微笑む。

「ゆっくりでいいからね、ゆっくりで」

老人は部屋の中に入っていった。「大家さん」と由香の母親は私に耳打ちした。

「部屋を汚してしまったものだから、最初のころはすごい剣幕だったのよ。でもお父さんがそれなりのお金を払ったら、途端に優しくしてくれるようになってね」

由香の母親は扉を開ける前、確認する。

「まだ片付いていないし、においも少し残っているのよ」

「大丈夫です」

私は由香の母親に続いて、部屋の中に入った。強い消毒液のにおいで鼻の奥がつんとした。予想していたようなにおいを、私はあまり感じなかった。廊下の両脇にまだゴミ袋や雑誌、郵便物が山積みになっていた。

「ゴミ屋敷だったのよ。生きる気力なんかもうこれっぽっちもなかったんでしょうね。生活保護を受けていたの。私たちに連絡をくれたら、こんな生活……」

母親は肩を震わせて泣いた。その肩越しに、ひときわ薬品臭い和室が見えた。畳に黒い人型が残っていた。肩と腰あたりはくっきりと形が残っているが、手足と頭の形は不明瞭だった。由香が残した痕はとても小さく見えた。

小さなダイニングの冷蔵庫には、観光地のお土産品か、マグネットがたくさん貼り付けられていた。ハワイにロサンゼルス、パリにドバイ。風俗嬢として羽振りが良かったころの名残だろうか。常連客にあちこち連れて行ってもらったのだろうか。

監獄のような建物がモチーフのマグネットがあった。アルカトラズ島と書いてある。サンフランシスコ沖にある、かつて監獄があった島のお土産品らしい。そのマグネットには携帯電話の番号と名前が記されたメモが挟まっていた。『大泉菜々子』と書かれている。数字も、私の携帯電話に登録されている菜々子の携帯電話番号だった。

iv　聖蘭女学園高等学校　二学期

聖蘭女学園高等学校の修学旅行先は、北海道だった。三年前まで米国ロサンゼルスだったらしいが、夜にホテルを抜け出した女子が暴漢に襲われるというトラブルがあった。それから聖蘭は修学旅行先を国内で調整するようになったという。その女子生徒は黒人五人くらいに輪姦されて、子宮が破裂して大けがを負ったというのが、都市伝説のように聖蘭女学園の生徒たちに語り継がれていた。

集合は羽田空港だった。ＪＡＬで新千歳空港に飛ぶ。友人のいない私はヤベキョウの隣の席だった。当たり障りのない話しかしないヤベキョウに退屈する。私はトイレに行くふりをして、辻沢を探した。

辻沢は飛行機の最後尾の席にいた。椅子を存分に倒しアイマスクをして寝ている。隣では教頭が、金色の眼鏡チェーンをきらきらさせながら、読書をしていた。辻沢にとって教頭は上司だろうに、そういうのを全然気にしない人だった。

辻沢の席のすぐ後ろにトイレがある。使用中だった。順番を待つ間、辻沢のくせのあ

る髪の毛をちくりとひと束引っ張った。辻沢はぴくりと反応し、アイマスクをずらして
こちらを睨んだ。私が微笑むと、迷惑そうにアイマスクを元に戻した。

トイレを終えて座席に戻った。私はヤベキョウに訊く。

「先生ってさ、ホントは彼氏いるんでしょ？」

ヤベキョウの瞬きが多くなる。

「なんの話？」

「彼氏は何歳？　私の彼氏の年齢を教えるから。私のカレは二十九歳なんだー」

「かなり年上なのね」

「うん。フォトグラファーの卵。由香の紹介で知り合ったの。はい。先生の番」

ヤベキョウは思案顔で、なかなか答えなかった。私は質問を変えた。

「先生、あのね、私は最近悩みがあるの」

「なに？」

「彼氏とうまくいってないの。マンネリなのかなって思う。つきあってもう半年だし」

ヤベキョウは微笑んだ。

「そういう試練はどんなカップルにもあるわ。でも信頼があれば大丈夫」

「信頼ってなに」

「え」

「信頼って、具体的になにをすればいいの？」

修学旅行二日目は小樽に移動した。班行動だ。同じ班の私以外の四人は仲良しグループだ。いつも四人一緒に行動していた。班は五人か六人で分けられている。私はそこに入らざるをえなかった。仲良し四人組が、のろのろと準備をしている私を迷惑そうに見る。私は荷物からしおりやカメラ、貴重品を出すのに手間取っていた。荷造りをしたのは母なのだ。

「沢渡さん、先にロビー降りてるね」

私が返事をしないうちに、扉は閉められた。ようやく準備をしてロビーに降りたが、誰の姿もなかった。教師の団体がソファセットの周りに集っていた。どうやって見回りをするか、打合せをしている。教頭先生が私に気がついた。

「もうみんな出発しちゃったわよ。どうしてあなたひとりで残ってるの」

ヤベキョウは慌ててホテルの外に飛び出して行った。日程表みたいなものを手に持っていた辻沢が、ちらりと私を振り返った。プリントで顔半分を覆い、吹き出しそうになっている。ああ、この人は私にみじめなことが起こると楽しいのだろう。ものすごく嬉しくて、体が熱くなった。ヤベキョウが、がっくりした様子で戻ってきた。

「もうタクシーで出発してしまったみたい」

どうする、と教師たちが顔を見合わせた。ヤベキョウが「沢渡さん、先生たちと一緒に回ろうか」と微笑んだ。私は辻沢の手を引いた。

「は？」

辻沢が私を見下ろした。教頭先生が「あらあら……」と微笑ましそうに私たちを見る。

「辻沢先生、沢渡さんをよろしくね」

小樽運河沿いを並んで歩いた。辻沢の口数はとても少ない。会話が続かなかった。たまに、聖蘭のグループとすれ違った。彼女たちは、私が辻沢と並んで歩いているのに驚き、すれ違った後にひそひそと話をしていた。

これは私が手に入れた男なのだと見せつけたい。私は辻沢と手を繋ごうとしたが、辻沢は私と距離を保とうと、速足で歩く。

「つまんないね。ラブホテル行こうよ」

辻沢の手を両手で握りしめて、甘えた。手をのけられる。

「お前さ、俺を不愉快にしてそんなに楽しいの」

私はハッとした。彼に求めたら嫌われるのだ。けれど、みじめでいればかわいがってくれるはずだ。いま運河に落ちてみようか。溺れたら、いつかのようにゲラゲラと笑ってくれるだろうか。楽しんでくれるだろうか。

「オルゴール堂でなんか買ってくれば？」

辻沢に強引に押し込まれた小樽オルゴール堂は、聖蘭生であふれていた。みんな「かわいい」「きれい」と言って、いろんなオルゴールを手に取り、ねじを回して音を確かめる。楽しげだった。財布とにらめっこをしている生徒もいた。

私には、欲しいものがなかった。何を選んでいいのか、辻沢がいないと何も決断できなかった。迷路を進むように店内を回った。二カ月先に迫ったクリスマス関連のオルゴール売り場に行きついた。ガラス細工でできたきれいなクリスマスツリーがある。ねじを回すと、『きよしこの夜』が響いた。辻沢の仙川の自宅に置いて、ふたりでクリスマスを過ごすことを夢見たが、辻沢はそういうのを嫌がるタイプだ。

どの曲のオルゴールなら、喜んでくれるだろうか。私は一時間近くオルゴール堂にこもり、みじめに感じるような曲がないか探した。中島みゆきの『わかれうた』を見つけた。子どものころにテレビでこの曲が流れていたとき、父が不思議そうに「なぜこんなみじめったらしい歌が流行るんだ」と首をかしげていたのを思い出した。私はそれをレジに出した。

会計が終わって、「先生！」と店の外に出た。絶望的な気持ちになる。私を置き去りにした六班の班員たちが辻沢から説教を食らっているところだった。

「もう置いてくなよ。内申に書いてやるからな」

辻沢は私にはなんの声もかけず、来た道を引き返して行った。

　小樽運河沿いのレストランに入り、班のみんなとランチをすることになった。あちらはさっさと四人席を取ってしまった。私は少し離れた二人席にひとりで座ろうとした。班のひとりが「一緒に食べようよ」と腕を引いた。別のひとりが店員を呼んで、椅子を増やすように言った。私は渋々、テーブルの通路側に用意された椅子に腰かけた。お誕生日席みたいで、すごくいやだった。

「みんなで彼氏の暴露しあいっこしない？　玲花も彼氏いるんでしょう」

　私が頷くと、「誰、誰」としつこく尋ねてきた。フォトグラファー、二十九歳、読者モデルの撮影会で知り合った、と答えた。「結構オッサンだね」という誰かの感想でテーブルはどっと盛り上がった。

「二十九歳ってさ、どういうベル入れてくれるの？」

　ひとりが勝手に私のバッグからポケベルを取りだした。奪い返そうとしたが、私のベルが次々と四人の手を回っていってしまう。いじめられている。みじめだ。辻沢に見てほしい。暗く喜んで、笑って、抱きしめてほしい。だから私は抵抗せず黙っていた。四人は次々にポケベルを表示させながら、メッセージを音読していく。

「サッポロツイタ？　ハハ」

「ホテルニツイタラデンワシテ　ハハ」

「アシタノヨテイヲオシエテ　ハハ」

「ハヤクレンラクヲシテ　ハハ」

お母さんばっかり！　テーブルは爆笑の渦だった。だが、潮が引くように少女たちは黙りこんだ。私がうつむいたまま、ニヤニヤしていたからだろう。

私のポケベルが、バイブした。内容を勝手に見たクラスメイトの顔が、ますます青ざめる。

「え。まだ友達だったの？」

ポケベルが私の手の中に戻ってきた。

『キョウホウカゴアエナイ？　ユカ』

メッセージが次々と届いた。『デンワシテ　０９０……』と、携帯電話らしき番号が表示されていた。班員のひとりが真剣な声音で私に言う。

「玲花。由香とは縁を切った方がいいよ」

「あの子、ＡＶに出てるんだよ」

別のコも言った。

「クラス中みんな知ってるよ。玲花のところに、ビデオが回ってこなかった？」

輪姦の話で盛り上がる少女たちだ。かつてのクラスメイトがＡＶ女優になっていたと知れば、誰かがそれを買ってクラス中に回されていても、おかしくなかった。

「ねえ、なんて芸名だったっけ」

「柊《ひいらぎ》ユリアっていう名前だよ。玲花もそのフォトグラファーの彼氏に頼んで、レンタルしてもらいなよ。あれ、絶対に由香だから」

　苦行の修学旅行が無事終わり、東京に戻ってきた。母は、私に持たせた『写ルンです』の残数が三十九枚のまま減っていないのをいぶかしがった。感想を求めるでもなく、お土産に買ってきた白い恋人を近所の人たちに配って回った。

　週末には辻沢に頼んで、レンタルビデオ屋に行く約束をした。仙川の駅周辺にはレンタルビデオ屋が二軒あったが、私たちは聖蘭生との遭遇を恐れ、辻沢の車で調布駅に向かった。旧甲州街道沿いにあるTSUTAYAに入った。

「柊ユリアって名前だよ。先生、知ってる？」

「AVは見ない」

「そうなんだ。そういうのに頼る必要ないもんね、先生はセックスする相手がいっぱいいるし」

　辻沢はなにも答えなかった。

「それで、本当に好きなのは誰なの？」

「別に、誰のことも好きじゃない」

あっさりとした答えに、あまり傷つかなかった。私は一番ではないし、愛されていないことに、もうとっくに気がついていた。

「ヤベキョウも遊びなの？」

「なんの話」

辻沢は不敵に笑うだけだった。柊ユリアが出演しているものを探すのに、三十分近くかかった。柊ユリアは新人で、しかもあまり人気がないようだった。パッケージを見た辻沢が、激しく拒否した。

「全然見たくない。ほんとにいやだ」

拝み倒して、レジで借りてもらった。辻沢はアダルトビデオを借りるということよりも、元教え子の作品であるということに抵抗があるらしかった。変な人だなと思った。現役の教え子にいつもいやらしいことをしているのに。

辻沢の自宅に帰り、私は柊ユリアの作品をビデオデッキの口に押し込んだ。自動で再生が始まった。辻沢は台所でタバコを吸っていて、見ようともしなかった。

由香は聖蘭とそっくりの制服を着ていた。バスに乗り、ひとり、ふたりと増え続ける痴漢に体を弄《もてあそ》ばれていく。私はだんだん気分が悪くなってきて、十分で停止ボタンを押した。

「だから言ったじゃん」

辻沢がようやくこちらに顔を向けて、突き放すように言った。

「お前、なんだかんだ言って、栩沢に頼ってたんだよ。依存してたんだ。栩沢がいないと何をしていいのか、何に興味を持ったらいいのか、わからない顔をしてた」

図星すぎて、言葉を返せない。

「そしていまは、俺に依存してる」

辻沢の顔を見た。台所に立って何本目かのタバコを灰皿にすりつぶしているところだった。とても深刻な顔をしていた。

「あのさ、もう終わりにしない？」

唐突に別れ話が始まった。

「悪いんだけど、これ以上は俺も立場がある。最初からこういう風になるべきじゃなかったんだけど。なんというか俺も、惑わされてしまって、反省してる」

「あと二カ月で、クリスマスだね！」

私はバッグの中から、オルゴールを出した。

「小樽で買ってきちゃった。すごくかわいいのとか、クリスマスっぽいのは嫌いでしょ。なんの曲だと思う？」

ぜんまいを回し、炬燵の上に置いた。『わかれうた』の旋律が流れた。そして私は、このシチュエーションでこの曲はあまりにばかばかしいと気がついて、大爆笑してしまった。私、なんておばかさんなの。辻沢も笑ってくれると思っていた。〝お前バカじゃね、別れ話中に『わかれうた』なんか流すなよ〟と腹を抱えて笑ってくれると思っていた。

「……あのさ。俺が言ったこと、完全無視するなよ」

辻沢は冷静なままだった。私は引けなくなった。

「クリスマスプレゼントは、何がほしい?」

辻沢は次のタバコを吸おうとしたが、中身はカラだったようだ。舌打ちする。ポケットの中に小銭が残っているのを確認して、「タバコ買ってくる」と部屋を出ていった。

私は台所の灰皿の横に置きっぱなしの、二つ折りの財布を手に取った。小銭入れから、鍵を出す。私はそれを盗んで、辻沢の部屋を出た。


私は思い切って由香の携帯電話の番号を押した。由香は「玲花ー!」と絶叫して、半分泣きながら私からの電話を受けてくれた。翌日の日曜日に、数カ月ぶりに由香と会うことになった。渋谷のハチ公の前で待ち合わせした。肩を叩かれるまで、由香だと全然わからなかった。学校で一緒だった由香とも、AV女優の柊ユリアとも違った。もう来週から十一月になるというのに、小麦色の肌で、目の周りを白く塗って、ピエロみたいなメイクをしていた。髪の毛は金髪というより、白に近いほど色が抜けて、パサパサに傷んでいた。

目を丸くした私を見て、「もうひどいよ玲花、私のこと忘れたのぉ！」と由香はどついてきた。顔はピエロでよくわからないが、声は由香そのものだ。タバコで焼けてしまったハスキーボイスがとても懐かしくて、私は由香に抱きついた。柊ユリアなんかじゃない、これは、私がずっと必要としていた人だ。

「玲花ぁ。もう抱きつくとかやめてよ、感動しちゃうじゃん。泣けてくるじゃんっ」

由香も私の体を抱きとめて、少しだけ泣いた。

私たちは渋谷センター街のマクドナルドに移動して、ランチを食べた。由香の、コードレスフォンのような携帯電話がひっきりなしに鳴る。何度も会話が中断した。携帯電話には、ゲーセンのＵＦＯキャッチャーで取ったというマスコットがあふれるほどついていた。携帯電話そのものよりも大きく扇状に広がっていた。キティちゃんのシールがべたべた貼られたポケベルも、鳴りっぱなしだった。由香は携帯電話から、ポケベルの返信をしていた。

「玲花も言ってね。誰かにベルの返信したかったら、使って」

「うん、ありがとう……」

私のポケベルは死んでいた。もうすぐ一時になる。そろそろ母から「イマドコ？」と監視のメッセージが届くはずだった。

「っていうか、由香はいまどこに住んでるの？」

父親の身上書通りの答えが返ってきた。

「彼氏んちにいるんだ。今度紹介するね。めっちゃいい男だよ、ハートがね」

由香は親指を立てて自分の胸の方をつんつんと指し、ぎゃははと笑った。なんだかものすごくハイテンションだった。酒を飲んで酔っ払っているようだ。学校ではいつもけだるそうにしていた。目の前の由香が、私に高校生の標準を教えてくれた人とは思えなくなってきた。

「由香、なにか仕事してるの？」

「うん。AV。九月にデビューしたばっかり。柊ユリアっていうんだー」

あっけらかんと言った。

「引かないでよー。玲花にそんな顔されると結構傷つく」

「だって……。辛くないの？」

「全然、チョー楽しいよ。だって私セックスが好きだもん。聖蘭のときからそれで生計立ててたようなもんなんだから」

由香の携帯電話が鳴った。「あ、彼氏」と言って、目の前で十五分しゃべり続ける。退屈していると、私のポケベルが鳴った。午後一時ちょうどだ。母だと思っていたら、辻沢だった。私はとっさにテーブルの下でメッセージを確認した。

「カギヌスンデナイヨナ？　ツ」

由香が携帯電話を私に押し付けてきた。彼氏としゃべれ、ということらしい。私は体中のパワーを声に集約させて、元気よく電話に出た。

「もしもーし⁉」

「もしもぉーし‼　玲花ちゃん、玲花ちゃん？」

なぜ名前を二回連呼したのか意味不明だった。「はい、玲花でーす」と明るく答えた。

「やばいね、写真見たけど、ほんっとかわいいよね。声もすごいかわいいー」

「えぇ〜、そうかな？」

「ねえ、今度由香には内緒で俺とエッチしてよ」

返事に窮した。

「うそうそうそ！　わー引かれた？　マジメなの？　由香とウリしてたんじゃないの」

「う、ううん、えっと」

「いま、彼氏いんの」

「いない、よ……」

「じゃ、合コンしよう！　玲花ちゃんによく釣り合ういい男を連れてくるよ。みんな金あるからさ。安心してよ」

由香と電話を代わった。「てめー、セックスしてぇとか言ってねえだろうな！」と由香がハスキーボイスで叫んだ。マクドナルドの客が迷惑そうに、由香を振り返る。ようやく電話が終わった。

「玲花、まじで合コン大丈夫なの」

「うん。どうして」

「だって、辻沢とラブラブなんじゃないの」

「なに言ってんの、とっくに別れてるし」

「え。そうなの。もう飽きたの？」

私がフラれたとは思わないらしい。私もノッてみた。

「だって、結局おっさんじゃん。しつこいし、ほんとヤバかった。お金持ってたから我慢してたけどさ。振るのホント時間かかったんだから」

「そうなんだー。それで辻沢も、ようやく結婚を決意したってわけかぁ」

「……結婚？」

「うん。こないださー、ＡＶの監督と銀座のホテルで食事してたら、ばったり会ったの、辻沢とヤベキョウ」

結婚式場のパンフレットを持っていたらしい。二人はウェディング試食会に入っていったらしいが、すぐに辻沢が逃げ出してきたと笑った。

「慌てて追いかけていくヤベキョウの後ろ姿がかわいそうだったー。あの二人も、どうなるんだかね」

十一月の中旬から、文化祭が始まった。ミス&ミスター聖蘭に、私は立候補しなかったし、誰も推薦しようとはしなかった。私は帰宅部だったし、仲間外れだった。クラスで出店するクレープ屋も、ドライアイスの手配を押しつけられただけで、当日は用無しだった。

校舎の中に入ってクラス展示をぼーっと見て回った。名画上映会をやっているクラスがあった。白黒の古い映画を上映していた。『サンセット大通り』という映画だ。おばあさんが若い男にしつこくつきまとう話だった。他に行くところもないし、暗幕の張られた教室の中は薄暗い。ひとりで過ごすのにちょうどよかった。ぼーっと見ていたら、思いがけず、辻沢が教室に入ってきた。私には気がつかずに最後列の隅に座った。いびきをかいて寝始める。

『サンセット大通り』の上映が終わるのを待たず、ひとり、またひとりと上映会から出ていった。校庭でキャンプファイヤーが始まったのだ。五時半から、『市民ケーン』の上映が始まった。上映係の生徒まで、ビデオデッキの再生ボタンを押してさっさと教室を出ていった。

私と辻沢の、二人きりになった。私は無言で辻沢の隣の椅子に移動した。辻沢は舟を漕いでこちらに寄りかかってきた。辻沢の頭の重さを肩に感じて、幸福に震えた。目を覚ました辻沢は私に気がついて「あれ」と微笑んだ。

「キャンプファイヤー、行かないの？」

「行くわけないじゃん。先生は？」

「行くわけないじゃん」

二人でにやりと笑ったら、自然とキスになった。窓が暗幕で覆われていたし、学校中の生徒や教師はみなキャンプファイヤーに参加しているはずだから、大丈夫だと思ったのだろうか。辻沢はへいきで私のスカートの下に手をやり、下着の上から性器をいじくる。ぐっしょりと濡れてしまったことを、辻沢は言葉で責めた。お前のせいだと言いながら下着を脱がした。自分の上にまたがらせる。別れ話をしたのを忘れたのか、どうでもよくなったのか、やっぱり愛してくれるようだ。私は腰をめちゃくちゃに動かして、自分で自分をかき回した。辻沢は耐えかねたのか、一分持たずに「ちょっと待って」と強く腰を止められた。

「久しぶりだから、ヤバい」

「いいよ、イッちゃいなよ」

「待って、どこに出せば——」

「生理終わりかけだから、大丈夫だよ」

私は容赦なく腰を振った。辻沢は私の胸の間で、子どものような声でうめいた。すぐに私の絶頂もやってきた。舌を深く絡みつかせ、声を外に漏らさないように気をつけた。同時に二人で絶頂を迎えて、そして果てた。せんせい、と思ったら、泣けてきた。私は辻沢の首に手を回したまま、号泣した。辻沢は「えっ、なんで泣くの」と狼狽《ろうばい》した。私は辻沢の首に蛇のように絡みついて、泣き続けた。

「玲花、苦しい……。俺、もう行くわ」

辻沢が私を押しのけた。私はバランスを崩して、床の上に倒れた。辻沢がいま出したものが、どろりと膣の中から垂れて、太ももを汚した。辻沢はスラックスを慌ただしく穿いた。私の体をまたいで教室を出て行こうとした。どうしたのか、怒っている。捨て台詞を吐いた。

「あのさ、いちいちセックスしたくらいで、熱くなるなよ」

辻沢への気持ちで火照っていた体から、すうっと血の気が引いていく。

「もともとつきあってるわけじゃなかったんだし」

「バラすよ、学校に」

勝手に言葉が、口をついてでた。辻沢は全く動揺することはなく、冷淡に返した。

「バラせよ。好きにしろ」

「ヤベキョウとの結婚、ダメにしてやる」

私はそう絶叫して、辻沢の腕を摑んだ。辻沢が私の手を振り払った。私はいくら振り払われても、絶対に辻沢の手を放さなかった。これで放したら、本当に終わりだと思った。泣きながら辻沢の手に食らいついて、そしてパニックになって、最終的に辻沢の手に噛みついた。

十二月一日から、期末テストが始まった。英語は二日目だった。テスト監督は教頭だ。指先をべろっとなめて、生徒たちに答案用紙と問題用紙を配った。

辻沢の手書きのテストだった。長文問題だけ、教科書をコピーして切り貼りしている。あんなに乱暴に生きている人なのに、字だけは品行方正で美しい。いとしくてたまらなかった。私はシャーペンを握って、名前と出席番号を書いた。

教頭はずっと教卓に座っていた。たまに思い出したように立ち上がって、巡回した。私は教頭が通るときだけ、上半身で机を覆い、一生懸命シャーペンの頭を動かした。実際はなにも書かなかった。

テスト開始から三十分経った。教室の扉があいて、ラジカセを持った辻沢が「リスニング始めるぞー」と入ってきた。私が噛みついた右手がまだ治らないのか、薄汚い包帯を巻いていた。

みながシャーペンを握って耳を澄ませ、問題用紙を睨みつける。私はシャーペンを置いた。背筋をぴんと伸ばして辻沢をねめつけた。辻沢は私の怨念の視線に見向きもせず、淡々とラジカセを止めたり再生したりした。五分で、「じゃ」と去って行った。

午前中でテストが終わった。私は売店で菓子パンとオレンジジュースを買った。電話ボックスに入り、「今日は自習室で夜まで勉強するから」と母に電話をした。辻沢のアパートに向かう。ここへ来るのは一カ月ぶりだった。錆びついて朽ち果てそうだった外階段は、ペンキが塗り替えられていた。

盗んだ鍵を鍵穴に入れた。辻沢はいつも不用心だったし「盗まれて困るようなものはなんもない」と言っていたので、一本紛失したくらいでは鍵を付け替えないと思っていた。案の定だった。

久しぶりに、扉を開けて中に入った。辻沢のにおいがして、涙があふれてきた。ローファーを脱いで部屋に上がる。自宅から用意してきたスーパーの袋に靴を入れて、バッグの中に押し込めた。

リビングはいつも通り、布団が敷きっぱなしで、窓の外の物干し竿には、カラカラに乾いた洗濯ものが干しっぱなしになっていた。私はそれを取りこんで、きれいに畳んで、タンスにしまった。毎日こういうことができたら、どんなに幸せだろう。目を閉じて、将来を思い浮かべた。もう暗闇はなかった。毎日ここで辻沢の帰りを待って、家事をして、辻沢のことを想って、夕食を作って待つ。辻沢はたぶん女遊びをやめないだろうが、私はそんな辻沢にいちいち目くじらを立て、たまにキーッと顔をひっかきもする。それでも結局愛して待つ。そんな自分の姿が、くっきりと浮かんだ。失ったら死ぬ。手に入らないのなら、殺す。

　書きとめなければいけない。私はバッグの中から英語のノートを出して、最後のページから、私の将来を書きなぐった。気がつくとそれは、辻沢への手紙になっていた。ボールペンのインクが出なくなってしまって、はたと我に返った。外はもう暗い。腕時計を見ると午後五時だった。部活動はないから、そろそろ辻沢が帰ってくるはずだった。

　六時過ぎ、外階段を上る辻沢の足音がした。私は慌てて部屋の灯りを消した。辻沢の洋服ダンスに体を押し込めて、観音開きの戸を内側から閉めた。階段を上がる音はにぎやかだった。辻沢の、ダン、ダンという音の合間に、小鳥が躍るようなタッタッタというリズムが交ざっている。

「え、それ本当?」

　ヤベキョウの声が聞こえてきた。辻沢と二人で玄関の中に入ったようで、声がぐっと近くなる。

「本当だよ。いま、見せる」

　部屋に上がり、辻沢が私の答案用紙をヤベキョウに見せているようだ。

「ホントだ。白紙……」

「なに考えてんだ、沢渡は。こんなことしたら一発で英文科の推薦が取れなくなる」

ヤベキョウが「参ったわね……」と深いため息をついた。

二人は、私が潜んでいる洋服ダンスのすぐ目の前の炬燵に座ったようだった。炬燵のスイッチを入れるカチッという音がした。やがて答案の丸つけの音が聞こえてきた。

「今回はみんなひどいわね。修学旅行と文化祭が立て続けにあったっていうのもあるけど。平均七十点下回りそう」

ヤベキョウが呟いた。辻沢が「英語も然《しか》り」と短く返した。

「そうだ。姉がね、これ辻沢君にって」

なにかが炬燵のテーブルの上に置かれる音がした。

「週末に甥っ子たち連れて、ディズニーランド行って来たんだって。クッキー」

辻沢は甘いものを食べないことを、大学時代からつきあっていてヤベキョウは知らないのだろうか。辻沢は、ぼりぼりとクッキーを食べている様子だった。信じ難かった。辻沢はヤベキョウに合わせている。なにも強要もしていないし、みじめにさせて悦ぶ様子もない。

二人がクッキーをつまむ、ぼりぼり、むしゃむしゃ、という音と、さらさらと赤ペンが藁《わら》半紙を滑る音が続いた。やがて「きた」とヤベキョウが言った。辻沢の声はしない。

ヤベキョウが答案にマルをつけていく音が続いた。

「沢渡さん。現代文百点」

「他の教科でバランス取ろうって魂胆か」

「知能犯ね。あなたにかまってほしくて仕方ない」

「お人形さんみたいな顔して、やることがホラーだな」

「追試とか補習を狙っているんじゃないの。もしくは呼び出されてお説教とか。あなたと二人っきりになろうと必死なのよ」

「勘弁だ。まあ、説教はしなきゃならないだろうけど。今日子もいてくれよ」

「担任だからしょうがないか」

「なんであんないきなり、病的になったんだ」

「栂沢さんの退学がきいたんじゃない。相変わらず誰ともなじめないみたいだし。ていうか本当に、彼女に手を出していないんだよね？」

ヤベキョウは疑っていた。辻沢がさらりと言いのける。

「生徒に手を出すわけがないだろ。今日子、飯は？　腹減ったよ」

すぐに話をはぐらかす。嘘をついている後ろめたさはあるのだろう。それはヤベキョウに対する申し訳なさであって、私に向けられたものではない。

「レトルトのカレーでいい？　まだ半分も採点終わってないから」

「食えたらなんでもいい」

「サラダとスープは作るね」

ヤベキョウが台所に立って料理をする音がした。私が初めて思い描いた『将来』を、体現している。二人は夕食を共にした。もう私の話にならなかった。来年度、持ち上がりの希望を出すかどうかとか、入学説明会の当番がどうとか、そういう話だった。

私は暗闇の中でポケベルを出した。電源は入れていたが、音とバイブは切ってあった。もう夜の九時だった。パニックになった母からの連投メッセージであふれていた。誰かのポケベルが鳴っている。ヤベキョウのものらしかった。辻沢が勝手にメッセージを確認したらしく、「教頭だよ、至急連絡くれって」とヤベキョウに呼びかけている。

母が学校に電話してしまったのかもしれない。ヤベキョウはすぐに電話をしなかった。

「どうせまた教頭の愚痴でしょ。いいよ無視して」

辻沢の衣類に挟まれて、私は胸をなでおろした。なぜだか、辻沢を取られているという悔しい感情は生まれてこなかった。むしろ、あの二人が醸し出す取りとめのない日常の一部に溶け込んでいるのは心地良かった。あの二人の子どもに生まれたいなと思った。辻沢とセックスはできないけれど、もしあの人の娘になったら、永遠に愛してもらえる。「もう終わりにしよう」とか、「いちいち熱くなるな」とか、そういう残酷なことを言われずに済むのだ。

浴室からシャワーの音がした。たまに、辻沢とヤベキョウの笑い声が聞こえた。あの狭い浴室に、一緒に入っているようだった。セックスをしている様子はなかった。二十分ほどで二人揃って出てきた。バスタオルが肌をこする音がする。辻沢のタバコの香りが、洋服ダンスの隙間から漂ってきた。私は思い切り息を吸って、タバコの煙を体内に取り入れた。辻沢の肺からはき出されたものを自分の体に入れていると思うと、嬉しくて泣きそうだった。

ヤベキョウがドライヤーで髪を乾かしながら、言った。

「珍しいね。洗濯ものがちゃんと畳んでしまってあるなんて」

「え。そう?」

「ワイシャツ、アイロンかけとくね」

ヤベキョウの足音がずんずんと近づいてきた。観音扉が開く。上下ジャージ姿のヤベキョウと目が合った。ヤベキョウは悲鳴を上げて、腰を抜かした。辻沢も私が潜んでいるのを見て、絶句している。彼は上半身裸で、髪が濡れていた。ヤベキョウといると、辻沢はやけにくたびれたおじさんに見えた。

辻沢とヤベキョウは怯えるように私を見ていたが、やがて痴話喧嘩を始めた。

「やっぱり嘘ついてたんでしょ、ほんとはこの子にも手を出してたんでしょ!! 剣道の特訓とか言って本当はこの子を——」

「今日子、違うんだ。沢渡が勝手に――」

「嘘よ！　やっぱり棚沢さんの言う通りだった」

「だから、落ち着けって！」

「もう嘘はつかないって言ったのに！」

タンスから下りた。私のルーズソックスのつま先に、ディズニーランド土産のクッキー缶が当たった。中身はもう空っぽで、クッキーのカスと、仕切りのプラスチックが入っているだけだった。蓋には、クリスマスケーキをつまみ食いしているミッキーを、ミニーが『Be a good boy!』とたしなめている様子が描かれている。

ヤベキョウは自分の荷物を摑んで、部屋を出ていこうとした。辻沢が後を追いかけていった。

「頼むよ、お前がいないと死んじゃうって、いつも言ってるじゃん……！」

翌日、期末テストが終わった。私は学校を出て渋谷に向かった。由香とカラオケの約束をしていた。私はこれまで以上に感情移入して大黒摩季を熱唱した。

由香は一生懸命に盛り上げてくれた。今日は夜八時から撮影らしい。茶色のファンデーションをニキビの上から塗りたくって、目の周りにアイシャドーをたっぷりつけていた。

私は次に安室奈美恵を歌った。キーが高くて、全然声が出なくて、本当にへたくそだった。なにもかもうまくない。ふつうにできない。由香は私服だからか、じゃんじゃん酒を注文した。

「あとから彼氏が合流するからさぁ、遠慮しないで好きなもん頼んじゃって」

「彼氏って、仕事なにしてんの？」

「勧誘」

よくわからなかったが、興味もないので尋ねなかった。ビールはあまり好きではないので、カルアミルクを頼んだ。すぐに飲み干した。体がほてる。由香が「いいじゃんそのペース」と、頼んでもいないのに二杯目を注文した。がんばって飲み干すと、ドリンクメニューが飛んできた。気がつけば由香の彼氏が合流していた。同じように日に焼けた銀髪の男だった。白髪じゃなくて、銀色に染めているのだ。スーパーサイヤ人みたいに髪を逆立てている。

「あれ、もう酔ってる感じ？」

私の隣に座って、ふざけた調子で私の肩に手を回してきた。由香が「ざけんなよ！」と、彼氏を蹴った。「冗談じゃんキレんなよ」と、彼氏は由香に抱きついた。そのまま押し倒して、ディープキスをした。青リンゴサワーが運ばれてきた。誰が頼んだものか知らないが、私が飲み干した。

短時間のうちにここまでアルコールを体に流しこんだのは初めてだ。体の内側から猛烈な拒否反応が起こっていた。心臓が持久走大会のときのように速くなる。頭が内側から何かを打ちつけられているようにガンガンと響いて、猛烈な吐き気に襲われた。私は何度も女子トイレに駆け込み、吐いた。

　吐くと気分爽快で、部屋に戻った私は五曲いっきに予約入力した。誰も歌っていなかったので、すぐに相川七瀬の歌のイントロが始まった。マイクを探したが、見当たらなかった。由香は彼氏とセックスしている。よく日に焼けた男だが、丸出しのお尻は白くて子どものようだった。腰を強く振るたびに由香の太ももがぶるんぶるん震えていた。マイクは二本並んで、由香の太ものすぐ下にあった。

　私はセックスしている二人の横に手を伸ばして、マイクを取った。その手を、由香の彼氏に摑まれた。引き寄せられてキスされた。由香は目を閉じて喘いで叫んで、やかましかった。もうイクとうるさく連呼する。由香の彼氏は、下半身は由香の中で、舌は私の中だった。ブラウスの上から、めちゃくちゃに私の胸をもみしだき、ボタンを引きちぎってブラジャーの中に手を突っ込む。乳首をねじった。「痛い」と手を払いのけると、由香の彼氏は私をバカにしたように笑った。由香のまくしあげられたカットソーと、引き下げられた黒いブラジャーの隙間に揺れている胸をわしづかみにした。黒い豆粒のような乳首を吸って、舐めまわした。由香は「ダメ、イッちゃう、イッちゃう」と泣くような声で懇願した。

また酒が運ばれてきた。店員はセックスをしている客を見て見ぬふりで、「芋焼酎と生ビール大です」と、ジョッキとグラスをテーブルに置いた。口の中を由香の彼氏に舐められて気持ち悪い。私は芋焼酎の方をごくごくと飲んだ。こんなに度数の強い酒を飲んだのは初めてだ。喉が焼けそうだった。

もう相川七瀬の曲が半分以上終わっていた。私は慌ててマイクを摑んで、歌った。てんで音が外れて、アホみたいだった。でもおかしくて、楽しくて、生きている、という感じがした。

由香と彼氏は性行為が済んでいた。冷めた顔で衣服をまとっている。どこに射精したんだろうと不思議に思った。彼氏は生ジョッキをぐびぐびと飲んで、携帯電話で誰かに電話し始めた。「来いよ、うてるから」と言った。

由香が、「やばいやばい、遅刻しちゃう」と、網タイツを引っ張りあげ、ウエストにめくれ上がったマイクロミニスカートを引き下げた。フェイクファーのついたロングコートを、刑事が出動するときみたいにかっこよく羽織った。

猛烈に吐き気がして、私はまたトイレに駆け込んだ。今度は嘔吐しても、あまり気持ちがすっきりしない。頭がぐらぐらしたままだった。十分くらい臭い便座にもたれて寝ていた。気絶していたのかもしれない。

ようやく覚醒した。よたつきながら、部屋に戻る。男ばかりが四人もいる。ザ・イエロー・モンキーが流れていた。部屋を間違えたと思って、慌てて引き返した。「玲花ちゃん玲花ちゃん」と、また名前を二回連呼されて、由香の彼氏に強く手を引かれた。

「由香は？」

「仕事だよ、慌てて出てった。撮影は時間厳守だから」

もう八時を回っていたようだ。そろそろ帰り支度をしないと、母が心配する。だがアルコールで、完全に前後不覚になっていた。

「大丈夫、玲花ちゃん。吐いたの？」

誰かに優しい言葉をかけられて、手を引かれて、抱きしめられた。黒いスーツときらきらしたサテンの青いシャツが肌にぺたりとついた。首に、ゴールドのチェーンネックレスが見えた。ぐるぐると視界が回る。いろんな男の声が洪水のように耳に入る。

「制服ってのがなぁー。どうするよ、警察に見られたらやばいぜ」

「誰か車回せねェ？」

「酔い潰れてるぜ、もうヤっちゃわね？　ほら、どう」

お尻が、ひやっと風に吹かれたように寒くなった。誰かがスカートをめくりあげたのだ。男たちがおおいに盛り上がった。また猛烈な吐き気が襲って、私は大きくうなり声を上げた。水を欲すると、緑色の髪をした男が、「はいはいはい、お姫様」と大きな氷がたくさん入ったグラスを差し出した。ごくごく飲んだ。芋焼酎だった。私は、緑の男に、グラスを投げつけた。

「ふざけんなよっ、酒じゃねぇか！」

男たちが、水をうったように静かになった。怒号が飛び交う。

「ンにすんだよテメェ！　なめやがって！」

ビンタが飛んできて、私の体は吹っ飛んだ。

「殴んなよバカ！　ヤレなくなるだろ」

「面倒くせェ、早く済まそうぜ」

「お前、外出て店員来ないか見張ってろ」

ソファの下に沈んだ私の体を、誰かが持ち上げた。私は誰かの体の上に座らされて、足を大きく広げられた。誰かの臭い性器を口に押し付けられ、体中を幾本もの手で乱暴にまさぐられる。みじめさの極地だった。ここまで堕ちたと知ったら、辻沢はまた笑ってくれるだろうか。バカじゃねーのお前、だせぇ、とか言いながら、私に手を差し伸べてくれるだろうか。教室で私が漏らしたものを黙って片付けてくれた日に戻れるだろうか。私は積極的に男たちを受け入れた。せんせいに愛されるために。

V　サン・クレメンテ自由が丘　晩秋

「だから私はね、最初はゲーテッドタウンの建設なんて反対したのよ。そもそも大学の跡地だったんだから、別の教育施設とか、区民のための憩いの場にするべきでしょう。治安が悪いわけでもないこの自由が丘で、勝手に〝安全要塞〟の中に閉じこもって、中の人たちでもめて勝手に殺人起こして、いやになっちゃうわ」

学園通りで犬の散歩をしていた主婦が、インタビューに答えている。サン・クレメンテ自由が丘の存在全てを否定している映像が、テレビの報道番組で流れた。

菜々子の殺人事件は〝安全要塞内で起こったドロドロ殺人〟として、連日、ワイドショーをにぎわせていた。犯人は外部の人間ではありえないと警察の誰かがマスコミにリークしたのだろう。被害者が投資トラブルを抱えていたことまで報道されている。夫以外の男の子どもを妊娠していたことについては、伏せられていた。菜々子が以前に住んでいたタワーマンションでもご近所トラブルを起こしていたことが報道されていた。

菜々子は近隣女性が乗っていたベンツのボディに釘で傷をつけて、書類送検されていたというのだ。しかもその釘を被害女性のママ友の郵便ポストに入れて罪をなすりつけようとしていた。被害に遭ったというママ友たちがテレビのインタビューに答えていた。首から上は画面に映っておらず、上品なパールのネックレスが大写しになっている。声も加工されていた。

「あとでご主人と菜々子さんが謝りに来ましたし、警察の方も示談にしてくれってことで、私たちも被害届を取り下げたんですが……理由を聞いて驚きました。私と仲良くなりたかったから、自作自演の事件を起こしたというんです。全く理解できません」

車を傷つけられていると教えたのも菜々子なら、警察に一緒に相談に行ってくれたり、釘を見つけたりしたのも、菜々子だった。菜々子はこのトラブルでタワーマンションに住み続けられなくなり、サン・クレメンテ自由が丘に越してきたらしかった。

菜々子と由香はよく似ている。そしておそらく私は、彼女たちのなにかのターゲットになっていたはずだ。だから、由香の部屋に菜々子の連絡先が残っていた。

二人には接点があったはずだが、二人とも死んでしまった。菜々子は聖蘭女学園の出身ではなかったのだから、二人がどうやって知り合ったのかがわからない。聖蘭の目の前にある小さなアパートの中で、二人はどんなふうに私の話をしていたのだろう。

私の人生はこういう人たちの悪意に翻弄されるようにできているのだろうか。いやたぶんそれは違う。どこにでもこういう人はいるのに、私が振り回されてしまうのは、私がそれを受け入れてしまう受容体を持っているからだ。この人は変だというカンや疑問、警戒心が湧かない。私は、テレビの中で品のよいパールのネックレスを下げたタワーマンションの女性たちのように、菜々子や由香のような人間を遠ざける能力がないのだ。

テレビの画面が『ＬＩＶＥ』映像に切り替わる。サン・クレメンテ自由が丘の正面ゲート前にたむろするリポーターが、住民を待ちかまえていた。

「やはり事件のショックからか、どちらのお宅もひっそりと静まりかえっており、ひとの気配がありません」

リポーターの背後に、全ての部屋のカーテンを閉め切った我が家が映っていた。画面がスタジオに替わり、メインキャスターがなんでも知っているような顔でこう締めくくった。

「地域から孤立した安全要塞と言いながらも、その狭い人間関係に疲弊した末の殺人事件だったのでしょうか」

自宅から一歩も出ることができない。私は幾度となく受話器を持ち、辻沢とヤベキョウの携帯電話の番号を交互に押し続けた。正直、菜々子の事件も、由香と関係していたことも、どうでもよかった。私はいま、辻沢とヤベキョウのことで頭がいっぱいだった。二人とも、示し合わせたように電話に出なかった。私という悪魔からどうやって逃れようか、二人で相談しているのかもしれない。やはり飛騨高山に戻ろうと、引っ越しの話をしているのか。ヤベキョウが今さら辻沢の浮気に激昂して離婚するとは思えない。

私はまたひとり、取り残されるのだ。きっと今ごろ、二人が一緒に過ごす部屋で、二人の携帯電話が交互に鳴っているんだと思った。何に対して意地を張っているのか、自分でもよくわからなかった。とにかく私は二人の携帯電話を鳴らし続けた。

夕方五時に、夫が職場から帰宅した。こんなに早い時間に帰宅するのは珍しかった。上司に相談し、仕事を早引きしてきたとのことだった。ゲートに入るまで、散々マスコミにもみくちゃにされたらしい。スーツや髪型が乱れていた。夕食の支度をしようとしたら、「今日はいらないよ」と言われた。

「これから三鷹に行くよ。沙希がかわいそうでならないから。今晩はあっちに泊まろうと思う」

「それじゃ、沙希の着替えを準備するわね」

階段に上がりかけたところで、夫に手をぐいと引かれた。夫の顔と手つきで、怒っていることがわかる。

「え、なに」

「お前、夫が子どもを連れて実家に帰るということを、もう少し深刻に受け止められないのか？」

私は夫の怒りの理由がよくわからず、階段に足をかけたまま、戸惑ってしまう。夫が私をダイニングテーブルに座らせた。もうずいぶん前に配られたような気すらする、私と辻沢の不倫を糾弾するビラをどこからか引っ張り出してきて、テーブルに叩きつけた。

「俺に対してだけならまだしも、沙希や和葉に対してもそんなに無関心なのは、やっぱりこれのせいなのか？」

ビラの中で、私と辻沢が接吻している。

「実はもういろいろ知ってる」

夫は目の前の椅子に座り、頭を抱えた。

「お前、清楚《せいそ》な聖蘭ジェンヌだったのは俺とつきあっている間だけだったんだろう。別れたあとは乱交騒ぎを起こして学校にいられなくなった。高二の一月に自主退学したんだって？」

夫が腕の隙間から上目遣いに私を見る。目が怒りで真っ赤になっていた。私は、夫のことを「優太君」と呼んでいた大昔を思い出した。高二の春で別れてから、二十三歳で再会するまで、全くの音信不通だった。その間のことを夫がどうして知っているのかは、なんとなく察しがついた。

由香の部屋には菜々子の連絡先があった。菜々子が夫と深刻そうに話しているのを美優が目撃している。菜々子はたびたび、由香から仕入れた私の秘密を夫に告げ口していたに違いない。

私は、夫が怒る顔をぼんやり見つめながら、『優太君』と再会した日のことを思い出した。

新宿の高層ビルの総合受付でアルバイトしていた。五十階建ての高層ビルは高級なレストランが何軒か入っていた。夫はADで、芸能人パーソナリティの接待でビルにやってきたのだ。レストラン直通のエレベーターの場所を尋ねに総合受付にやってきて、私を見てぽかんとしていた。もうひとりいた受付嬢は、夫の後ろにいた芸能人にはしゃいでいた。やっぱり私も、大人になった優太を見て、ぽかんと口を開けてしまった。

優太は接待中だったからか、なにも言わずに立ち去ったが、二時間後にほどよく酔っぱらった顔で、受付に戻ってきた。あの時、隣にいた受付嬢は気働きのできる女性で、元カレなのだと言ったら、五分ほど席を外してくれた。あの時、どんな会話をしたのかもう忘れたが、連絡先を交換し、一週間後にはデートをしていて、半年後にプロポーズされた。一年後には結婚式をあげていて、十年後には沙希が生まれた。夫におねだりして、中古なのに八千万円もしたゲーテッドタウンに越してきた。そして和葉が生まれた。いまベビーサークルの中で、キャッキャと声を上げておもちゃと遊んでいる。

「お前は何者なんだ」

優太の声はとても静かだったが、震えていた。

「その仮面の下の素顔は、なんだ」

仮面などつけているつもりはない。私はもともと何者でもなく、優太が私を勝手に気に入ったので言われるがまま結婚して子どもを二人産んだだけだ。夫と再会したころの私は、せんせいを愛する残骸でしかなかった。いまも結局は、残骸になってもせんせいを愛する人のようなものでしかないのだ。勝手に私を持ち上げておいて、いまさら糾弾されても困る。私は黙っているしかなかった。

「お前がなにか話してくれないと、ここから動けないよ！」

ワイシャツにネクタイのままの姿で、夫はわめき倒した。

夫の怒声に驚いて、和葉がベビーサークルの中で泣き始めた。

「確かに、おかしいと思ったこともあった。聖蘭大出てて、なんで高層ビルの受付でアルバイトなんかしてんのかなと」

当時は就職氷河期で、特に女子大出身者は深刻な就職難だった。夫は私が就職活動に失敗したと思ったようで、当時は深くは尋ねてこなかった。

「ミス聖蘭も。読者モデルやったっていうのも、中退じゃ聖蘭ジェンヌも嘘か。俺と音信不通の間の経歴を嘘まみれにして俺をだましました。こんな経歴だとわかっていたら結婚なんかしないし子どもも作らない！」

怒鳴られた。

「なんとか言えよ！　否定する言葉はないのかよ⁉」

結婚して十五年、罵声は初めてのことだった。ぜんぜん怖くなかった。たぶん、かわいそうだったからだ。夫は「もういい」と立ち上がる。階段をずんずんと上がって行った。二階のクローゼットが開く音と、スーツケースを転がす音が天井から聞こえてきた。

私は泣いている和葉を抱き上げて、背中をぽんぽんと叩いてあやした。夫がスーツケースを抱えて階段を下りてきた。再びリビングでスーツケースを開く。和葉の着替えやミルク、哺乳瓶などを放り込み、乱暴に閉めた。夫は私と目を合わさず、あっという間に私の腕から和葉を奪う。出て行ってしまった。


翌朝、マスコミの数がいつもの半分以下にまで減っていた。事件の続報がないので、報道することがなくなってきたのだろう。洗濯物を二階のベランダで干すことができた。家族の誰もいなくなってしまって、洗濯物はいつもの半分もなかった。

ベランダから、学園通りを挟んだ向かいにある、カフェ・ダナスが見えた。私はサン・クレメンテ自由が丘のゲートを出て、カフェ・ダナスへ向かった。マスコミがマイクを向けてきたが、無視して店に飛び込もうとした。『CLOSED』の札がかかっていた。

これだけマスコミがたむろしている中で店を開ければ、相当な儲けだろう。だが水木は菜々子を食い物にしているマスコミをもてなしたくないのかもしれない。私は店舗の裏側に回った。『水木』の古い表札が出ている。外階段を上がった二階に、玄関があった。インターホンを押す。部屋着姿の水木が顔を出した。私を見てもあまり驚いたふうではない。

「お店、休みですいません。どうぞ、汚いですけど」

私は水木の好意に素直に甘えて、中に入った。廊下をまっすぐ歩いたつきあたりに、十畳ほどのリビングダイニングがあった。店舗はシンプルできれいに片付いているのに、この部屋は驚くほど散らかっていた。ダイニングテーブルの上には食べかけのパンや、いつのものだかわからない飲みかけのペットボトルが、三本も転がっていた。新聞や雑誌が山積みになっている。

「すいません、散らかってて」

水木はゴミをダイニングの脇に置いて、折り紙分くらいのスペースを作った。コーヒーを出してくれた。シミが残ったままのマグカップだった。

「お腹すいてます？　下で朝食作ってきましょうか」

「いいわ。これで十分。ありがとう」

水木は、自分のマグカップにもコーヒーを注いでテーブルに座った。テレビの方に足を向けて、大リーグの中継を見ていた。

「水木君。菜々子からいろいろ聞いているんじゃない？」

水木は「ああ……」とだけ呟いて、それ以上何も尋ねようとしなかった。やはりな、と思う。当初、菜々子はひとりで足しげくカフェ・ダナスに通っていた。美優の取り巻きたちには、菜々子が年下の水木をたぶらかしているように見えただろうが、違ったのだ。

私を探るために、ひとりでカフェ・ダナスに入り浸っていたのだ。

「確かに私は聖蘭ジェンヌとは言えないかもね。高二のときに体調を崩して、そのまま退学してしまったの。大学にも行っていない。体調が戻ってからは、静かにアルバイトをして実家で過ごしてたの。菜々子はどんなふうに話していた？」

水木は不思議そうに、私の顔を見ていた。なぜ自分にそんな言い訳をするのか、と思っているのだろう。確かに私はコレを、水木ではなく夫に伝えるべきだった。でも、止まらなかった。

「夫とは高校時代に一年だけつきあっていて、二十三歳のときに偶然、再会したの。あの人は運命だとはしゃいじゃってね。だから、私は聖蘭大まで出た聖蘭ジェンヌで、ミス聖蘭で、セブンティーンの読モだったたってわざと嘘をついたの。あの人は仕事柄、出版関係の人とも繋がりがあるから、すぐに嘘がばれて、嫌ってくれると思ってたのに」

ため息をついた。

「見破って欲しい嘘ほど、バレないのよ」

そして流されるまま、結婚した。求められるままにセックスをして、子どもを二人産んだ。私は両腕に顔をうずめた。

「疲れたわ」

水木はしばらく黙ったあと、ぽつりと言う。

「普通に生きるって、すごく難しいですよね」

「嘘だぁ」

私はちょっと笑ってしまった。

「水木君はそんなこと、考えたことすらないくせに」

水木はちょっと傷ついたような顔をした。テーブルの下でもじもじと手指を動かしている。繊細なようでいて、がっしりとした肩が小刻みに揺れている。

「僕は物心ついたときから、親に連れられて、下のカフェに入り浸っていました」

私は水木の告白に、息を呑む。少したじろいだ。

「一人、毎日のように店に来る常連の若い女性がいました。顔は覚えていませんが、毎晩来て、母が作るナポリタンを美味しそうに食べて、父が淹れるコーヒーに癒やされていました」

「……」

「そしていつも、泣いていた」

水木の自宅のチャイムが鳴った。山本刑事と相棒の若い刑事が尋ねてくる。

「すいませんね、お仕事お休みのところ。藤堂さん、いらっしゃってますよね」

私に用事があるような言い草だ。

「きっとここにいるだろうと思って、伺ったんです」

水木が特別に店を開けてくれたので、私と刑事二人はカフェ・ダナスで向かいあった。水木は私服姿のまま、カウンターの向こうでコーヒーを淹れなおしている。

山本刑事が、私が和葉を連れていないことを訝《いぶか》しがった。夫の実家にいることを説明した。

「奥さんは三鷹に行かれないんですか?」

私は黙って首を横に振った。いまごろ警察でも被害者の隣人の奇妙な人間関係のことを、俎上《そじょう》に載せているはずだ。妻はかつての教師と不倫関係にあり、その証拠画像をビラで近所中にバラまかれて家庭崩壊……。

山本は今日もニコニコしている。若い刑事は威圧的に私の顔を見た。

「まず、ネット上であなたのコラージュ画像や個人情報を流したのは、菜々子さんだと判明しました。彼女のパソコンを解析したところ、画像の元データなどが出てきました」

私は頷いた。

「嫌がらせがそれだけならまだしも、私の不倫現場を盗撮したり、過去を暴いたり――それも菜々子がやっていたんですよね」

「あなたの不倫や過去を、探偵を雇って調べていたようです」

カウンターの向こうでコーヒーを飲んでいた水木が、困惑げに顔を上げている。若い刑事が続ける。

「菜々子さんが亡くなった日の午後も、あなたのかつての担任教師の辻沢今日子さんから、あなたの高校時代のことを根ほり葉ほり聞き出そうとしていたようです」

ヤベキョウにわざわざ不倫の証拠写真を送りつけたのも、菜々子だろう。

「辻沢今日子さんは元教え子のプライベートだからと一切なにも答えなかったそうですが、困惑したでしょうし、例のビラの送り主が菜々子さんだと気がついたようですね。深く関わり合うのが嫌で、三十分もせずにサン・クレメンテ自由が丘を出ています」

「菜々子はよほど私が嫌いだったんですね」

私は投げやりに言った。

「うーん。嫌い、だけではないような」

山本刑事が言った。

「菜々子さんは確かに前の住居でも近隣トラブルを起こしています。前回は、ママ友になりたいという理由だった。今回のあなたに対する嫌がらせは何かが違う」

水木がかばうように、口を出してきた。珍しいことで、私はびっくりしてしまう。

「玲花さんをサン・クレメンテ自由が丘のママ友グループから孤立させて、自分と仲良くするように仕向けたかったんじゃないですか？　菜々子さんは玲花さんの味方のフリをしているように僕には見えましたが」

山本刑事が静かに若者をいなした。

「しかし明らかにやりすぎています。前回は車に傷をつけるだけだったのに、今回は探偵を使って調べたり、玲花さんの周辺の人間関係を嗅ぎまわったり。アイコラ画像をネットに流し、不倫暴露のビラを近所中に配る。異常です」

水木は黙りこんだ。私はなにも口出ししなかった。

「なにかそこに、嫌がらせとは別の明確な目的があったように見えるんです」

山本刑事が身を乗り出し、私にそうっと尋ねる。

「玲花さん、心あたりはないでしょうか。あなたの過去を暴露することで、菜々子さんが手に入れようとしていたものはなんでしょう」

山本刑事は透明の袋に入ったものを、テーブルの上に置いた。星の砂が入った小瓶だった。

「コレに見覚えはありますか？」

私は目を見開いた。コルク栓がされた指先ほどの大きさの小瓶は、首に色あせた紐が巻きついていた。キーホルダーになっている。『江の島』と文字が書かれた小さなプレートがついていた。宝物を入れた段ボール箱の中にあったはずのものだ。つい最近、封を解いたばかりで、ウォークインクローゼットに置いていた。若い刑事が言う。

「菜々子さんが亡くなったとき、手に握りしめていたものです。調べたところ、江の島の土産物店で二十年近く前に販売されていたものでした」

侵入し、盗んだのか。どうして、よりによってコレを盗んで手に握りしめて死ぬのか。私は叫びだしたくなる。山本刑事が私の顔を覗き込んだ。

「あなたの指紋が、この小瓶から検出されたんですよ」

山本刑事は、謎解きを始めたドラマの中の探偵のようだった。私はなにもしていないのに。菜々子を殺していないのに、二人の刑事にそんな目で見られ、真犯人のような心境にさせられてしまう。

「ひとつ言い忘れていました。実は、菜々子さんの遺体の肩に、アンゴラファーの毛が付着していたんです」

美優もそれを持っているという証言を他の主婦から得ているらしい。

「押収して詳しく分析したんですがね。菜々子さんの遺体に付着していたものとは、DNAが一致しませんでした」

「……」

「あのアンゴラファーは昨年、近所のみなさんとお揃いで買ったものだそうですね。ちなみに他の主婦の方々のアンゴラファーも全て調べましたが、ＤＮＡが一致するものはありませんでした」

私はため息をついた。

「玲花さん。お宅のアンゴラファーを、参考までにお借りしてよろしいでしょうか」

刑事二人を引き連れて、サン・クレメンテ自由が丘のゲートを抜ける。自宅に案内した。誰もいないと思っていたのに、よりによって藤堂家が集合していた。娘二人と夫、姑までいる。荷物を取りに来たわけではなさそうだ。今後の生活について話し合いを持つために、戻って来たようだった。

刑事を引き連れて戻った私を見て、姑は絶句した。

「玲花さん、これはどういうことなの？」

「こういうことです」

私はそれだけ言って、二階の夫婦寝室に刑事二人を連れていった。ウォークインクローゼットを開ける。ぶらさがっていたアンゴラファーを山本刑事に突き出した。姑が様子を覗きにきて、騒ぐ。

「あなたたちは一体なんの捜査をしているの？」

山本刑事が透明の袋にファーを押収し、神妙に頭を下げた。

「お隣の、大泉菜々子さん殺害事件の捜査をしております」

姑が私の両腕に摑みかかった。

「あなたが殺したの、やっぱりそうなの⁉」

私は舌打ちし、姑の腕を振り払った。

「わけがわからないわっ。優ちゃん、優ちゃん……！」

姑は感情が高ぶると、いつも四十を過ぎた息子をちゃんづけで呼ぶ。二人の刑事は黙って様子をうかがっている。

「だから私はね、この結婚には反対だったの！」

姑は一階へドタドタと降りていった。わめき声が二階まで届く。

「あの子は昔っからマネキンみたいで愛想もないし何を考えているのかわからなくてずっと恐ろしかった。しかも、自分は働きもしないのに、夫にこんな高い物件のローンを払わせて。三鷹の実家の部屋がいくらでも余っているのに……‼」

ベビーサークルの中で、沙希は和葉と一緒にお人形遊びをしていた。わめきたてる祖母を見て、うんざりしたような顔をした。沙希は恐らく三鷹で祖母から母親の悪口を聞かされているのだろう。

夫もほとんど聞き流している。その手に、宅配便の袋を持っていた。封を開けたところだ。見覚えのあるクッキー缶が出てきた。

「かわいい！　ミッキーマウス！」

沙希がベビーサークルを開けて、夫の手からクッキー缶を奪った。『Be a good boy!』と、ミニーちゃんが、二十年たってもミッキーをたしなめている。

どうしてこれがいまここにあるのか。

私は悲鳴を上げて、沙希からクッキー缶を奪った。沙希が私の剣幕に驚き、泣きだした。

「玲花、なにするんだよ」

夫が私の手からクッキー缶を奪った。

「返して！」

「俺宛てに届いていた荷物だ！」

用を済ませた刑事たちは帰るところだった。玄関で心配そうにこちらを見ていたが、構わない。私は夫の手からクッキー缶を奪い返そうとした。もみ合いになる。

「ちょっと刑事さん、あの女を止めてよ！　息子が怪我をするわ！」

姑が刑事二人を引きとめた。宅配便の袋の差出人名は『辻沢今日子』になっていた。

私はパニックになって、缶の蓋を摑んだまま、倒れた。はずみでクッキー缶が開いて、中身がその場にぶちまけられた。全て未開封の、色とりどりの封筒だった。

『To　辻沢先生　by　玲花』

二十年前の私の幼い文字が、自宅の廊下に飛び散る。私は四つん這いになってそれらをかき集め、ガス台に放置されていたフライパンの中にぶちまけた。油をどくどくと注ぐ。

「やめなさい！」

山本刑事が言ったような気がしたが、水の膜の向こうから聞こえる声のように、遠かった。私はガスレンジの火をつけた。灰色の煙がモヤモヤと上がる。私の洋服の袖口が突然、ぱっと燃え出した。油が飛び散っていたのだろう。右手が火に包まれる。夫はガスの火を慌てて消し、私を睨みつけている。私の右腕を摑んで蛇口の下に引き込み、火を消してくれたのは、山本刑事だった。


水ぶくれではれ上がった右手をぶるぶるとふるわせて、私はベルトピア稲城までタクシーでやってきた。午前中にカフェ・ダナスを訪れたときからずっとぶら下げたままだったポーチの中に、財布が入っていた。左手だけでポーチから財布を出すのはひと苦労だった。

右手の強烈な痛みを耐えしのびながら、一〇二号室のチャイムを押した。誰も出なかった。ドアノブを回す。鍵がかかっていない。中に入った。

炬燵の上に、離婚届があった。辻沢とヤベキョウ、二人の署名と捺印がされてあった。傍らにグラスが倒れていた。炬燵を濡らし、離婚届のヤベキョウの署名をも濡らして文字を滲《にじ》ませていた。文字が泣いているみたいだった。

玄関の扉が開いた。辻沢が帰ってきた。コンビニの袋を提げている。私よりも絶望的な顔をしていた。勝手にあがりこんでいた私を見ても、驚くこともなく咎める仕草も見せない。台所に立ち、タバコに火を点《つ》けた。

「先生」

「ん」

「一緒に、死なない？」

台所の汚れたキッチンマットをじっと見下ろしていた辻沢が、煙をはきながら、ゆっくりと私を見た。そして、曖昧に微笑んだ。

「自殺したくなるほど、懸命に生きてはいない」

お腹の底が震えるほどの怒りが、私の全身を駆け巡った。私はよろよろと立ち上がり、キッチンの引き出しを次々とあけて包丁を探した。袖が焼け焦げて水ぶくれができた右手を見て、辻沢はやっと現実に引き戻されたように、たじろいだ。

「お前、なんだよその手」

私は黙って、シンク下を覗いた。

「おい……！　玲花」

やっと包丁を見つけた。私が手に取るより早く、辻沢がそれを奪い取った。

「返して」

「意味わかんねぇ、帰れよお前……！　死ぬなら勝手にひとりで死ね、ここに来るな!!」

突き飛ばされた。床についた右手に激痛が走った。

「玲花、もう本当に終わろう。今度こそ終わりだよ。俺たちはやっぱり出会うべきじゃなかったし再会するべきじゃなかった。お前はあの素敵なお城に帰って、これまで通り〝ミセス・パーフェクト〟を演じていればいいじゃないか……!!」

辻沢は私の二の腕を摑んで、外へ連れだそうとした。私は抵抗し、反動で壁に背を打ち付けた。壁にかかっていた、お薬カレンダーが落ちる。私は次々と薬の封を破き、誰かの処方薬を口に含んだ。粉でも錠剤でも全て口に放り込んだ。炬燵の上におきっぱなしだったぬるいビールで流し込んだ。

――二十年前のあの地獄から、人生を、やり直せていたはずなのに。

注意深く、辻沢をいつくしみたかっただけなのに。

結局私たちはこうやってまた、破滅してしまうのだ。

辻沢に羽交い締めにされ、首を絞め上げられた。殺されるのかなと思った。殺してくれるのなら本望だ。辻沢は私の頭と首を左手で固定し、口の中に大きな右手を突っ込んだ。辻沢の手は私が吐き出したものにまみれていた。彼は結局、私のためにその手を汚してくれる。

V　聖蘭女学園高等学校　終業式

私は何人かの男たちとカラオケボックスで泥酔の上、乱交をして、そのまま置き去りにされた。私はただ酔いつぶれて寝ていただけだが、衣類は引き裂かれ、下着も破れていた。私を見たカラオケボックスの店員が、警察を呼んでしまった。私は集団婦女暴行事件の被害者ということになった。

確かに一度は殴られたが、体のどこかにひどい怪我があるわけでもない。膣に傷もない。きっと私はよく濡れていたのだ。みじめな自分に興奮していたのだ。

私はすぐに退院した。一週間ほど、自宅軟禁が続いた。父は事件の一報を聞いて京都からすっ飛んできた。ひとしきり母親を殴り、また京都に帰った。自宅の中は顔面が腫れあがった母と娘の二人きりで、本当に静かだった。

辻沢からの連絡はない。クラスメイトからの慰めのメッセージのひとつもなかった。

事件から五日目、金の眼鏡チェーンをきらきらさせた教頭が訪ねてきた。

「これ、クラスのみんなから」

激励メッセージが書かれた色紙を渡された。余白ばかりのスカスカの色紙だった。担任のヤベキョウはここ一週間は体調を崩して学校を休みがちとかで、最近は教頭が二年五組を取り仕切っているらしかった。

事件から十日後、私は聖蘭女学園に登校した。仙川駅改札を出ると、友人と待ち合わせする聖蘭生でごった返していた。みんな息を呑んで、私を見た。朝のホームルームで、ヤベキョウは力なく言った。

「沢渡さんが登校しました。なにかあったらみんな助けてあげて下さい」

誰も返事をしなかった。それよりも、「先生は大丈夫なの」と、担任教師の体調を気遣う生徒たちばかりだった。

お昼休みにひとりでパンをかじっていると、じゃんけんで負けた女の子が背中を押されて、私の机に飛びこんできた。反動で、オレンジジュースのパックが飛んで床に落ちた。

「ねえ。三十人の黒人にまわされたって本当?」

驚いて目を見張ると、クラスメイトたちが遠巻きにこちらを見ている。

「子宮、破裂しちゃったんでしょ」

同情の目が突き刺さる。みんな口元は嬉しそうだった。

六限も終わり、三時半になった。私は今日ひとことも言葉を発しなかった。昇降口でローファーに履き替える。人の気配がして「沢渡」と呼びとめられた。辻沢だった。心の底から無表情で、「元気そうで安心した」と言った。

「私、子宮は破裂してないよ」

「――え？」

「乱交を楽しんだだけ。まあ、ハードだったけど」

辻沢はじっと私の顔を覗き込んでくる。珍しく心配しているらしかった。

「――週末、どっか行く？　クリスマスだしな」

誘っているが目は逸らしている。それでも私は嬉しかった。やはりこの人は、私がみじめな目に遭うとかまってくれる。


久々のデートは念願だったのに、当日の朝、ひどく具合が悪かった。ベッドから起き上がるのが億劫だ。時計を見ると、もう午前十時だった。

母はダイニングテーブルで、酔い潰れていた。父が大事にしていたブランデーを夜通し飲み続けたようだった。母がアルコールを飲んでいる姿を見たことがなかった。驚愕していると、母はまだ酔っぱらったまま呟いた。

「典子《のりこ》、聞いてよ。ひどい話なのよ……。玲花があんな目にあったっていうのに」

典子とは母の妹だ。母の実家がある茨城に住んでいる。私を妹と勘違いしていた。

「あの人、逮捕する気がないみたいなのよ。全てを仕掛けたのはあの由香っていう子に決まってるじゃない。玲花への暴行を主導したのは由香って子の恋人なのよ。全部はっきりしてるのに、警察は未だに誰も逮捕してない。おかしいと思わない？」

私は母を遠目に見て、棚から食パンを出した。キッチンに立ってもくもくと食べる。

母は私の存在をわかっていないようで、呟き続ける。

「娘なんかいらなかった。男の子がほしかったのに、結局授からなかった。典子がうらやましい。男の子が三人もいて、にぎやかで、健康的で、理想的で……」

笹塚駅近くの甲州街道沿いで、迎えにやってきた辻沢の車に乗り込んだ。「どこ行く」と聞かれた。

「──わかんない。買い物でしょ？」

「クリスマスプレゼント買ってほしいって前にわめいてたろ。なにがほしいの」

「別に、なんでもいい……。ねえ先生。どうして急にデート誘ったの？」

「だから、クリスマスプレゼントを買うからだよ」

アクセサリーでいいんじゃないの、ということになって、新宿のデパートに入った。アクセサリー売り場を二人でうろついた。お揃いの指輪などを選んでいる若いカップルで混雑していた。私は別にこれといってほしいものがない。辻沢も退屈そうにしていた。

「早く選べよ」

「別に、ほしいものがない」

「だったら来たいとか言うなよ」

「私、ここへ来たいなんて言ってないよ」

「言ってたろ、バカ」

本気で怒られた。周囲のカップルが同情の目で私を見ている。気分が落ち着かないし、とても空腹だった。なにかが胃の奥からせりあがってきた。私は慌ててトイレにかけこんだ。便座を持ち上げて、嘔吐する。しばらく便器の蓋の上に座り、動けない。

ポケベルが鳴った。辻沢から『サキニカエル』とメッセージが届いた。

私はマクドナルドのポテトのＬサイズを三つと、惣菜屋で揚げ物をたんまり買いこんで、帰宅した。なぜだかわからないが、油っこいものを食べて、それで体の中に蓋をしないと、また吐いてしまいそうだった。母は夫婦の寝室になっている和室に寝乱れていた。傍らに、ビールの空き缶が転がっている。

「ママ？」と声をかける。ぱちっと目が開いた。顔がむくんでぱんぱんに腫れていた。

「いま、何時？」

「夕方の五時」

「やだ。うそでしょ。玲花、朝ご飯は？　ランチは？」

「買って来た。具合悪いなら寝てていいよ。私、適当にやるから」

「……マクドナルドのにおい。そんなの夕飯にしちゃだめよ」

　母はよろよろと立ち上がって、トイレに入った。

　私がリビングでもくもくとポテトを食べていると、メイクを直した母がキッチンに戻ってきた。私がスーパーで惣菜の揚げ物を大量に買ってきたのに驚いていた。

「玲花。酸っぱいものを食べたいとか、白米のにおいに吐き気がするとか、そういう気持ちはある？」

「ないよ。あ、オレンジジュースは飲みたいけど」

「あれから生理はきたの」

「まだ来てないよ」

「どうしてフライドポテトばかり食べてるの」

「だって食べたいんだもん」

　母はとても落ち着かない様子になった。強姦事件のあと搬送された病院で、念のためと渡されていた、妊娠検査薬を私に突き出した。

「そんなはずないよ。妊婦ってつわりで食べれなくなるんでしょ」

「食べづわりというのもあるのよ。食べていないと気持ち悪くなるつわり」

私は妊娠検査薬を受け取った。審判の時が来たと思った。母に生理の申告を正直にしたのは九月だけだ。十月は嘘の申告をしていた。ささやかな抵抗だった。毎月第三週の仏滅の日に、「生理がきた」と報告すればいいと思っていた。実際にいつきて、いつ終わったのか、思い出せなかった。そういえばもう長らく、生理用ナプキンを使っていない気がした。母は妊娠検査薬の結果を見ると、なにを思ったのか一一九番通報をした。

「もしもし。救急です。娘が強姦されて、妊娠したようなんです。いますぐに堕胎をしてくれる病院へ連れていってほしいんです……!!」

救急隊員もよせばいいのに、要請を断ることはできないのか、笹塚の自宅までサイレンを鳴らしてやってきた。救急隊員はダイニングでポテトを食べ続けている私を見て、変な顔をした。

「大丈夫ですか。お話はできますか」

「できますよ。母は頭がおかしくなって救急車を呼んだんです。すいませんでした」

「いえ……。どうしますか、病院へ行きますか」

私は首を横に振ったが、母は陽性反応が出た妊娠検査薬を振りかざして「今すぐ、けがらわしい子どもを宿した娘の体をきれいにしてくれ」とパニック状態だった。母はあんな風に、外の人に乱れた姿を見せる人ではなかった。アルコールのせいだと思った。

「救急車は命の危険があるひとに適切な病院を見つけて搬送することが仕事です。娘さんの場合はちょっと――」

母は髪を振り乱し、鬼の形相で私を殴った。今度は救急隊員が一一〇番通報した。

父が京都から戻ってくることはなかった。母が崩壊寸前なのに、仕事を理由に知らんぷりを装うことにしたようだ。母が起こした騒ぎで、私の妊娠も耳に入っているはずだが、音沙汰はない。

警察官僚の妻ということもあってか、〝身内〟である代々木警察署の警察官たちは母を容疑者扱いはしなかった。急性アルコール中毒ということで入院になった。父の指示だったのかもしれない。

私はそのまま産婦人科の内診台へ連れていかれた。カーテンの向こうで私の膣の中に機械をいれてクルクル回しているのは、若い男の医者だった。カーテン越しに、医師は尋ねてきた。

「事件があったのは二週間前って言ってたよね」

「はい」

「うーん……。ちょっと、見てみる?」

カーテンがあいた。モニターにエコー画像が見える。黒い筋がいくえにも連なっていて、なにがなんだかさっぱりわからない映像だった。四肢のようなものをもじょもじょさせている、頭の大きい昆虫みたいなものが映った。

「これ、わかる？　胎児だね」

その人間の影のようなものは、確かに動いていた。体の中心で、心臓のようなものが、ひくひくと動いていた。理科の時間に顕微鏡で見たゾウリムシみたいだ。

「これはたぶん八週目くらいだね。二週間前の性交じゃこんなに大きくならないよ」


笹塚の自宅に帰った。帰宅した家が真っ暗で誰もいないというのは生まれて初めてだった。孤独はなく、自由だった。深夜、辻沢に電話をかけた。

「体の調子が悪いなら、デートをキャンセルしろ」

いきなり怒られた。なにを怒っているのか、思い出すのに時間がかかった。ああ私は今日、辻沢とデートをしていたんだとようやく思い出した。今日一日、いろんなことがありすぎて、まるで辻沢といたのが一週間以上前のことのように思えた。

「もう大丈夫だよ。クリスマスをどこで過ごすのか決めようよ」

「勝手に決めろよ。俺はなんでもいい」

私にイラつき、愛情も同情すらもないのに、辻沢はなぜか私を受け入れる。辻沢はたぶん、私の暴走が怖いのだ。部屋に勝手に侵入し、自暴自棄になって警察沙汰を起こしたのだ。更に行動がエスカレートするのを恐れている。適当にあしらい続けて、私が辻沢に愛想をつかすのを待っているのに違いなかった。そんなことをしても無駄なのに。私はなにがあってもせんせいを愛し続けるのに。

「どうしようかなー。聖蘭生が来ないとこって、都内の繁華街だと結構厳しいよね」

「うちにすれば？　どうせヤリたいんだろ」

テキトーにあしらいはするが、ついでにセックスは楽しみたいらしい。

「せっかくのクリスマスだから、外がいいなぁ。聖蘭生が来ない、ロマンチックな……」

辻沢はなにも答えなかった。考えていないに決まっている。

「真冬の寒いときだから、海とかにする？　絶対誰もいないよね。江の島とかどう」

「わかった。終業式が終わったあとでいいのか」

「うん。制服のままはやだから、私は一回自宅に帰って着替えるね。迎えに来て」

「いいけど……。そうすると、二時とかになる。そこから江の島だと到着はもう夕方だぞ」

「構わないよ。楽しみにしてるね！　せんせい、大好き」

辻沢は一方的に電話を切った。気味が悪かったに違いない。

二学期の終業式が終わった。通知表は、一学期と全く同じだったが、ヤベキョウが書いた通信欄だけが違った。

『成績は安定していますが、気の緩みが生活面に出ています。年が明けたらあっという間に三年生です。二学期の出来事を反省し、新しい年を無事に迎えて下さい』

　自宅へ帰った。部屋の中がむんとしていて、アルコールのにおいが充満していた。リビングのエアコンがガタガタと強風を吹き流す。ダイニングのガスストーブも熱気を吐き出していた。母は退院している。飲み干したウィスキーの瓶とグラスが転がっていた。中絶同意書と保護者の同意書が置きっぱなしになっていた。こぼれたウィスキーが染みを作っていた。

　母は、リビングとダイニングの間に座りこんで、しくしくと泣いていた。その上の鴨居に、私が子どものころに使っていた縄跳びが引っ掛かっていた。母の膝元にはダイニングテーブルの椅子が倒れていた。「死ねない、死ねない」と、泣いていた。

　私は通知表をダイニングテーブルの上に置いて、二階の自室に駆け込んだ。

　準備は万端だった。冬の江の島は冷えるはずなので、ジーンズとタートルネックのカットソーの上にセーターを着込んだ。フェイクファーのついたコートを羽織る。クローゼットを開けて、数日前から準備していたスポーツバッグを引っ張りだした。修学旅行のときに使ったバッグだ。今回、中身を詰めたのは母ではなく、私だ。

　辻沢は待ち合わせ場所に二時間も遅れてやってきた。よほど気が進まなかったのか、私が待ちくたびれてあきらめて帰ることを期待していたのだと思う。私は二時間、寒風吹きすさぶ甲州街道で待ち続けた。辻沢は謝りもしない。私が抱えていたスポーツバッグを見て、眉をひそめた。

「なにそれ。今日は泊まらねぇよ」

「うん」

　私は短く答えて、スポーツバッグを後部座席に投げ込んだ。辻沢はそれ以上何も言わず、通知表の話をした。授業態度が悪かったのに5をあげたことに感謝しろ、という。

「まあ、お前の将来への、見返りのない投資だ」

「投資って？」

「無事、聖蘭最高峰の英文科に送りだして、ちゃんと卒業していいとこ就職して、いい男と結婚して幸せになれ、ということだ」

　どんなに私が幸せになっても、それを自分が共有することはないと辻沢はきっぱり言っている。ずいぶんひどいことを言うが、こうやって私の心を嬲ることで辻沢が満足なら、私は幸せだ。冗談ぽく、余裕っぽく、返してみた。

「通知表に5をつけることに、そこまでの重みがあるの？」

「まあ、ないけど」

江の島に到着したのは午後五時過ぎだった。江の島へ続く江の島大橋を二人並んで歩く。猛烈に吹きつける海風で、何度も体を持っていかれそうになった。辻沢はよろける私のことなんて構わず、革ジャンのポケットに手を突っ込んで、どんどん先を歩いた。

江の島に入り、土産物店が並ぶ参道を歩いた。子ども向けのおもちゃに気をとられていると、辻沢を何度も見失った。

「つまんねぇよ、もう帰ろう」

辻沢が、靴にまとわりついてくる猫を軽く蹴って追い払い、勝手に参道を引き返した。

「江島神社でお祈りしようよ」

「神様なんていねーよ」

私たちは参道を引き返した。夕食を取ろうと、国道沿いを車で走ってレストランを探した。「なにが食べたい?」とも聞かれない。辻沢は「へえ、こんな店があるんだ」と、勝手に和食レストランに入った。永谷園がやっているお店らしかった。お茶漬けばかりのメニューかと思ったが、ちゃんと定食や御膳がメニューに載っていた。私はどれも食べる気がしなかった。刺身を見ると吐き気がした。脂っこいものが食べたくて天ぷら御膳を注文した。

辻沢は江の島刺身御膳というのを注文した。メニューを乱暴にウェイターに突き返し、ソファにもたれた。キーホルダーがテーブルを滑ってきた。

星の砂が入った小瓶だった。『江の島』という赤いプレートがついていた。参道ではぐれたときに土産物店で買ったのだという。

「クリスマスプレゼント」

辻沢は言った。恐らく三百円くらいのそれが私にはとても嬉しくて、大事に手で包む。涙があふれてきた。

「ありがとう。宝物にする」

辻沢は心の底から気色悪そうに、私を眺めていた。

「私からはね、すごいプレゼント用意してきたんだ」

「でかいのか？　あのスポーツバッグの中身か」

「あれは……。うん、あれもプレゼントの一部、かな」

もったいぶってみたが、辻沢は全く興味を持っていない様子だった。私はショルダーバッグを開けて、感熱紙に印刷された胎児のエコー写真を出した。辻沢は無言でそれに目をやっただけで、受け取ろうとしなかった。

「私とせんせいの、赤ちゃんだよ」

「……は？」

「九週目だって。妊娠三カ月」

「……違うだろ。お前を強姦した奴との子どもだろ」

「計算合わないじゃん。多分、文化祭のときに――」

「知らねぇよ。バカじゃねぇの。不愉快だ。帰るわ」

辻沢はテーブルの上に投げ出してあった車のキーを摑み立ち上がった。私は慌てて辻沢を追った。自動扉の向こうに消えかけた革ジャンを鷲摑《わしづか》みする。胸元をどんと突き返されて、閉まりかけた扉にぶつかった。

「知らねえよ、俺の子じゃねぇし、絶対違うし、お前まだ高校生だろ！」

「せんせいの子どもなんだよ！　ちゃんと生きてたよ、心臓だって動いて――」

辻沢の車の前でようやく追いついて、その体にしがみついた。辻沢はだだをこねる子どものように体を揺らし、私を振り払った。

「ふざけんな。妊娠なんてすんじゃねぇよ。知らねぇよ」

辻沢は駐車場のコンクリに転がった私に、スポーツバッグを投げつけた。顔にあたった。私は笑おうとした。無様な自分を笑い、辻沢にも楽しんでほしかったのだ。だが私は完全に電池が切れていた。笑う気力も怒る気力も、泣く気力すら残っていなかった。

気がつくと、辻沢の車はもう、駐車場からいなくなっていた。

江の島の夕日はとっくに沈んでいる。

私はスポーツバッグを担いで、薄暗い江の島大橋をひとりで引き返した。今日、辻沢と駆け落ちするつもりだったのに、目的は果たせなかった。ブラブラと歩きながら、死に場所を探した。参道の土産物屋はほとんど店じまいをしていたが、食堂を併設しているお店がひとつだけあいていた。私は中に入り、なんとなく商品を見た。江の島の草木の押し花をあしらった、おばあさんが使うようなレターセットが目に入った。五百円で買った。ポケベルが鳴る。

『ハナシアイタイ　ゴカイナノ　ユカ』

私は公衆電話を探し、由香の携帯電話に電話をした。ワンコールと鳴らず由香は電話に出た。思いつめた様子だった。

「玲花？　大丈夫」

「なにが」

「だって、カラオケの日以来、いくらベルしても全然連絡くれないし。彼氏にあのあとどうしたのか聞いても、全然言わないし。問い詰めて、ようやくいま知ったの。ねえお願い。会って話そう？　誤解なの。いまどこにいる？」

「江の島。これから、死ぬから」

「はあ⁉　なに言ってんの、玲花ちょっと待って」

電話を切った。神様なんていないから、神社を素通りする。道なりに歩いた。あたりは暗闇に包まれている。観光客もひとりもいない。地元のひとらしき軽トラックが一台だけ私の横を通り過ぎた。きつい坂を上って、また下る。細い路地を抜けると、下りの階段が見えてきた。潮を含んだ強烈な風が吹き荒れている中を下りた。太平洋が一望できる岩畳に到着する。黒い波が、激しく岩場に叩きつけている。私を殺そうとしているようだった。岩畳には侵入禁止のロープが張り巡らされていた。私はそれをまたいだ。

波打ち際まで距離があるのに、強風に運ばれた水しぶきが届いて、私の体は雨にうたれたように濡れた。今日の昼、自殺しようとして失敗した母の姿が浮かんだ。足元に波が迫り、パンプスの足を濡らした。急にいろんなことがバカバカしくなった。死ぬことすらあほらしくてやっていられない。その場を引き返した。

階段を戻った。ぽつりぽつりと飲食店が並んでいた。あいていたのは一店舗だけだった。引き戸を開けると、店内には地元の人間らしいおじさんが二人で熱燗《あつかん》を飲んでいた。おいしそうにため息をついている。よく日に焼け肌はひび割れていて、漁師みたいな雰囲気だ。店を切り盛りするおばさんを「お姉さん」と呼んで、次々と酒を注文していた。

私は石油ストーブのすぐ近くの席に座った。波に濡れたパンプスを脱ぎ、氷のように冷えた靴下を脱いだ。オーダーを取りにきたおばさんが、糸のほつれたタオルをくれた。紅茶をオーダーしたら「そんな洒落たもんはおいてない」と歯を剝《む》いて笑った。歯が何本か抜け落ちていた。未成年だから酒が飲めないことを伝えると、「それじゃ、お茶でいい？　これはタダだから」とほうじ茶を出した。出がらしだったが、ちょっとやさしい味がした。

私は鮭茶漬けを頼んだ。さっきまで永谷園の店にいたのに、全然違う場所でお茶漬けを頼んでいることが、なんだかおかしかった。

私は出がらしの茶を飲みながら、レターセットを出した。筆記用具がなかったので、歯が抜けたおばさんに頼むと、『江の島漁業組合』と書かれたボールペンを貸してもらえた。

便箋に、『To　辻沢先生』と書いた。

しばらく何も思い浮かばなかったが、初めて先生と剣道の特訓をした日のことを思い出したら、書く文字が追いつかないほどに言葉があふれてきた。

便箋は十枚入っている。封筒は五枚あった。私は便箋を使い果たしていた。他に書くものがないので、仕方なく、便箋の裏に続きを書いた。先生が後から読んだときわかるように、ページ番号を振った。

「玲花！」

突然、呼ばれた。由香が肩で息をして、店の入り口に立っていた。おばさんが「うちは八時で閉店なんだけど」と断ったが、由香は無視して、私のテーブルにつかつかとやってきた。私は慌てて便箋をしまった。

由香はノーメイクだった。小麦色の肌の上の、小さな丸い瞳とこぶりな鼻、おちょぼ口を改めて見ると、つまらない顔つきをした少女だった。

「よかったよ、死ぬなんて言うから、こっちが生きた心地しないよ。彼氏に頼んで、車飛ばしてきてもらったの。何回もベル入れたのに返事くれないし、神社の中とか必死に探したんだけどいないし……」

いま江の島で開いている店はここだけらしい。由香は大きく肩を上下させて、私の目の前の席に座った。

「ふざけんなよ、このハイエナ」

私の言葉にぎょっとして目をむいたのは、由香だけではなかった。漁師風のおじさん二人もこちらを振り返ったが、目の前の熱燗以上に興味は持てなかったようで、また酒に戻った。

「ハイエナって……。なに、急に」

「私の父親と、繋がってたんだろ?」

由香は一瞬固まったが、すぐに笑った。

「……ねぇ玲花。顔めっちゃかわいいのに、その言葉づかいはおかしいよ。辻沢の影響?」

「父親にスパイでも頼まれてた? 私と辻沢の関係を探れとでも言われたんじゃねぇの」

愚鈍な妻では娘を管理できないと、父親はもうずっと前から気がついていたはずだ。根回しが大好きな父親らしいやり方だった。

「退学してから音信不通だったくせに。突然私に連絡してきたのは、友情とかじゃない。父親に言われたからだろ。いくらもらったんだよ」

由香はみるみる顔を赤らめて、肩をすぼめた。小さな人間だった。ギャルメイクをしていない今の方が、ピエロみたいだった。じっと睨んでいると、由香はそのうちしくしくと、泣き始めた。なんの話で盛り上がっているのか、わっと鼓膜が破れるほど大きな声で、漁師のおじさんたちが手を叩いて大笑いをした。

「……嘘なの。本当は、すごく貧乏なの。明日、食べるものもなくて」

泣き始める。

「どれだけＡＶ出演で稼いでも、全部彼氏に取られちゃうの。パチンコで使っちゃって、家賃も半年近く滞納してる。本当にもう行くところもなかったの」

「親に相談すりゃいいじゃん」

「無理」

「あのお母さんなら――」

「無理ッ！」

黙っていると、突然、由香が私に備え付けの塩や醤油を投げつけてきた。

「あんたにはわかんないよ！　生まれも育ちもよくて、頭もよくて美人のあんたには、なんにも、わからない！　今日食べるものがない恐怖も、明日も食べものを買うお金がない恐怖も、あんたみたいな甘ったれたお嬢様にはわかんないよ！」

　何が悪いのかと開き直る。

「あんたの父親が金くれるって言うんだもん。情報流すだけで三十万くれたんだもん！食べていくために必要だったの。生きていくために必要だったの!!」

　生きるために、体も魂も売る。私は感情を露わにした由香に、強い妬みを覚えた。うらやましくてうらやましくて、思ってもいない言葉が、口をついて出た。

「友達売るくらいなら、餓死しろよ……!!」


　今年が終わってしまった。

　年末年始、京都から父が帰って来ることはなかった。母は酒の量が日々増えるばかりだ。日常の炊事洗濯などは私が代わってこなした。

　一月七日、新学期が始まった。

「あけましておめでとう！」と、ヤベキョウが元気に二年五組の教室に入ってきた。憑《つ》き物が落ちたかのように、明るい表情だった。ひとりひとり名前を呼んで、どんな年末年始を過ごしたのか尋ねてきた。家族でハワイやオーストラリアなどの海外で過ごした人が半分以上いた。あとは両親のどちらかの田舎で親戚と過ごした人ばかりだった。やがて私の順番がきた。私は、「家族でイタリアに行きました」と答えた。

ヤベキョウは「あらぁ」とうっとりした声を上げた。

「いいわね。私、新婚旅行は絶対にローマって決めてるの。まあ、その前に相手見つけなきゃだけどねー」

彼女の自虐的な冗談に、クラス中がどっと沸いた。

ヤベキョウはホームルームの最後になって、忘れてたふうに付け足した。

「みんなが一年生のときから英語をみてくれていた辻沢先生だけど、急な家庭の事情で、岐阜の実家に帰られました」


午前中で学校が終わった。私はランチを取らず、聖蘭女学園を出た。辻沢のアパートに向かう。敷地のゴミ置き場に、粗大ゴミがいくつも出されていた。辻沢が仕事や食事に使っていた炬燵と本棚だ。小さなツードアの冷蔵庫も食器棚もある。私たちが体を重ねた布団までも捨てられていた。私が隠れていた洋服ダンスが転がり、その傍らに小樽で買ったオルゴールが落ちていた。ミッキーマウスのクッキー缶もある。私はその缶だけ拾ってバッグに突っ込んだ。

辻沢の二〇一号室の鍵をあけて、中に入った。誰もいないし、何も残っていなかった。辻沢が、聖蘭の教師として仙川へやってきた三年前からこの部屋につけた汚れだけが、あちこちに残っていた。風呂場のカビ。台所の水あか。畳に残った、炬燵の脚の丸いへこみ、洋服ダンスの四角いへこみ。

私はその場にバッグを投げ出した。畳の上に寝転がる。ほこりやゴミが落ちたままのその畳にキスをして、抱きつけないのに、両手を伸ばしてしがみついた。

「せんせい……」

辻沢がいた部屋はなにも答えなかった。

バッグの中から、昨日、文具屋で買ったレターセットを出した。畳の隙間にペン先を取られないように、レターセットに挟まれていた厚紙を下敷きにして、書いた。

『To　辻沢先生』

名前を記すだけで、胸がよじれるほどに好きだったが、もう辻沢はいない。


翌日、私は私服姿で電車に乗った。通学時間と重なっていた。聖蘭生が私服姿の私を見て、ちょっと驚いた様子だった。誰も話しかけてこなかった。仙川駅を通り過ぎて、私は東府中駅で下車した。

駅から徒歩十五分のところに、多摩第三総合医療センターがある。まだ朝九時前なのに、ロビーは人でごった返していた。

受付で「不妊治療外来の栩沢先生はいますか？」と尋ねた。若すぎる私を怪訝そうに見ながらも、受付嬢は手元のファイルを捲った。

「不妊治療外来は、完全予約制になっております。まず、産婦人科一般外来を受診していただき、そこで不妊治療外来への紹介状を書いていただかないと——」

「栩沢先生に会いたいんですが」

「診察ではなく、ですか？」

「診察もしてほしいです。あの、栩沢先生を直接呼んで下さい。私は沢渡玲花と言います。栩沢先生の娘さんの友達で、妊娠しちゃったんです」

私は特別に診察を許された。不妊治療外来は、数年前に増築されたばかりのC棟の三階にあった。近代的で、そして白い壁が目に痛いほどまぶしい場所だった。診察待ちのロビーは女性ばかりかと思っていたら、ほとんどが夫婦連れだった。子どもを授かるための治療というのは、思いがけず患った病を治すための通院と違って、希望に満ちあふれているのかと思っていた。どうやら違うようだった。ロビーで順番を待つカップルたちは、みな絶望的な顔つきだった。

診察室が三つあり、まん中の部屋に、『栩沢静香《しずか》』という札が出ていた。診察室があいて、夫婦が出てきた。女性の方はもう四十歳に近いくらいに見える。泣いていた。口髭を蓄えた夫が支えていた。二人は、私の隣に腰かけた。口髭の紳士から、ぷんと、コーヒーのいい香りがした。

三時間もロビーで待たされたが、そんなに長くは感じなかった。私はずっとせんせいに手紙を書いていた。江の島で買ったレターセットもとっくに使い果たしていた。病院の売店に行くと、埃をかぶったレターセットがいくつか売っていた。ここに売っているものも、おばあさんが使うような和風のものばかりだった。それでもかまわない。私はせんせいに、書きたいことが山ほどある。書いては封をして、宛名を書く。それを、トートバッグの中におさめたディズニーの空き缶の中にしまう。

　八通目を書き終わるころ、私は楜沢静香先生の診察室に案内された。

　彼女は私を笑顔で迎え入れてくれた。私と由香の間にどんなトラブルがあったのか、全く知らない様子だった。私は、自筆の中絶同意書と、母がずっと前に書いた保護者の同意書を、楜沢先生に渡した。彼女はちょっと眉をひそめた。

「これ、別の病院の書式だけど……まあいいか」

　立ち上がり、私を勇気づけるように手を優しく叩いた。

「この診察室にはその設備はないから。こっちへ来て」

　私は朝からふらふらとしていた。魂をどこかに置いて来てしまったようだった。いま、だいすきなひとの子どもを、生まれて初めてこんなに好きになった人の子どもを中絶しようとしていることが、自分の身に起こっているとは認められなかった。楜沢先生の白衣の裾が揺れるのをじっと見つめ、それだけを目標に渡り廊下を歩いた。エレベーターに乗り、ひとごみをかき分けた。

はっと我に返ったときにはもう、内診台の前だった。

栩沢先生は看護師に「助産師さんをひとり呼んできて」と頼んだ。私を振り返り、

「ちょっと待っててね」と優しく言った。

十分ほど、内診台の上でぼんやりと待った。やがて、ピンクのエプロンを身に着けた助産師が姿を現した。中絶手術後の生活について注意を受けた。

「それじゃ、始めましょうね」

途端に、体が勝手に震えて、止まらなくなった。どうしてこんなに震えてしまうのだろう。心はとても冷静だ。特に悲しくもないのに、こうなることはもうずっと前からわかっていたのに、どうしようもなく体が震えてしまう。自分の意思が体を支配できなくなっていた。

助産師はひと呼吸置いて「椅子が倒れますよ」と言った。背もたれと一緒に体が後ろに倒れた。足が開脚されていく。私は思わず、手を差し伸べた。助産師さんがその手を受け止めて、握りしめてくれた。涙が勝手にあふれてきた。

「ほんとは産みたいの」

「うん、そうね」

「すごく産みたいの。赤ちゃん、すごくかわいかった……」

その様子を、栩沢先生は何も言わずに見ていた。よくあることなのかもしれない。下

半身を遮るカーテンが、ゆっくりと閉められた。私は思わず起き上がった。

「無理！」

「沢渡さん、大丈夫だから」

助産師さんが私の体を押さえた。

「やだ、本当に無理。やめてお願い、やめて……！」

助産師にすがりついて、内診台を下りようとした。カーテンがあいて、栩沢先生がこちら側にやってきた。私は彼女に抱きついて、必死に懇願した。

「産みたいよ、産みたい……!!」

栩沢先生は私の体を強く抱きしめてくれた。私は長らく、栩沢先生の白衣を汚すように泣いた。栩沢先生はとても優しくて温かかった。うまく娘に注げなかった愛情が、私の体になだれこんでくるようだった。

栩沢先生は私を病院内の喫茶店へ連れていった。私にはクリームソーダを、自分はコーヒーを注文し、難しい顔で飲む。私に何も言わない。説教もしないし慰めもしない。何度か電話に席を立ち、ときに二十分近く戻ってこないときもあった。

栩沢先生が戻ってきた。私が飲み干した薄汚いクリームソーダのグラスをじっと見つめている。溶けた氷に、さくらんぼの柄と種が残されている。栩沢先生は力なく微笑んだ。

「さくらんぼ、きれいに食べるのね」

私はちょっと返答に困った。

「由香は小さいときから、種まで食べちゃう子だったの。私が叱ると余計にムキになって、絶対にやめないの。私に顔を近づけてがりがりと種を噛んでみせる」

栩沢先生は落ち込んだように肩を萎ませた。

「そういう子だったのよ……」

栩沢先生の電話が鳴った。ハッと我に返った様子の先生は、意を決したふうに、私に切り出す。

「玲花ちゃん。お腹の赤ちゃんのことで、あなたに提案したいことがあるの」


自宅に戻ったのは、午後六時過ぎだった。玄関に男性用の革靴が二つあった。ひとつは父のものだ。もうひとつは真新しくて見覚えがない。客が来ているのだろうか。父の部下かもしれない。どうでもいい。ダイニングの扉を開けた。京都から戻った父が、ダイニングテーブルを挟んで母と向かいあっていた。どうしてか二人とも立っている。父は私の姿を見て、変な顔をした。

「お前、どうして私服なんだ」

「病院へ行っていたんです。中絶の……」

父は非難の目を、母に向けた。母はさらに背中を丸めて、うつむいた。母はこの一カ月で、いっきに二十歳くらい老け込んでいた。七十歳くらいのおばあさんに見える。毎日きれいにセットしていた髪は、白髪だらけでみすぼらしかった。

「母親のお前がついていっていってやらないでどうするんだ」

「すいません……」

「無事済んだのか？」

父親が私を見た。私は「はい」と頷いた。ならいい、とでも言いたげに、父はしっしと手を払った。いつものことだった。けれど私は、今日だけは猛烈に腹が立った。父に対してここまで強烈な怒りを持ったのは、生まれて初めてだった。

「私は、犬かよ」

目を見開き、父は私を見やった。リビングの隣にある客間に入ろうとしているところだった。

「なにを言ってるんだ。なんだその言葉づかいは」

「私は、てめぇの犬じゃねぇんだよ……!!」

母は慌てて私の肩を摑んだ。

「玲花、パパにそんな言い方はだめよ。謝りなさい!!」

「偽善者！」

私は、父にそう投げつけた。

「由香に金をやってスパイに仕立てて娘の元に送り込んで、だけど失敗してやがんの、ざまあ‼」

父は十七にして初めて反抗期を迎えた娘を、ぽかんと見た。

「警察の部下たちに、なんて説明したんだよ？　娘が集団強姦されて、相手が誰なのか特定できているのに、捜査しないように圧力かけた。そりゃそうだ、突き詰めたら、強姦じゃなくて乱交だったこととか、娘の友人に金を渡していたこととか、全部バレるかららな」

父は私からすっと視線を逸らし、いつものように母を攻撃しようとした。

「母親のお前が酒ばっかり飲んでいるから……！」

私はキッチンに飛び込んで、まな板の上に出しっぱなしになっていた包丁を摑んだ。床にひれ伏して暴力を受け入れる体勢に入っている母と、拳を振り上げた父の間に割って入った。父に包丁を振りあげたとき、もっと早く殺せばよかったと気がついた。

母親がパニックになって泣き叫んだ。腰が抜けて上半身だけでもがいているような状態だった。父はのけぞり、バランスを崩して尻もちをついた。私は包丁を構えて、後ずさる父をじりじりと壁際に追い詰めた。

「辻沢を学校から追い出したのもあんただろ！　先生の前科を調べて、学校を脅した。

それで先生を学校にいられないようにした‼」

私は包丁を振り下ろした。客間の襖が開き、誰かが私を止めようと飛び込んできた。

「やめろ！」

私に覆いかぶさった男の人はスーツ姿だった。父の部下だと思ったが、知ったにおいとぬくもりがあった。

辻沢が、私を抱きとめている。祈るように、懇願するように「やめろやめろ」と私の耳元に、くすぐったく、囁き続ける。

辻沢の肩越しに、客間が見えた。和テーブルの上に菓子折りと茶封筒が置いてあった。辻沢は謝罪に来ていたのだ。父に呼び出されたのか、自ら来たのかは、わからない。とにかく辻沢は、なにかの責任を果たしにここへ来ていた。

ぷうんとアンモニアのにおいがした。失禁していたのは私ではなくて、父だった。娘に刃物を向けられ、腰を抜かして震えている。取り繕っているのか、口だけで虚勢を張る。

「お前、なに言ってるんだ。なにを勘違いしているんだ。辻沢が前科者？　一体なんの話だ。こいつに前科なんてない。こいつは被害者の方だ……！」

私を抱きとめていた辻沢が、がくんと右膝を床についた。今度は私が、せんせいを抱きとめる番だった。

「そいつは、母親に性的虐待を受けてたんだ。生まれてすぐに養護施設に放り込まれて、気まぐれな母に十三歳で連れ戻されて、体を弄ばれ、十五歳で剣道部の顧問が気づいて児童相談所に通報するまで、あいつは毎晩毎晩、母親に――。そうだろ、辻沢！」

せんせいは私の腕の中で、震えている。

「なんだお前、知らなかったのか？　そいつは自分のことを加害者みたいに言って尊大に振る舞っていたんだろ。笑えるな、はっはっは‼」

父は激昂したまま、押し付けがましく大爆笑した。

「どうやっても母親から逃れられないくせに。自分を虐待した母親でもほっとけない。脳梗塞で倒れたからって放っておけばいいだろ。ママになにかあったら仕事も恋人もなにもかも捨ててママのところへ飛んで帰る。お前が、せんせい、せんせいと慕った男はこんなにちっぽけで臆病なマザコンなんだぞ！」

私は悲鳴を上げた。私が握った包丁が、せんせいの脇腹に刺さっていた。

「せんせい、せんせい。血が……」

「大丈夫」

辻沢は大儀そうにゆっくりと立ち上がった。左足に力を入れるのが難しかったのか、少し、ふらついた。キッチン台にぶら下がっていたタオルを引き抜き、強く押さえながら包丁を抜いた。包丁の先に先生の血がかすれてついていた。

「沢渡」

せんせいは、先生然と言った。

「俺や、こいつらなんかのために、犯罪者になるな」

辻沢は血塗れのタオルを脇腹に挟み、ジャケットの裾で隠すようにして、沢渡家から出ていった。せんせいは、いつもそうだった。百あるうちの九十九・九が嘘つきで自分勝手で薄情なのに、たったの〇・一がとてつもなく優しくて、美しい。

Ⅵ　サン・クレメンテ自由が丘　厳冬

目が覚めるとそこは、病室のベッドの中だった。白い壁と天井が見える。忙しげに行きすぎる医師や看護師たちの衣類も白かった。夫が病室の壁際に置いた丸椅子に腰かけ、タブレット端末をタップし続けていた。

起き上がろうとして、右手に激痛が走った。白い布団から右手を出すと、手首まで包帯がぐるぐると巻いてあった。指の一本一本にまで丁寧に包帯が巻かれている。ミイラのようだった。手をちぎってしまいたいほどに痛かったのに、いまはなにも感じなかった。

夫が丸椅子の上にタブレット端末を置いて、私のそばにやってきた。タブレット端末には、家族で撮った写真が表示されていた。和葉を産んだばかりの私と、寄り添う沙希の写真だ。

「辻沢先生は？」

私の第一声に、夫は顔を歪めた。首を横に振る。

「意識を取り戻しての第一声が、家族でも大事な子どもたちでもなく、不倫相手とはね」

「……ごめんなさい。子どもたちは？」

「三鷹だよ」

「そうだと思って、あえて訊かなかったのよ」

「そういうことじゃないだろう……！」

夫は私を叱り、やがて頭を抱えた。

「もう自由が丘には戻れない。警察の家宅捜索が入ってる。お前は、殺人容疑を逃れようとして警察官の目の前で証拠隠滅し、愛人宅へ逃げて自殺を図った悪女として世間をにぎわせてるんだぞ。ニュースを見るか？」

その肩書に私は吹き出しそうになった。夫がとても深刻そうなので、こらえた。

悪女。

私はそんな冠が似合うほど中身がない。ただの人間の張りぼてなのに。夫は疲れ切った様子で呟く。

「俺たちが築き上げてきたものは、砂の城だったということか」

翌日、歩けないことはないのに車いすに乗せられ、診察室で問診を受けた。大量に服用した薬はすでに胃洗浄で吸引されていた。火傷した右手以外はピンピンしている。医者は私を重症患者のように、慎重に扱っている。一時間にも及ぶ問診を行った。私はようやくそこが精神科であることに気がついた。

「右手の火傷のこともあるし、自宅療養して経過観察できる状況でもなさそうですからね。少し入院して、投薬治療でまず十日間くらい様子を見てみましょう」

医師は私を勇気づけるように言った。

手首に、バーコードが印字されたリストバンドをつけられた。多摩第三総合医療センターと書かれてあった。C棟に行けば、榭沢先生に会えるのだろうか。私は胸が張り裂けそうになった。

病室でただ寝ているのも苦痛で、私は公衆電話を探した。A棟との連絡通路にぽつんとあった。スマホは夫に取りあげられてしまった。私は売店で買ったテレホンカードを突っ込んで、辻沢の携帯電話の番号を、使い慣れない左手でぽちりぽちりと押した。

電話は繋がらなかった。現在使われておりません、と言われた。アイツはどこまでも私から逃れようとしている。でも、あの人の爪の先ほどの優しさは私が生きていくのに必要なものだ。二度と失わない。電話をかけ続けた。看護師が飛んできて、病室に閉じ込められた。

翌日、食事後の服薬確認が終わると、私はまた連絡通路の公衆電話に張りついた。辻沢の自宅電話番号は知らない。職場にかけるしかなかった。一〇四で聖蘭女学園の代表番号を聞き出し、電話をかけた。「高等部の辻沢慎先生をお願いします、矢部今日子です」と名乗った。長い保留音が続いた。時計を見上げた。二限と三限の間の休み時間のはずだった。保留音が終わった。「せんせい」と言おうとして、ぶつりと電話は切られた。

午前中をずっと、聖蘭女学園への電話、保留、切断の繰り返しで費やした。やがてまた看護師に見つかって連れ戻された。服薬だ。午後も同じことをしていたら、看護師が飛んできた。また大部屋に放り込まれ、今度は注射を打たれた。

とても眠たくなって、私はそのまま気を失ったように眠った。午後六時に、まだ眠たいのに叩き起こされ、食べたくもないのに食事を強要された。服薬だ。錠剤を口に突っ込まれた。気持ち悪くなって吐いたら、また腕に注射を打たれた。

それからというもの、私は食事を取ると嘔吐して、全部吐き戻してしまう症状が続いた。統合失調症の薬だけでなく、火傷の痛み止めすらも、口に入れると吐いてしまうようになった。右手がまたじんじんと痛み始めた。それでも私は、皮をなくした右手がガーゼとすれてヒリヒリと痛むのを堪えながら、聖蘭女学園に電話をし続けた。

三日ほどたったある日、いつものように連絡通路の公衆電話に行ったら、『使用中止』の紙が貼られていた。私はその紙を破り捨てて受話器を上げ、テレホンカードをいれた。聖蘭女学園へのコールが鳴っている間に、看護師がやってきて私を電話から引きはがした。恐らく、聖蘭から私の夫へ、夫から病院へ、クレームが入ったのだろう。

いよいよ辻沢を逃すことになった。私はベッドの上にひとり座りこみ、布団の裾を両手でぎゅっと摑んで、堪えた。看護師がやってきて「大丈夫？」と声をかけてきた。黙って震えていると、看護師はとても優しい顔で、私にピンク色の郵便物を渡した。長女の沙希が手紙を書いてきたのだ。白い紙には、クレヨンの線が縦横無尽に走っている。「かずちゃんがかいたよ」と、沙希の字で片隅に説明がされていた。その裏に、沙希からの短いメッセージがあった。

『ママへ
はやく　げんきに　なってね。ママに　あいたいな。
パパは　やさしいし　ばあばも　やさしいけど　やっぱり　さきは　ママが　いいな』

私の似顔絵らしきものと、お下げ髪にした沙希の似顔絵が添えられていた。

消灯時間になった。私は娘からの手紙をゴミ箱に捨てた。

次の日、朝食と服薬が終わって連絡通路に行くと、公衆電話が撤去されていた。ひとしきり暴れて病室に戻される。沙希からの手紙がまた届いていた。私は激怒してその手紙をビリビリに破り捨てた。

「藤堂さん、あなたなんてことを！」

看護師が目を剝いて私を責めた。

「娘さんが一生懸命に書いた手紙なのよ。お母さんが早く良くなるようにと書いた手紙を——」

「なにもいらない！」

　私は絶叫した。

「こんなもので私を仮面をかぶっていたころの私に引き戻さないで！」

　看護師は突然、看護師らしからぬ暴挙に出た。私の口を強引に塞ごうとしたのだ。

「なにするのよ、放して！」

「黙りなさい！」

　私は看護師に羽交い締めにされ、口を塞がれた。もがきながら叫んだつもりだが、明瞭な言葉にはならなかった。心の中でその気持ちが爆発する。

　私はせんせいだけでいいの。

　せんせいがいてくれるだけでいいのに——。

　どうしても、手に入らない。

　私は腕をつねられたような痛みで我に返った。私はベッドにうつ伏せに押さえつけられていた。左腕にゴムチューブがぎゅうっと巻かれている。看護師が私になにかの注射をしようとしていた。

「やめろ！」

　私は渾身《こんしん》の力で看護師を振り払い、枕を摑んだ。転んだ看護師の頭を、枕でめちゃくちゃに叩いた。

「死ね！　死ね！　死ね！」

私とせんせいを引き離すものなんか、みんな、消えてしまえ。

私は妙なにおいで、我に返る。アンモニアのにおいがした。私は辻沢に恋をした日のことを思い出した。辻沢を刺してしまった日のことも。

夫の震える声がした。私は目を剝いて、病室の入り口を振り返った。

「沙希、おいで……帰るよ」

沙希が真っ青な顔で立ち尽くし、私を見上げている。膝を震わせて、失禁していた。膝丈のワンピースから伸びた棒のような足に次々と尿の筋がつき、レースのついた白いソックスを汚していく。ぽたぽたと上から直接落ちてきたしずくが沙希の足元に水たまりを作り、はねる。

私は慌てて沙希の元に飛び込み、しゃがんだ。

「ごめんね」

沙希の頰から流れる涙を、指で拭ってやろうとした。私の右手は包帯塗れだった。包帯が、沙希の涙をしゅっと吸い取っていく。私は棚からタオルを取り、沙希の足を拭いて、靴下を脱がせた。タオルを洗面所のお湯で濡らして、沙希の足をきれいに拭いた。濡れた下着もそうっと脱がせた。陰部も濡れたタオルで拭きとった。冷えないように、乾いたタオルで水分を取ってやった。

「もう大丈夫だからね」

私は棚から財布を出した。二十年以上、絶対に手放さなかった、夏目漱石の千円札を取る。沙希に握らせた。

「帰り道、これで新しい下着を買ってね」

「ありがと……」

沙希は小さなほっぺに涙をのせたまま、ぽつりと言った。

「もう行こう」

夫が沙希の手を引く。沙希は歩き出したが、立ち止まり、振り返った。

「ママ」

「うん？」

「いつ帰るの？」

わからない、が――。

「帰るからね、必ず」

私は、狐につままれたような顔の看護師に頭を下げた。バケツと雑巾を借りる。沙希が汚した床をピカピカに磨いた。両手の包帯とガーゼを取り換えに来た外科医は、包帯がアンモニア臭いのでいやな顔をした。あまり手指を動かさないように注意されたが、私はとても幸せだった。私は自覚していなかっただけで、辻沢がいなくても、幸せだったのだ。病室に帰り、私はもう一度、財布を開いた。

あの千円札を、正しく使った。全て終わったのだと、気がついた。


私はその日から沙希や和葉のことを考えて、焦燥感にかられるようになった。ゴミ箱に捨ててしまった手紙を探し求めたが、見つからなかった。担当看護師を説得して、ナースステーションの電話を借りることに成功した。三鷹の夫の実家に電話をしたら姑が出た。すぐに電話を切られてしまった。孫と嫁との交流を一切許さないという姑の決意が感じられた。するとあの手紙は、沙希が姑に内緒でこっそり書いて、投函したものに違いなかった。夫が娘たちを連れて病室にくるのも一苦労だったに違いない。私は胸が張り裂けた。

ちゃんとしないと、ここから出られない。やっとそんな当たり前のことに気がつく。

私は日々を模範囚のように過ごした。私はもう、辻沢やヤベキョウに電話をしなかった。

毎日、沙希と和葉に手紙を書き続けたが、返事はこなかった。

ある日、面会があった。ヤベキョウだ。私は慌てて居住まいを正した。

「大丈夫よ、そのままで」

ヤベキョウは相変わらずだった。私を叱らない。黙って見守って、全部受け止めてしまう。なにをしにきたのだろうか。この二週間で私が無言電話をかけてこなくなったので、気になって見舞いにきたのか。そもそも私は、謝罪をするべきだった。

「先生、あの――いろいろと、すみませんでした」

ヤベキョウは丸椅子を引っ張ってきて、私のベッドの傍らに座る。私の謝罪を受け入れたくないのか、何も答えずに、一方的に告げる。

「辻沢にちゃんと話をして来いと何度も言ってるんだけど、あの人は逃げてばかりで」

私は頷いた。

「離婚が正式に成立したの」

もう好きなようにしたらいいと突き放したらしい。

「沢渡さんと好きなように生きて行けばいいと話したのよ。あなたもこんな騒ぎを起こして、離婚でしょう？　その覚悟で、辻沢と不倫していたんでしょうし」

最初は違った。気がつけば、泥沼だった。

「その後押しのつもりで、あのミッキーマウスのクッキー缶をあなたのご主人に送ったのよ」

本当にそうだろうか。私という亡霊が取り憑いている辻沢ごと受け入れる覚悟で、ヤベキョウはストーカー女の手紙が大量に入った缶を、二十二年間も手元に置いていたに違いなかった。しかしそれを手放した。それは私への嫌がらせではなく、辻沢を捨てる決意の表れなのだと思う。

「やっと解放してあげたのに。辻沢ったら、もうあなたには会わないと言うのよ」

その言葉には、勝ち誇った様子が一切見えなかった。ヤベキョウも辻沢の態度に困り果てているようだった。黙りこんでいる私を、ヤベキョウはじっと見つめている。彼女は五十代中盤のはずなのに老け込んだ様子がなかった。かすかに口の周りに法令線が浮かんでいるだけだ。ヤベキョウは、私が書いていた娘たちへの手紙をちらりと見た。

「私と辻沢には子どもがいないのよ」

どうでもよさそうな、彼女らしくない、自棄になったような笑い方だった。

「彼、子どもが嫌いだから」

「そんなことないわよ。私との子どもをとても欲しがって、十年近く不妊治療をしたのよ。それでも、授からなかったの」

ヤベキョウは声のトーンがどんどん暗くなっていった。

「というよりも……。こんな話、親にもしたことないけど」

ひと通り逡巡した末、私に打ち明けた。

「あの人、射精できないのよ」

申し訳なくてできない、と言いわけするらしい。

「意味わかんないでしょ。でもあなたは妊娠させることができた。よほど、私に女性的な魅力が欠けていたということね」

「辻沢先生は心から先生のことを大切に思って、愛しているから、できないんだと思います」

「違うわよ」

「いいえ、絶対に、そうです」

「いや。絶対に違う」

私とヤベキョウは張り合い、睨み合った。そして結局、笑った。

不思議と、ひとりの男を巡ってバチバチと火花を散らすような関係には、ならなかった。昔もそうだった。それは、生徒と教師という関係が終わったいまでも、変わらない。私とヤベキョウは、たぶん、なにかの同盟の一員なのだ。辻沢にとってヤベキョウは本命だったはずだし、辻沢はヤベキョウを私にしたようにぞんざいには扱っていなかった。一生懸命に合わせているように見えた。それでもヤベキョウは、不幸そうに見えた。辻沢と一緒になって幸せなことなんかなにもなかったかのような、疲れた顔をしている。私とヤベキョウが対立しないのは、互いに辻沢を愛しているからではなく、憎んでいるからなのだ。

私は十日後に退院が許された。まずは携帯電話ショップに向かった。取りあげられてしまったスマホは、夫名義の契約で、夫が利用料金を支払っていた。私名義の携帯電話が必要だった。どこまで自分で支払えるのかが問題だが、過去に金融トラブルなど起こしたこともない。免許証ひとつですぐに新しいスマホを手に入れることができた。

携帯電話ショップの紙袋を下げて、カフェ・ダナスに向かった。カフェの入り口にあったもみじの木が、私が入院している間に落葉していた。クリスマスのイルミネーションが控え目に飾ってある。ドアベルを鳴らして中に入った。客はいない。水木が静かに微笑みかけてきた。

「いらっしゃいませ」

「こんにちは。元気だった？」

「ええ……。まあでも、ご覧のとおりですよ」

閑散とした店内を見渡した。彼には経営者としてあるべき向上心があまりない。その欠落から来る優雅さが、ゲーテッドタウンの主婦たちを癒やしていた。

私はそれ以上聞かず、ブレンドコーヒーを頼んだ。水木もまたなにも尋ねることなく、豆をミルにセットした。やがてブレンドを運んできた水木が、契約してきたばかりのスマホを出した私を見て、「機種変ですか」と訊いた。その尋ね方には、なんの返答も求めていない無欲さがあった。私はテーブル備え付けの紙ナプキンに新しい電話番号を書き、水木に渡した。

「あ、いえ、そういうわけじゃ」

「たぶん私——ここへ来られるのは最後かもしれないから」

私たちは長らく、見つめ合っていた。水木はじれったそうだった。

「水木君」

「はい」

「あなたがまだ小さくて、ここが喫茶マリオンだったころに、毎日やってきてお母さんのナポリタンを食べて、お父さんの淹れるコーヒーを飲んでいた若い女の人」

水木の目がみるみると赤くなっていく。

「その人の顔、思い出した？」

「思い出していますよ。もうずっと前から」

水木は私の携帯電話の番号をぎゅっと握りしめて、涙をこぼした。元気でねと肩を叩き、私はカフェ・ダナスを後にした。


サン・クレメンテ自由が丘のゲート前に立った。警備員が私の姿を見て、無言でゲートを開けた。自宅の玄関前に立つ。キーを出したが、回らなかった。鍵を換えられたのだろう。インターホンを押したが、返答はなかった。夫は仕事、娘たちは三鷹だろう。私は現金の持ちあわせがほとんどなかったので、仕方なく、笹塚へ向かった。

築四十年の笹塚の実家は、今でも色あせないほどデザイン性に優れている。手入れする人がいないので、古びて見えた。インターホンを押した。応答はない。扉を叩き続ける。ようやく母が顔を出した。まだ七十歳にもなっていないのに、九十歳くらいの老婆に見えた。相変わらずアルコール漬け毎日のようで、まだ昼なのに酒臭かった。

「なにしにきたの。入院してたんじゃないの」

「退院したの。泊めてよ。行くところがないの」

母は何も言わず、玄関を引き返した。私は靴を脱いで、リビングに入った。母は缶ビールを飲みながら、キッチンに立って夕食を作っていた。

「食べて行く?」

「食べるけど、しばらくどこにも行かない」

包丁を乱暴に操るその背中を不思議に思った。母はもうアルコール漬けの人生を二十年も続けていて、肝臓がかなりやられている。入念に手入れされて美しかった肌は土気色だった。腎臓も悪いのかもしれない。どうして生きているんだろうと思った。それは、本人も同じ気持ちだろう。なぜ私は生き残ってしまったんだろうと、毎日首を傾げながら、生きているに違いなかった。

私は和室にある父の仏壇の前の座布団に正座した。母はもうこの仏壇を手入れする元気もないようで、埃まみれだった。カチカチに固まった白米が供えてあり、お猪口の中の水は乾ききっていた。花瓶には造花すらいけていない。ろうそくに火をともした。お線香が見あたらない。私は埃まみれの父に、手を合わせた。

　階段を上がり、自室に入った。当時のまま、扉を外された状態で、残されていた。私がいた証を残したくて母がこの部屋をいじらないわけではない。片付ける、という前向きな行動を取ることができないだけだ。

　クローゼットにはまだ聖蘭の制服が残っていた。ベッドカバーまで当時のままで、仏壇以上に埃をかぶっていた。使わずじまいだった高校三年生の教科書が、本棚に収まっている。私は床に膝をついて、ベッドの下を覗き込んだ。

　やはりなにもなかった。

　私は再びリビングダイニングに戻り、味噌を溶かしている母の背中に問いかけた。

「ママ。ミッキーマウスの缶、どうしたの？　ベッドの下に隠しておいたの」

「ああ……。手紙が入った缶のこと？　パパに言われて、矢部先生に送ったの」

「どうして矢部先生なの」

「そりゃ、あのことで辻沢に腹が立っていたからよ。お父さんの腹の虫がおさまるわけがないし、だいたいあんた、辻沢のこと刺しちゃったじゃない。事故とはいえ、傷害罪でしょう。下手に騒がれたら困るから——」

　ごにょごにょと母親は言葉を濁した。父親が死んだいまになっても、父親の名誉を守りたいらしい。母にはそれしかないし、警察官僚の妻という肩書が母の全てなのだろう。

「今度はお父さんが飛騨高山に飛んで、辻沢に会いにいったのよ。春になったころのことだったか」

辻沢は腹の傷は治りかかっていて、病院にもかかっていなかったそうだ。すでに辻沢はヤベキョウと一緒に暮らし始めていた。私は高校二年生の三学期に学校を退学したので知らなかったが、ヤベキョウも年度末に学校を退職して、辻沢を追って飛騨高山に移住していた。

「二人は同棲してたのよ。辻沢の母親の介護を矢部先生が親身になってやっていて、とても幸せそうだったって」

母はまな板の上のイカをさばきながら、ブツブツと続ける。

「パパはカンカンになって怒ったわ。娘の人生をめちゃくちゃにしておいて、辻沢が逃げきってまっとうな人生を送るなんて絶対に許さない。だから、矢部先生にあんたのあの手紙の山を送りつけてやったのよ」

倫理が欠落した辻沢に見せても、捨てられると思ったのだろう。

「矢部先生ならショックを受けて、辻沢から去るでしょう。辻沢を不幸にできると思ったのよ」

「でも、思い通りにならなかったのね」

母がイカの足にぐっと力を入れて、いっきに胴体から引きぬいた。中から出てきたわたを、母は手でちぎって食べ始めた。生き物の内臓をむしゃむしゃと咀嚼する母の様子は、ゾンビみたいだった。

「矢部ってのも、図太い偽善者だったわよ。あんたひとりが不幸になった」

「違うわ」

私は即答した。

「私一人がしあわせになった」

「お気楽な子だね。だから辻沢みたいな悪党に引っ掛かる」

母と二人でダイニングテーブルに向かいあい、夕食を取った。もう会話はなかった。

電話が鳴る。母は心の底から面倒そうに立ち上がると、電話に出た。

「もしもし……」

長い沈黙があった。受話器の向こうで、男性がなにかしゃべっている声がする。母は何も答えず、固まっていた。やがて、暗い瞳で私を振り返った。

「あんたにだよ」

「……優太君？」

「違うわ。辻沢」

夕食が終わるころ、辻沢が笹塚の実家まで私を迎えに来た。ヤベキョウに説教されて、仕方なく、私を迎えに来た様子だった。

「どこ行く?」

どこまでも面倒そうに、尋ねてきた。

「先生の家。これで最後にするから」

辻沢は「最後」という言葉にかなり驚いた様子だった。到着まで、会話も続かなかった。

自宅に入るなり、辻沢はボロボロの座椅子に座って、缶ビールを飲み始めた。テーブルの上に、水道代の請求書や、いつの日付のものかわからないスポーツ新聞、チラシなどがごちゃごちゃに置いてあった。私は手持ち無沙汰に、辻沢の横に腰を下ろした。鴨居には相変わらず、えんじ色の女性物のコートがかかっていた。

「あれ、お母さんのでしょ」

尋ねると、辻沢は「えっ」と短く答えただけだった。どうしてこのタイミングなのかわからないが、そっと私と唇を重ねた。この人のことを、いつも取りとめのない、わからない人だと思っていたけれど、いまはただ、悲しい。それだけだった。

「玲花」

と、抱き寄せられて、押し倒された。キスをして、私も静かにその期待に応えた。スカートの下に手が這って、下着を脱がされるのだと思った。辻沢の手が、思いがけず、私のカーディガンのボタンを外した。辻沢が難しそうに、私のタートルネックをまくしあげた。ブラジャーのホックにそっと手を回して、ぱちりと外した。彼がこうしてまざまざと私の乳房を見るのは、たぶん初めてのことだった。辻沢は、胸に手を這わせ、ぎゅっと握りつぶすように、痛いほどに掴んだ。乳首に唇を這わせて、吸った。

かわいそうで――。

私は、辻沢のやわらかなくせ毛の髪を撫で、そうっと両手で包んで、抱きしめた。辻沢はされるがまま、私の胸に顔をうずめて、動かなくなった。苦しそうに、ひゅーひゅーと、呼吸の音が聞こえた。

「もういらなくなっちゃったんだな。俺のこと」

「……………」

「そういう顔してる。二十年前は同類の目だったのに。再会したときは、憐れみの目だった。だから引きずり下ろしてやったのに」

辻沢が、ゆっくりと私の体から離れて、座椅子の上にぽつんと座りこんだ。目に涙をいっぱいにためて、なにかを堪えていた。

「せんせい、怖がらないで」

私は辻沢の肩に手を置いた。

「せんせいをすくえるのは、あなたのお母さんだけだと思う」

私は、鴨居にかかったえんじ色のコートの向こう側を、指さした。


私はタクシーを拾った。車内で夫の携帯電話に連絡をいれて、サン・クレメンテ自由が丘に戻ってくれるように、懇願した。

自由が丘駅前はとてもにぎやかだった。ジングルベルの曲が楽しげにかかっている。街は、クリスマスを祝う家族連れやカップルでにぎわっていた。今日は十二月二十四日のクリスマスイブだった。午後八時、夫が子どもたちを連れて自由が丘に戻ってくるのを、私は待ち続けた。待ちながら、山本刑事に電話をかけた。

沙希の手を引き、和葉のベビーカーを押した夫が、現れた。沙希が私に気がついて、私の胸に飛び込んできた。

「ママ。手紙、届いてた？」

沙希が私にこっそり、耳打ちしてきた。

「もちろん。ちゃんと読んだよ」

沙希がわっと喜びの声を上げて、私の首にまとわりついた。ベビーカーの中の和葉も、私に気がつくと満面の笑みになった。抱っこをねだるように両手を差し伸べてくる。私はベビーカーの安全ベルトを、じれったく思いながらも素早く外し、和葉を抱き上げた。

しばらく娘たちのぬくもりに感情を埋もれさせた。傍らに立っている夫に、目をやった。言葉がうまく出なかった。「こんばんは」と声をかけると、夫は切なげにまゆをひそめた。泣きながら言う。

「帰ろうか」

久しぶりに、娘たちと一緒に風呂に入ることにした。和葉と先に入り、体を丁寧に洗ってやる。夫を呼んで和葉の着替えを頼む。沙希がバスルームに飛び込んできた。沙希は、「お歌を歌って」とねだった。

「ばあばも歌ってくれるけど、新しい歌は知らないの」

私は、沙希が三、四歳のころによく歌っていたはらぺこあおむしの歌を歌ってやった。和葉を包んでいたバスタオルを洗濯機に放り込みながら、夫が「楽しそうだな」と、バスルームのすりガラスの向こうから声をかけた。

沙希も和葉も、興奮してなかなか寝付かなかった。九時を回ろうかというころ、インターホンが鳴った。美優だった。私を見るなり、目を潤ませた。常に穏やかだった彼女にしては珍しく、感情的に私に抱き着いてきた。

「帰ってきてくれたのね」

「美優……どうしたの」

「ようやく平和が戻ってきたのよ。お隣さんの件があって、ここはもうだめになっちゃうのかと思ってたから……」

まだ犯人が捕まっていないのに、ずいぶん呑気だなと思った。彼女は上座の女王で多くを語らない。怒らせると怖い女王のような人だと考えていた。もしかしたら、ただ鈍感なだけの人かもしれない。上座の住民で管理会社の社長令嬢、その肩書に周囲が忖度していただけなのか。

夜十時になり、娘たちを寝かしつける。和葉はベビーベッドで眠るのをいやがり、お姉ちゃんのそばを離れなかった。夫の実家では同じ布団で寝ていたという。沙希が「かずちゃんは私が守るから大丈夫」とも言い張るので、私は二人を同じ布団で寝かしつけた。二人ははしゃぎつかれたのか、すぐにかわいい寝息を立て始めた。

私は子ども部屋の扉を閉めた。かわいそうなことをしたかもしれないと思いながら、隣の夫婦寝室に入った。部屋の中は真っ暗で、夫はベッドの右端に横たわっていた。その横に滑り込む。こちらに背を向けていた夫がゆるりと起き上がる。私の上にそうっと覆いかぶさってきた。

私は夫を、藤堂優太という人をじっと見つめた。ずっと忘れていたが、初めて会ったのは、私がまだ由香と仲良くなる前にいたグループの女の子に誘われて行った合コンだった。優太は私を一目見て涙ぐんでいた。再会した日も優太は目を真っ赤にして私を見つめていた。『夫』という肩書に埋もれていた彼と私が共にした人生の断片が走馬灯のように蘇ってきて、悲しくなってくる。

優太も泣いていた。キスをしようとしてきたので、私はそれを拒んで、尋ねた。

「あなた、浮気してたでしょ」

「え……」

「由香と」

優太はほっとしたのか、ちょっと苦笑いした。

「何年前の話だよ。一回だけちょっと遊んだだけだし――」

「菜々子とも？」

夫の表情が硬く青く豹変した。

「そして菜々子を妊娠させて、殺したでしょ」


翌日の朝、私はかつてのように六時ごろ目を覚ました。寝室を出て洗濯機を回す。夫の衣類を洗うのは、今日で最後だ。朝食の準備をして、七時半に沙希と和葉を起こした。沙希は寝起きだというのに部屋を飛び出して、夫婦寝室に「パパー！」と飛び込んだ。ああいう風にベッドにダイブして、夫を叩き起こすのが毎日の日課だった。

そこに父親の姿がなく、沙希は戸惑ったようにダイニングに降りてきた。

「今日はママが幼稚園に送って行くから。早く食べちゃって」

「パパ、もうお仕事に行ったの？」

私は答えられなかった。どうやって沙希に、父親が逮捕されたことを説明したらいいのか、まだよくわからなかった。そしてこのマイホームからどこかへ引っ越す、ということも。慣れ親しんだ幼稚園を変わらなくてはいけないことも、話さねばならなかった。

沙希を幼稚園に送りに行った。サン・クレメンテ自由が丘の主婦たちがひとかたまりになって、島を作っていた。私を受け入れようとしていたが、私は感じのよい笑みを送っただけで、立ち去った。昨夜、パトカーは一台しか来なかったので、誰も夫の逮捕を知らないのだ。

家に戻り、夫の着替えを紙袋に詰めてベビーカーのフックに引っ掛けた。ゲーテッドタウンを出る。マスコミの姿はなかった。すぐに戻って来るだろう。

自由が丘署に出向いて、夫の着替えを受付の女性に託した。「藤堂さん」と背後から呼びとめられる。山本刑事だった。

「すいませんね。送検までは面会できません」

「構いません。別に面会に来たわけではないので」

山本刑事は驚く様子もない。

「奥さんからもお話を伺いたいんです」

くるりと背中を向けて歩きだした。広い会議室に案内された。ベビーカーの中でなぜだか機嫌悪く泣き始めた和葉を抱き、あやす。山本が慣れない様子でお盆の上に茶を二つ乗せて入ってきた。

「早かったんですね」

「え？　お茶が、ですか？」

「いいえ。昨晩のことです。私が通報してから、それでも逮捕状が下りるまでに時間がかかるでしょうから、夫の逮捕は今朝になってからだと思っていたんです」

山本は「ああ」と小さく頷いて、茶を私の前に出しながら、言った。

「アンゴラファーの件があったでしょう」

「菜々子の肩についていた？」

「ええ。そのＤＮＡと、藤堂さんのアンゴラファーのＤＮＡが一致したんです。菜々子さんの寝室に藤堂優太の指紋がべたべた残っていましたし」

山本刑事の姿を見て和葉が泣きやんだので、私は静かにパイプ椅子に腰かけた。

「結局、菜々子はなにがしたかったんでしょう」

私が呟くと、山本刑事は向かいの椅子に座りながら、言った。

「単純な話でしょう。藤堂優太さんを好きになってしまい、略奪しようとした」

夫もそんなふうに供述しているらしかった。

「二人はいつから不倫関係に？」

「少なくとも、夏のバーベキューのときからすでに関係があったみたいですよ」

私は首を傾げた。

「全く気がつかなかったです」

でしょうね、と山本刑事はなんでもお見通しのように言った。

「ご主人は遊びだったようですが、菜々子さんは本気になってしまった。力ずくで奪おうとしていたようですよ。自分が壊したとわからないように、アレコレと画策しています」

「私の過去を暴いて、夫婦仲を壊そうとしたことですね」

「ええ。自由が丘のミセス・パーフェクトで、ミス聖蘭、聖蘭ジェンヌのあなたが、どうやら虚飾にまみれていると気がついた」

「私の過去になにかあると菜々子が気がついたきっかけはなんでしょう」

山本刑事は一瞬、言葉に詰まったような顔をする。眉をひそめながら、一枚の写真を書類から取り出して、私に見せた。夏のバーベキュー大会のときに撮られた一枚だ。美優の夫が撮ったもので、私と水木が距離を置いて、遠慮がちに微笑んでいる写真だった。

――見る人が見れば、わかるのだろうか。

「私にはわかりません」

山本刑事が、私の心の問いに答えるように言った。

「しかし私は警察なので知っています。細田さんのご主人は、プロの写真家だった方ですからね。ファインダー越しだとわかっちゃうのでしょうね。おやと思った。一緒に写真を見た菜々子さんにポロリと言ったことがあるらしいです」

この二人は――。

私と水木はまるで。

「菜々子さんは探偵を使ってあなたの過去を探るうちに、栩沢由香さんに会った」

由香が今さら餓死した理由が、わからないでもなかった。菜々子は私の現在地を由香に話しただろう。自由が丘のゲーテッドタウンで暮らし、優太と結婚し娘が二人いる。由香は腹を抱えて笑ったに違いない。あの沢渡玲花が、そんな絵に描いたような幸福な人生を歩めるはずがないとせせら笑い、そして猛烈に嫉妬したに違いなかった。

だがもう由香には、かつて私を陥れたような知己も元気も、金もない。だから当てつけのように餓死したのだろうか。

私が最後に彼女へ投げつけた「餓死しろ」の言葉通りに死ぬことで、私のことを痛めつけようとしたのか。

「菜々子さんはあなたが高校時代に起こした騒動を知って、それをご主人に伝えた。なんとしてでも離婚してほしかった。ご主人を手に入れたかったんでしょう」

夫は、遊びでつきあった女に、これでもかこれでもかと妻の欠落を見せつけられて、必死に耐え忍んでいたのだろうか。

山本刑事は事件当日の話を始めた。

「ご主人と菜々子さんは、菜々子さんの妊娠を巡って藤堂さん宅でもめていたそうです」

「私が辻沢の妻と対面して、和葉すらも置いて逃げ出した日のことですね」

菜々子とヤベキョウは大泉家で話をしたが、ヤベキョウは三十分で帰ってしまい、菜々子は残された和葉を大泉家で預かっていた。夫は仕事を早めに切り上げて、六時にはサン・クレメンテ自由が丘に帰宅した。大泉家を訪ねて、和葉を引き取った。

「そのころ、菜々子さんは友幸さんに電話をしています。友幸さんは、娘の佳菜ちゃんと外食していて、帰宅は九時過ぎと菜々子さんに伝えています」

私が不在ならば、夫と過ごしたいと思ったのだろうか。

「菜々子さんは不倫相手に、会いに行った。ちょうど不倫相手も、妻が不在だったから」

「菜々子が妊娠していたのは夫の子で間違いないんですね」

「ええ。胎児のDNAと親子鑑定をさせてもらいました」

「ではあの日、私が辻沢に送ってもらって、自宅に帰ったときには？」

「菜々子さんは、妊娠した子どもの処遇を巡り、ご主人と二階の夫婦寝室でもめているところだったようです」

「……ウォークインクローゼット」

条件反射のように言葉が出た。山本刑事が頷く。

「あなたが帰宅したので、とっさに藤堂さんが菜々子さんをそこに押し込めて、うまくあなたをバスルームに誘導した。そのとき菜々子さんの肩にアンゴラファーの毛がついたようです。隠れている間に、菜々子さんはあなたの弱みを握ってやろうと思ったんでしょうね」

「江の島のキーホルダーを盗んだんですね」

あんな時代遅れのキーホルダーを大事に保管している女性はそういない。私にとって大事な宝物だったと、頭のいい菜々子なら気がついたはずだった。

「私が風呂につかっている間に、二人はもめたんですか？」

「ご主人はひたすら、中絶してくれと土下座を続けていたようです」

土下座をされればされるほど、菜々子は傷ついただろう。

「玲花さんの過去をもっとほじくり返してビラにしてまくと捨て台詞を吐いて、自宅に戻った。それは困ると慌てた藤堂さんは、菜々子さんを追いかけて大泉家へ入った」

「玄関先の防犯カメラにその姿は映っていなかったんですか？」

「藤堂家と大泉家は、庭が隣接していましたよね。二人は互いの自宅を行き来するときに、庭を突っ切ってリビングから出入りしていたようです」

ご近所同士の不倫だ。ゲーテッドタウンの住民に目撃される可能性のある玄関の出入りは避けただろう。

「夫は菜々子を追って大泉家に入り、殺したんですか？」

「もみ合った末の不幸な事故とも言えますがね。菜々子さんはリビングの掃き出し窓から足を滑らせて庭に落ちた。運悪くそこに縁石があったということです」

私は、膝の上の和葉を抱きしめた。

「かわいそうに。怖かったね、目の前で見ていたのね」

山本刑事は目を丸くして、私を見た。

「知っていたんですか？　子どもの泣き声が佳菜ちゃんのものではなく、和葉ちゃんのものだと」

「和葉を産んだのは、私ですから」

あの日、私は換気扇から和葉の泣き声を聞いて、慌ててバスルームから出た。体を軽く拭い、バスローブを羽織って廊下に出ようとした。リビングの窓を開け放った夫が息を切らし庭から床に転がり込んだのが見えた。夫は和葉を傍らにおろすと、背中を丸めて頭を抱えた。夫があそこまで動揺した姿を見たのは初めてだった。私は声をかけそびれてしまい、一旦バスルームに戻ったのだ。

「つまり、もう事件当日からあなたは、ご主人が犯人だとわかっていたんですね」

「ええ」

あっさりと頷いた私に、山本刑事はあきれ果てた様子だ。

「あなたが、ご主人が犯人であると警察に言わなかった理由は、まあ、理解しましょう。あなたにとってご主人はきっと最初から最後までどうでもいい存在だったんでしょうが、娘さんたちにとっては父親ですからね」

私はしおらしく謝ってみせたが、山本刑事は納得しがたい様子で訊く。

「奥さん、あなたはどうして藤堂さんとご結婚なさったんですか」

「え？」

「藤堂さんは、菜々子さんとはただの火遊びどころか、それ以下だと言っていました。あなたに振りむいてほしいがための、ただの道具だったと。初めて出会ったその日から、一度もあなたに愛されたことがないと、嘆いていました」

「だから、菜々子を不倫相手に選んだと言うんですか？　かまってほしくて？」

「ええ」

由香とも同じ理由で寝たのだろう。まだ大学生で、私たちはつきあって一年くらいで青々としていた。由香と寝てしまった彼の軽さやバカさ加減はまだ理解できるが……。

「そんなバカな不倫の動機がありますか。私たちは最近出会って恋愛していたわけじゃないんです。結婚してもう十五年で、子どもも二人いる夫婦ですよ」

「愛してもらえないから、愛が続いたんでしょうな。その気持ちは、あなたにもわかるんじゃないですか？」

辻沢に執着していた私のことを言っているのか。私は刑事のずれた解釈に笑いが止まらなくなってしまった。和葉もまた、母の笑いにつられて、キャッキャと笑い声を上げた。

藤堂優太逮捕の一報が流れ、サン・クレメンテ自由が丘にはまたマスコミが殺到した。私はいつもより早く幼稚園へ沙希を迎えに行き、一週間分の食材を買いこんで、自宅にこもった。沙希は和葉と一緒に『となりのトトロ』のＤＶＤを見ていた。私は五時になるのと同時にＤＶＤを消して、報道番組に変えた。沙希は口を尖らせ子ども部屋へ行こうとしたが、自分の父親がテレビの向こうにいることに気がついて、呆然と足を止めた。どういう言葉をかけるべきか、私は昨晩からずっと考えていた。言葉を決められないままに、その時を迎えた。かがんで、沙希を抱きしめた。

「パパが殺したの？」

私は大きく頷いた。沙希は傷つき混乱し、泣きじゃくるだろうと思っていた。

「私のパパが、佳菜ちゃんのママを殺したの？」

沙希は淡々としていた。自分の視点から自分が置かれた状況を理解しようとしている。

この先、父親に会えなくなること以上に、自分の心配をし始めた。

「私ははんざいしゃの娘ね。ねえ、おひっこししたいよ」

その強さに感心し、一方で恐ろしくもある。私の子だと改めて認識する。インターホンが鳴った。夫の逮捕を知った、ヤベキョウだった。娘たちを子ども部屋で遊ばせ、私はハーブティを淹れた。ヤベキョウはそわそわと落ちつかない様子で座っている。

「これから大変ね。引っ越すの？」

「ええ。私ではこの家のローンを払えないし」

「本当に大丈夫？　実家に帰るの」

「次の家と私の仕事が見つかるまでは、そうさせてほしいと母に頼んであるけれど……長女は笹塚の母がとても苦手なの。アル中だし。笹塚にはあまり長くいられないと思うわ」

「それじゃ、どこでどうやって暮らすの？　資格やきちんとした職歴はあるの？」

私はなにも答えず、ハーブティの香りを楽しんだ。ヤベキョウは私の様子をどこまでも気味悪そうに見る。

「この間、あなたをお見舞いにいった帰り道に、矢部先生って声をかけられた。楜沢由香さんのお母さんだった」

この元担任教師になにを言われるのか、私はいつも、そわそわしてしまう。

「あなたが退学した後のことを全部、聞いたわ。あなたのお父さんが亡くなった日のことも」

「……かわいそうな父でした」

私は心の底からそう思っている。

「どういう意味」

「私は二十一年前、辻沢先生の子どもを産みました」

決して勝ち誇りたいわけでもなく、ただ真実を――おそらくは辻沢のことを誰よりも理解し、真に支えようとして折れてしまった女性に、伝える。

「父は最後まで出産に反対していました。陣痛が始まった夜、由香のお母さんが父を病室に入れまいと必死に守ってくれました。台風の日の出来事で……」

ヤベキョウはじっと私に視線を注いでいる。

「病院に入れなかった父親は頭に血が上ったまま、豪雨の中を車を飛ばして帰ろうとして、交通事故で亡くなりました。ブレーキを踏んだ痕跡がないまま、中央分離帯に激突して即死です」

「自殺だったのかしら」

私は頷いた。

「父は自殺。夫は殺人犯。私の周りの男はみんな破滅する」

ヤベキョウはしばらく黙っていた。

「辻沢の子どもはいまどこにいるの。もう成人している年齢よね」

「由香のお母さんの紹介で、不妊治療中だったご夫婦のもとに養子に出しました」

「どこにいるの」

私は棚からメモ用紙を出し、辻沢と私の、二十一歳になる息子が経営しているカフェの名前を書いた。ヤベキョウはどうしてか、泣き笑いの表情だった。

「教えてくれるのね」

「私、先生のことが好きなのよ。ずっと前から」

ヤベキョウは半分笑い、半分困惑した表情で私を一瞥したが、メモを見て仰天した。

「このカフェってすぐ近所じゃない」

うふふ、と笑っておくにとどめた。

「本人は知っているの？　産みの母親と実父のことを」

私は曖昧に首を横に振った。

「実父のことは知らないはず」

彼は育ての両親からたっぷり愛情を注がれて、とてもいい青年に育った。辻沢の存在など、彼の人生に必要がないはずだ。

「私は息子の義理の両親に、育て直しをしてもらえたの」

「育て直し？」

私は大きく頷いた。あの日々を思い出すと、喜びで涙があふれてくる。赤ちゃんと離れるのはとてもつらかったので、生後三カ月で水木夫妻に引き渡したときは号泣してしまった。あの夫婦はまだ十八歳だった私のことも、とても心配してくれた。

「いつでも会いにきていいのよ。美味しいナポリタンを食べて美味しいコーヒーを飲んでいってね」

夫婦は自由が丘で喫茶マリオンを経営していた。私は一年くらいくよくよして、息子のことを忘れようとしていたけれど、ある日耐えられずに、喫茶マリオンを訪ねてしまった。息子はもう一歳でつかまり立ちができるまでに成長していたが、確かに生後三カ月まで私の乳を吸っていたころの面影が残っていた。目元は私にそっくりで、ごつい体つきは辻沢にそっくりだった。

私の血と辻沢の血が半分ずつ入った子どもを、喫茶マリオンの夫婦は献身的に育てていた。子どもが転べば、磨いていた高級カップを投げ出して駆けつけて、ひっしと抱きとめる。泣かなかったら、たんと褒めた。

ヒゲのご主人は、子どもが振り回したガラガラが顔面にぶつかっても、怒らなかった。どんどん力が強くなっていくね、と褒めた。店の壁にクレヨンで落書きしてしまったときも、壁紙を張り替えるのにとてもお金がかかったのに、「絵心があるのね」と奥さんは感心していた。

　お客さんの座るテーブルにぶつかって、お客さんの洋服に飲み物がこぼれてしまったときには、息子の代わりに夫婦は全力で謝った。

「あのご夫婦が」

　私は泣いていた。ボロボロと涙が落ちている。

「私とせんせいの息子に愛情を注ぐのを見れば見るほど」

　ヤベキョウも泣いている。唇をぎゅっと震わせていた。

「私も一緒に愛してもらえているようで――」

　それ以上は、言葉が続かなかった。

「私は、救われたの」

　ヤベキョウが何度も細かく頷く。涙が落ちた。

「だから私は、せんせいを救いたかった。再会したとき、二十年経って変われなかったせんせいを見て、なんとかしてあげられないかと――」

「無理よ」

　ヤベキョウは泣きながら言った。

「男と女には、無理なのよ」

　それはきっと、ヤベキョウが二十年以上、挑戦し続けて、失敗した結果なのだろう。

「母親と息子じゃないと」

その日の深夜、和葉が珍しく夜泣きをした。全然寝てくれない。重たくなった我が子を一時間抱っこしてあやし続けても、この世の終わりのように泣き叫び続ける。沙希も目覚めてしまった。枕を抱えてベッドから下りると、泣きながら私の背中にまとわりつく。

「ママ、ごめんなさい」

「どうしたの」

「おねしょしちゃったみたい」

「いいのよ。大丈夫よ。泣かないでね」

私はギャン泣きする和葉を抱っこ紐で背負った。体を揺すってあやしながら、沙希を裸にして体を拭いてやり、新しい下着と衣類を着せた。子ども布団のシーツをはいでバケツに入れて下洗いしているとき、私は心に迫りくる幸福を感じる。この幸せは、たぶん、二十年以上前に、辻沢が私の汚したものを片付けてくれたあの日から続いているものなのだ。私はせんせいが救われる日が来ることを遠くから祈るしかない。私が近づくと、あの人まで破滅してしまうから。

vi　聖蘭女学園高等学校　最終学期

職員室で一学期の期末テストの問題をパソコンで打ち込んでいると、扉が開いた。「辻沢先生」と呼ぶ声が聞こえた。

振り返ったが、老眼鏡だと、そこに立っている聖蘭の制服姿の少女がぼやけて見える。一瞬それが、玲花に見えたような気がした。高校時代の玲花。冷たい花を咲かせた、女。

いや、あれは毒の花だった。

父は自殺。夫は殺人犯。

〝私の周りの男はみんな破滅する〟

玲花は今日子にそう話していたそうだ。あれから今日子が俺を心配して電話をかけてくるようになった。もう離婚しているのに。

「養生テープ、余ってないですか」

老眼鏡を外して、教科書を突き出してきた生徒をよく見た。剣道部の二年生だった。

「倉庫に行きゃあると思うけど。何に使うの」

「バスケ部の先生が、体育館の窓に養生テープを貼っているんです。剣道部も手伝えって」

「ああ、そうだったな」

台風が来ているのだ。今夜上陸とか朝のニュースで騒いでいた。

辻沢は倉庫から養生テープの予備を五個持って、剣道部の生徒と一緒に体育館に向かった。台風の備えに張り切っているバスケ部の女性顧問が、二階の窓に養生テープを貼っていた。

「辻沢先生は更衣室の窓をやってもらえます?」

辻沢は返答に詰まる。「いまは誰も着替えてませんよ」と女性顧問はからかうように笑った。辻沢はひとりで更衣室に入った。二十年前の地獄の始まりを思い出す。あの毒の花をまた飲み込んでみたくなった。もういないけれど。

矢野口のアパートに帰宅したころには土砂降りになっていた。部屋の前にずぶぬれの雨合羽が畳んで置いてある。扉が開いた。部屋から介護職員が出てくる。戸山高校だった。

「辻沢さん。今日は早かったんですね」

「どうも。御苦労さま」

戸山高校は『多摩介護サービス』という文字が入った黄色の雨合羽を着始めた。すでに濡れているので難儀している。

「これから風もひどくなる。泊まってけば」

女は嬉しそうに雨合羽を脱いだ。部屋に入るなり、チノパンと下着をいっきに脱いで、俺にまたがってきた。俺は灯りもつけずに座椅子に座り、女を受け入れた。薄暗闇の中で女の体を揺らす。

女が喘いで、上体を反らせて腰を前後に振った。水仕事で年齢以上に老けた掌《てのひら》で、俺の頬を撫でて、親指で唇をなぞった。女の腰の振り方は素人ではなかった。十代のころ、風俗で働いていたと、いつだったかぽつりと話していた。二十五のときに〝ツァラトストラ〟を読んで人生観が変わり、介護という堅気の商売についたという。

高速で上下する女は俺の首に左腕を巻きつけ、右手で自分の膣の入り口を開いてクリトリスをいじくりまわし、嬉しそうに喘ぐ。オーガズムをとっくに迎えたのか、あとは俺が射精するのを待っている様子だった。絶頂が緩やかに現れた。体の奥が疼き、睾丸が縮こまる。あとは脱力してそのときを待とうとしたのに、雷鳴で気が散る。一瞬の真っ白の光の中に玲花が見えたような気がした。

暗い瞳で俺を見下ろし、襖の向こうを指さしていた。

〝せんせいを、すくえるのは……〟

内側から、魂を吸い取られたようだった。女はむきになって腰を振っている。俺は女を蹴散らして、タバコに火を点けた。

「もういいよ」

「ねえ。イッた？」

「もういいっつってんだよ、うるせぇな!!」

女は激怒し、「なに急に、意味わかんない！」と、まだ半分くらい残っている缶ビールを俺に投げつけた。ビールがこぼれて、萎え始めているペニスにまで飛び散った。女は下着やチノパンを身にまとい、捨て台詞を吐く。

「あなたはいっつもそう。気持ちも態度もコロコロ変わる。ついていけない！」

大雨の中、女は出ていった。冷蔵庫を乱暴に開けて、冷酒を出した。まだ夕食を取っていなかったので悪酔いするのはわかっていたが、我慢ができなくて立て続けに二本、冷酒を胃に流し込んだ。そのまま眠ってしまった。深夜二時くらいだっただろうか。誰かに呼ばれた気がして顔を上げると、雷鳴の轟きで部屋が揺れた。近くに落ちたか。

「慎ちゃん。慎ちゃん……」

俺を呼んでいたのは、母親だった。ぐらつく頭を振って立ち上がり、和室へ続く襖を開けた。かけっぱなしだったえんじ色のコートが揺れた。母が逮捕されたときに着ていたものだ。母が出所した日に着ていたものでもあった。

母は、介護ベッドの上に体を横たえている。戸山高校が上にかけてやった布団をはいで、畳の上に落としていた。寝たきりになってもう五年だ。筋肉も落ち、骨と皮になった。早く死ねばいいのに、たぶん俺より健康で、肌もつやつやしている。

母はオムツを自分で外し、下半身を露出していた。そして陰毛をかきわけて、しわしわでふしくれだった指先で、膣に指を入れて、のろのろ、のろのろと出し入れをしていた。

「慎ちゃぁん……」

声を震わせながら、もう片方の手で俺の体を探した。

「アレをしてくれないと、寝れないよ……」

介護用オムツが、母の太ももの下敷きになっていた。オムツの上に敷いたパッドがぐっしょりと尿を吸いこんでいて、黄色く膨れ上がっていた。

「あんた、今日も射精できなかったね。かわいそうに」

母は震える指先で俺のスウェットのズボンを脱がした。ふやけたペニスに手をやって、だらだらと、さすり始めた。

「もうあの子は、来ないの」

「……誰のこと」

「あんたのこと、せんせいって呼んでた」

「玲花?」

「そう。あの子とセックスしてるときのあんた、とてもよかったよ。母さんもとても興奮したよ。もうこんな体で、イクことはないけどさ」

母は、俺のペニスを少し乱暴に引き寄せた。膣をいじっていた臭い手をまさぐって、介護ベッドのリモコンを探し当てる。高さを自分で調整して、身をよじらせ、俺のペニスを口に含んだ。

母の歯はもうとっくに抜け落ちていた。存分に、という様子で母は俺のペニスを頰の内側や舌の腹、舌先でぐちゃぐちゃにもみこんだ。もう射精しそうになった。昇天の直前、また雷鳴で部屋が白く瞬き、玲花の姿が見えた。

気がつくと、母親の顔を殴っていた。母はうめいて、俺の口からペニスを吐き出した。

「なにすんの……慎ちゃ」

俺の名前を呼び終えないうちに、母親の顔を殴り続けた。母は抵抗せず、されるがままだった。いつかこういう最期を迎えると、わかっていたようだ。だからこそ、猛烈に腹が立った。介護ベッドの上に飛び乗って、母のパジャマの襟ぐりを摑みあげる。何度も母の顔を殴った。母の、肉が落ちたむき出しの頰骨と、俺の拳の骨が、母を殴るたびにガツ、ガツと鈍い音を立てて、砕けていった。

翌日、学校に「怪我をしたから休ませてくれ」と連絡して、病院へ行った。指の骨が二本、折れていた。医者は「なにか殴りましたか？」と怪訝な顔で俺に尋ねてきた。壁を殴ったと適当に答えたら、それ以上医者は何も尋ねなかった。犯罪のにおいを嗅ぎ取っているだろうか。この医者が警察に通報するかもしれないと思った。

処方された痛み止めを飲んだら、猛烈に眠たくなった。昨晩、一睡もしていないせいだった。病院の駐車場に駐めた車の中で、シートを倒して熟睡した。

昨晩の台風のせいか、街路樹が折れていた。まだ風は強くて雨もぱらぱらと降っている。

母の死体を、そろそろ朝のオムツ交換を担当するヘルパーが見つける時間だった。もう少し賢く元気があれば、どこかに母の死体を持ち出して埋めるとか、海に沈めるとかできたが、俺にはもうその気力がこれっぽっちも残っていなかった。

目が覚めたらもう夕方だった。携帯電話に、学校から何度も電話がかかってきていた。シートを戻し、顔を叩いてエンジンをかけた。AMラジオが夕方のニュースを放送していた。稲城市矢野口で、顔を殴打されて死亡した老女の遺体が発見されたというニュースが流れた。同居している五十代の長男の行方がわかっていない、という情報も付け足された。よくあるニュースは原稿にしたら数行しかないのかもしれない。すぐに台風情報に切り替わった。

ああ、俺も殺人犯か。

玲花の言う通りだ。玲花の周りの男は一人残らず破滅した。

もうあまり時間がなかった。今日子に謝りに行こうと思ったのに、なぜか俺はハンドルを、自由が丘方面へ切ってしまった。


サン・クレメンテ自由が丘は、事件解決からもう半年以上がたち、平静を取り戻していた。ゲートには見覚えのある警備員が二人常駐している。中の公園から、子どもたちが遊ぶ元気な声が聞こえてきた。玲花の自宅はどの部屋もシャッターが下りて閉ざされていた。シートから腰を浮かせて中を覗くと、不動産業者が玲花の自宅だった家の前に置いていた『売り家』の看板を付け直していた。

警備員が不審がって、車の方にやってきた。俺はウィンドウを下げて、尋ねた。

「あの売り家、内覧したいんですけど。もう売れちゃった？」

不動産屋は警備員から声をかけられると、小躍りして喜んだ。

「いえ、台風で外していただけです。どうぞどうぞ。リフォームはしていませんが、中はきれいにお使いです」

俺はエンジンを切って車から降りながら、買うつもりもないのにからかう。

「殺人犯が住んでた家だろ。隣は殺人現場。安くしろよ」

不動産屋は苦笑し、「まあとにかく中をどうぞ」と、玄関扉を大きく開けた。

中に入って、靴下の足で廊下を歩いた。こんな立派な家に住んでいたのかと感心しながらも、結局はそれを失って子どもを抱えて路頭に迷っているであろう玲花が、ひどく心配になった。室内には大型家具がほとんど残されたままだった。

「この人、いつ引っ越してったの？」

「去年のうちに引っ越しされました」

「家具はあとから取りに来るの？」

「いいえ。次の方が使われるのなら是非にと。新居に入らないそうで……。ご使用になられない場合は、我々が処分します」

夫婦寝室には、キングサイズの立派なベッドが鎮座していた。大理石のダイニングテーブルまである。テレビはなかったが、豪華なレザーのソファセットも、俺と同じくらいの身長の冷蔵庫も、置き去りだった。

靴下の足に、なにかがあたった。

冷蔵庫の下から、ピンク色の封筒が顔を出していた。『To　辻沢先生　by　玲花』と書かれた封筒だった。

しつこい不動産屋を適当にあしらい、ゲート前に路上駐車した車に戻った。捨てるに捨てられず、助手席のシートの上に置いた手紙の存在感が、どんどん増していった。

今日子から、手紙のことは聞いたことがあった。二十年前、俺に捨てられた玲花が猛烈に手紙を書き続けているとか、それをクッキーの缶に溜めて大事に持っているとかいう、バカげた話だ。たぶんあの手紙は、そのうちの一通なのだろう。どうしてあんなところに一通だけ放置されていたのか、意味がわからなかった。

もう二度とここへ来ることはないと思い、ウィンカーを右に出して車を出そうとした。学園通りを挟んだ向かいにあるカフェに、玲花の姿が見えた気がする。慌ててブレーキを踏んだ。

手紙を持って、カフェのドアベルを鳴らした。玲花どころか、客が一人もいなかった。店主の若い男は呑気にも読書をしていた。本から顔を上げて俺の顔を見ると、無表情に「いらっしゃいませ」と呟いて、立ち上がった。

窓辺の席に座った。店主はすぐにお冷とメニューを持って、テーブルにやってきた。

「アイスコーヒー」

「かしこまりました」

店主はカウンターの向こうに戻った。背は高いが、手足ばかり長くて頼りない雰囲気の店主だった。手紙を開けようとしたが、勇気がなくて手を止めた。店主と雑談でもして気を落ちつけることにした。

「あのさ」

　俺に呼ばれて、店主は静かに振り返った。まっすぐに伸びた鼻筋と、控え目な唇。一瞬見せた静かな横顔が、なぜか、玲花と重なって見えた。昨日からずっと、玲花の幻覚ばかり見ている。

「あんた、お向かいのゲーテッドタウンの……。いや。まあいいや」

　面倒くさくなって会話を中断した。店主は不思議そうに俺を見たが、それ以上の反応は見せず、細長い寸胴のグラスに氷を入れた。

　俺は思い切って、手紙の封を破いた。

『To　辻沢先生　一九九×年　八月五日』で、始まる手紙だった。俺が飛驒高山に帰ってから、半年以上過ぎたころに玲花が書いた手紙だった。丁寧に文字を書く生徒だったが、この日の手紙の文字は乱れていた。六時間前に出産し、体が痛くて手が震えて力が入らないと書いてあった。台風の暴風雨で病室の窓が揺れていると書いている。台風の名前が『ダナス』というのだと、どうでもいい雑談が長々と記してあった。「もうこれで手紙を書くのは最後にします」という言葉で、締めくくられていた。

　いつ店主がやってきてアイスコーヒーを置いていったのか、全く気がつかなかった。店主はカウンターに戻って、読書を再開していた。

　喉がからからに渇いた。俺はストローもささずに、アイスコーヒーを喉に流し込んだ。

玲花が二十年前に出産していたということに、凄まじく動揺していた。産んでその子どもはどうなった。いまどこにいる。

グラスをコースターに戻そうとして、『Café Danas』のロゴが目についた。血の気が引いた。俺は震える声で、暇を持て余している店主に声をかけた。

「おい……。この店のダナスって、どういう意味だ」

店主はなぜだか少し恥ずかしそうに、「台風の名前なんです」と答えた。

心臓が勝手に鼓動を速めて、どうしようもなくなった。半分震える声で、青年店主に聞き返す。

「なんでその台風の名前を、店の名前にしたんだ」

「少し長い話ですが……。一九九×年の十三号台風が、ダナスっていう名前なんです。関東に上陸したのが八月五日で、僕はその日に生まれたんです。出産予定日を十日も過ぎていて、母はようやく台風で産気づいたらしくて」

低気圧がくると産気づく人が多いらしいという、どうでもいい話を聞かされる。

「母もそれでようやく、僕を産んだんです。四千グラム超えで、大変な出産だったらしいんです。まあそういうわけで、僕の命を引っ張り出した台風の名前をこのカフェにつけたんです」

カウンターの向こうの小さなキッチンで、ただ背が高いだけの、マッチ棒のように頼りない青年が、屈託なく自身の生い立ちを語っていた。その背中の向こうに、『食品衛生責任者』の札が貼ってあった。『水木慎也《しんや》』という名前が躍っていた。涙で滲んで、ぐらぐらと揺れる。その文字を読むことすら耐えがたいほどに、心がかゆい。いてもたってもいられなくなった。

青年は、目の前の見知らぬ中年男が突然泣きだしたので、戸惑った様子だった。しかし、窓の外にパトカーが次々と集結し始めたのを見て、表情を曇らせた。

警察が、店の前に駐めた俺の車のナンバーを確認していた。

殺人犯が逮捕された場所だと、この店をマスコミに荒らされたくはなかった。

立ち上がる。青年は俺よりも目線が上だった。がんばれよ、と腕を叩いてやればよかったのだが、言葉にならず目を逸らした。刑事たちがドアベルを鳴らして入ってきた。俺は「外へ」と促した。

カフェ・ダナスのドアを閉めた。俺は母を殴って殺したとさっさと自白した。刑事たちは逮捕状を持っていたわけではなく、驚いた様子だった。「署で詳しい話を」と、俺をパトカーに乗せようとした。

振り返ると、青年が俺のテーブルの傍らに立ち、玲花が残した手紙を手に取ろうとしていた。俺は慌てて刑事たちを押しのけてドアベルを鳴らし、青年の手から手紙を奪った。ビリビリに破いた。

「証拠を隠滅しているのかもしれない！」

勘違いされ、俺は刑事に羽交い締めにされた。慌てて破いた手紙を口の中に押し込んだ。頭を押さえつけられ、喉に手を押し込まれる。死んでも吐かない。玲香の周りにいる男たちの中でも、彼だけは——俺たちの息子だけは、破滅させるわけにはいかない。吐き気を必死にこらえて、手紙を飲みこんだ。そして俺は、若い青年に言って聞かせた。

「忘れろよ！　こんなこと、覚えておくんじゃねぇぞ!!」

俺は刑事に体を摑まれ、カフェ・ダナスの外に引きずり出された。台風一過で空は青く澄み渡っていた。

解説

大矢博子

本書は二〇一四年に刊行された『ダナスの幻影』を大幅加筆修正のうえ改題・文庫化したものである。ノンシリーズとしてはデビュー作以来の二作目。近年の吉川英梨の活躍に慣れた読者からすると異色作と言ってもいいこの作品を、ようやく文庫でお届けできることを嬉しく思う。

吉川英梨は二〇〇八年、第三回日本ラブストーリー大賞エンタテインメント特別賞を受賞した『私の結婚に関する予言38』（宝島社文庫）でデビュー。ブレイクのきっかけとなったのは二〇一一年、デビュー二作目として出された『アゲハ　女性秘匿捜査官・原麻希』（宝島社文庫）だ。これで人気に火がついた。原麻希のシリーズは十二冊を数える看板となり現在も続いている。

その後、二〇一六年に始まった「新東京水上警察シリーズ」（講談社文庫）、二〇一七年に始まった公安ものの「十三階」シリーズ（双葉文庫）、同じく二〇一七年スタートで警察学校の教官が主人公の「警視庁53教場」シリーズ（角川文庫）、二〇二〇年には新たに女性海上保安潜水士を描いた「海蝶」シリーズ（講談社）を始めるなど、今や警察小説シリーズの書き手として八面六臂《はちめんろっぴ》の活躍を見せている。

だから、吉川に「警察小説」のイメージがつくのは仕方ない。だが、警察小説だけではないのだぞ、と声を大にして言いたい。それが本書である。

そもそも吉川は、デビュー作がラブロマンスだったことからもわかるように、最初から警察小説の専門家を目指してデビューしたわけではない。むろん、『アゲハ』でその方面の才能を見せつけ、その後大きく開花したのは言うまでもないが、インタビューによると原麻希シリーズは当初五冊で完結予定であり、「五作やっているうちにどこかからオファーが来たらいいなと思っていたんですが、来なかった」と語っている。そこでエージェントに相談し、持ち込み企画として書いた中のひとつが本書なのだそうだ。とんとん拍子に出版が決まったそうで、最初から完成度が高かったことを窺わせる。

だが同時にそのとき、各社から「吉川さんなら警察小説を書いてほしい」と言われたという。原麻希シリーズの実績ゆえだ。それで前述のような警察小説シリーズが次々と始まったわけで、本書はちょうどその狭間に埋もれるような形になってしまった。やや不運なタイミングだったと言っていいだろう。

だからこそ、この文庫化は満を持して、なのである。もう一度言おう。吉川英梨は警察小説だけではないのだぞ。

警察小説でなければ何なのか。主婦が主人公のサスペンスである。

主人公は藤堂玲花。目黒区の高級集合住宅地『サン・クレメンテ自由が丘』に、夫と二人の幼い娘と暮らしている。『サン・クレメンテ自由が丘』は周囲をレンガ造りの〝城壁〟で囲まれたゲーテッドタウンで、表門には警備員が常駐し、住民の招待がなければ外部の人間は入ることができないというセキュリティの固さを誇る。当然、そこに住んでいるのはセレブばかりだ。その中でも玲花は〝ミセス・パーフェクト〟と呼ばれる存在だった。

ある日、そのタウンに最近越してきた大泉菜々子が、玲花と同じ聖蘭女学園出身だと告げた。しかし菜々子は、一学年違いで同じ時代に同じ学校にいたにもかかわらず、玲花のことは覚えていないという顔をする。そこに、玲花の高校時代の友人の訃報が入り──。

というのが導入部だ。物語はここから玲花の現在と高校時代が交互に語られる。

できれば前情報はあまり入れずにお読みいただきたいのだが、それでは解説が書けないのでこの続きを少しだけ明かしておこう。高校時代の玲花は友人の復讐のために英語教師の辻沢を誘惑する。しかしそれを逆手に取られ、いつしか玲花の方が辻沢に本気になっていく。そして現代。友人の葬儀に出た玲花はそこで辻沢と再会。再び関係を持つようになる。ところがその頃から玲花の周囲で妙な事件が起き始め、ついには殺人が……という展開だ。

まず目を引くのは、先が気になって仕方ない吸引力の強さ、つまりは構成の巧さである。

最初の現代パート〈Ⅰ〉でタウンの中のパワーバランスと玲花の過去に何か秘密があるらしいことがほのめかされる。もしかして玲花が名門・聖蘭出身というのは詐称だったのではないかと感じる読者もあるのでは。しかし過去パート〈ⅰ〉で、確かに玲花が聖蘭の生徒だったことは証明される。が、見たままの優等生だったというわけでもなさそうだ。そして現代パート〈Ⅱ〉ではタウン内の妻たちの間に発生した不穏な状況が描かれるのだが、過去パート〈ⅰ〉をすでに知っている読者はそこに別の災いの芽を感じる……。

小出しにされる情報が、読者の想像力を刺戟する。こういうことかな、という予想は次々に裏切られる。このテクニックが実に上手い。予想はただ裏切られるだけではない。読者の予想にいったんは沿うように見せて、その一歩も二歩も先へとジャンプするのだ。序盤の展開だけで、セレブママたちのマウント合戦の話だとか、不倫の恋に溺れていく有閑マダムの話だろうとか決めつけると背負い投げを喰らう。前の章のあの言葉はこういうことだったのか、これがここにつながるのか、という驚きの連続だ。一章ごとに意外な展開やどんでん返しが待っているのだから、まったく息吐《つ》く暇もない。

殺人事件の真犯人は、ミステリを読み慣れている読者にはすぐに見当がつくが、それがまったく瑕疵《かし》になっていない。それどころか、そう見当をつけて読んでいけばさまざまな出来事が違った意味を持って浮かび上がるし、犯人がわかったとしても何が起きたかはわからないのでミステリとしての興味はまったく削《そ》がれないのだ。もちろん、犯人がわからなければ（その方が楽しい）最後に大きなサプライズが待っているという次第。とにかく読み始めたら止まらない、まさにジェットコースター・サスペンスなのである。

だが何より本書を吸引力の強いものにしているのは、玲花をはじめとした登場人物たちの弱さや狡《ずる》さ、愚かさの描写だ。

本書の単行本版が出るより少し前、二〇一一年の後半から真梨幸子や沼田まほかる、湊かなえらを旗手とする、後に「イヤミス」と呼ばれるミステリが爆発的なブームになった。人のどろどろした悪意や闇の部分を抉《えぐ》った、「読んでイヤな気持ちになるミステリ」のことだ。現在はブームを超えてひとつのジャンルとして定着したが、本書もまた、当時のイヤミス全盛期の一翼を担うものだったと言える。なんせ、読者が好意を抱き、感情移入するような登場人物がまったくいないのだから。

だがここで注目願いたいのは、ただ、「イヤな人」を描いただけの小説では決してない、という点だ。不倫がばれるのではという恐怖の中にありながらも抑えきれない会いたいという思い。自分を見下している相手と表面上は穏やかに接してみせるときの内心の屈辱と苛立ち。自分が不幸なら相手も同じ場所まで引き摺《ず》り下ろしてやりたいという衝動。共感はできない。だが理解はできる。想像はできる。それがイヤだ。絶対に共感はできないのに理解できてしまうのがイヤなのだ。だからこそ読者は、彼女たちの行動に、展開に、はまってしまう。やめろ、と思いながら読んでしまう。

玲花はなぜ不倫に溺れてしまったのか。菜々子の行動の根底にあるものは何なのか。いい加減な男にしか見えない辻沢が隠していたものは何なのか。玲花の夫や、高校時代の同級生たちも然りだ。それぞれが抱える闇や秘密の存在が明らかになるにつれて、サスペンスの疾走感は増し、同時に切なさが読者を搦《から》め捕る。

終盤、ある不倫の動機を推察する、こんなセリフがある。

「愛してもらえないから、愛が続いたんでしょうな」

これが発せられる文脈では「ずれた解釈」と切り捨てられるが、実は本書の通奏低音はこの言葉ではないか。ここに登場する誰もが、愛を欲していた。それは親の愛であったり、恋人の愛であったり、夫婦の愛であったりと様々だが、愛して欲しい人から愛してもらえないという渇望が彼女たちを、彼らを、ここまで追い詰めたのだ。

最初は緊迫感とどんどん高まるサスペンスに一気読みしてしまうだろう。だがそのあとで、どうか思い出して欲しい。彼らひとりひとりの「動機」がどこに発していたのか。それに思い当たったとき、愛してもらえないという連鎖がどれほど大きな悲劇を巻き起こしたかがわかり、呆然とするに違いない。そして決して好きにはなれない登場人物ばかりのこの物語の最後に、大いなる救いが用意されていたことに気づくだろう。連鎖は、止められるのだと。ここで止められたのだと。

細かい伏線やサスペンスフルな展開の妙、そして何より登場人物の心情を物語の中枢に据えてリアルに描くその手腕は、現在の警察小説のシリーズでも吉川英梨の大きな魅力だ。だが本書には、警察小説の「捜査」という視点を通してでは決して描けない叫びが詰まっている。吉川英梨を知る上で、欠くべからざる一作である。

（おおや　ひろこ／書評家）

悪《わる》い女《おんな》　藤堂玲花《とうどうれいか》、仮面《かめん》の日々《ひび》　朝日文庫

2023年９月30日　第１刷発行
2023年10月30日　第２刷発行

著　　者　吉《よし》川《かわ》英《え》梨《り》

発 行 者　宇都宮健太朗
発 行 所　朝日新聞出版
〒104-8011　東京都中央区築地5-3-2
電話　03-5541-8832（編集）
03-5540-7793（販売）

印刷製本　大日本印刷株式会社

Published in Japan by Asahi Shimbun Publications Inc.
定価はカバーに表示してあります

ISBN978-4-02-265116-7
落丁・乱丁の場合は弊社業務部（電話 03-5540-7800）へご連絡ください。
送料弊社負担にてお取り替えいたします。